【四方风杂文文丛】 第二辑　朱铁志·主编

阿Q与朱元璋

李　乔　著

商务印书馆
创于1897
The Commercial Press

2013年·北京

图书在版编目(CIP)数据

阿Q与朱元璋/李乔著.—北京：商务印书馆, 2013
（四方风杂文文丛第二辑）
ISBN 978－7－100－09974－5

Ⅰ.①阿…　Ⅱ.①李…　Ⅲ.①杂文集－中国－当代
Ⅳ.①I267.1

中国版本图书馆CIP数据核字(2013)第107090号

阿Q与朱元璋

李乔　著

商　务　印　书　馆　出　版
（北京王府井大街36号　邮政编码 100710）
商　务　印　书　馆　发　行
三河市尚艺印装有限公司印刷
ISBN 978－7－100－09974－5

2013年6月第1版　　　　开本 710×1000　1/16
2013年6月北京第1次印刷　印张 18 3/4
定价：38.00元

网络时代的杂文创作

——序《四方风杂文文丛》第二辑

朱铁志

　　不知是杂文独特的艺术魅力使然，还是商务印书馆特有的号召力使然，"四方风杂文文丛"第一辑出版以来，得到同行认可和读者喜爱，也受到出版方的肯定。一些论者对其赞誉有加，市场销售态势良好，几位作者一而再、再而三地购买样书，还是被朋友索要一空。作为文丛的主编，这个结果我是没有想到的。杂文作为"社会批评、文明批评"的犀利工具，向来只存在于"小众"之中，即便是在思想解放的狂飙突进年代，杂文的繁荣也是有限而节制的。但在整个社会日趋物质化的今天，人们并没有忘记杂文。无论客观环境怎样变化，它始终在不满足于思想高度同一化的人群中、在努力保持思想尊严的独立个体中，坚韧地存在着、顽强地生长着，并持续不断地放射出思想的光辉。是的，它从来没有大红大紫过，从来没有站在舞台中央，但它就像冬天的溪水，静静的，却在流；就像春天的桃花，淡淡的，却在开。肃杀的风景里有它生命的律动，盎然的春色中有它一抹亮色。安徒生的童话历久弥新，而杂文，正是那个说出皇帝光屁股的孩子。

很多人喜欢这个单纯而没有城府的孩子，因而杂文不管景气不景气，总是有人热衷撰写、热衷阅读、热衷出版，甚至连大名鼎鼎的商务印书馆，也加入到出版杂文的行列当中。这是否可以认作是对杂文价值的一种肯定，是对杂文家工作的一种尊重和推崇呢？长期以来，在读书人的心目中，商务印书馆是以出版权威工具书和汉译世界学术名著著称的。能被商务印书馆所接受、所认可，既是杂文的光荣，也是杂文家的光荣。"四方风杂文文丛"定位于中青年作者，既有借此向老一辈杂文家致敬的意味，又彰显了出版方对杂文未来的信心。第一辑四位（瓜田、徐怀谦、安立志、朱铁志）作者经历不同、职业各异，但分别代表了一种风格和特点。我们不敢说自己写得有多好，但这份追求是真诚的，读者是认可的。

正是基于对第一辑整体质量的认可和对未来杂文发展趋势的信心，商务印书馆决定出版"四方风杂文文丛"第二辑。经过反复比较甄别，出版方在多位备选作者中最终确定宋志坚、李乔、杨庆春、阮直四位。一般读者对四位作者也许并不十分熟悉，但对杂文界同仁来说，四位都是实力出众、特点鲜明的杂文作家。宋志坚人到中年"半途出家"之后，长期从事编辑工作，是福建杂文当之无愧的标志性人物之一，在杂文理论研究和创作两端，均有独特发现和不俗业绩。近年来沉湎于孔子与鲁迅的对比研究中，在锐利观察当下世相的同时，常发思古之幽情，知其者谓其心忧，不知其者谓其何求。李乔系知名学人和报人，是广有影响的北京日报理论周刊主任、报社编委。理论眼界开阔，史学功底扎实，办报策略高妙，文笔辛辣老到，是新史学随笔有影响的写家之一。杨庆春原为工科男，长期痴迷哲学，嗜书如命，对自然辩证法多有研究心得。学术领域介于自然科学和哲学社会科学之间，如今是空军报社领导之一。其深刻的理论见解和敏锐的战略思维，常常流露于杂文创作笔端，成为杂文界一道独特的风景。阮直先生虽是地方报人，却有全国影响，在京沪穗各大报的曝光率甚至高于本地报纸。于杂文和散文两方面创作均得心应手，是有名的得奖专业户。其文风软（阮）中带直，柔中见刚，端的是软硬兼施、刚柔相济，文如其人，人胜其文。

在审读各位同道的文稿时，我不时为精彩的观点和巧妙的表达而击节叫好。临渊羡鱼之际，不免对过往的创作进行一点浅陋的反思。愚者千虑，竟有数得，匆匆记下，就教于方家。

网络时代杂文依然有其独特的存在价值。我们处在一个信息瞬息万变、思想异彩纷呈的网络时代。互联网和手机的迅速普及，使传统的意识形态传播方式发生根本改变，战争年代和计划经济时期那样一种自上而下的传递模式，正为以计算机和手机为代表的即时通讯工具所消解，"海量信息、实时更新、双向互动"逐渐取代了单向度的灌输，很少有人再把提前知晓某种精神和某条消息当作高人一等的"政治待遇"，很少有人能够再让民众成为"使由之"的"庸众"、玩弄于股掌之间。只要一机在手，每个人都可以成为事实的见证者，成为现场直播者。"真相"通过无数个体的眼睛折射，"事实"经由不同视角独立解读。企图一手遮天式的"引导"和"教育"，必须经得起事实和民众的双重检验，方能取得有限的信任和接纳。于是有人惊呼：互联网搞乱了人们的思想，颠覆了传统的价值，必须限制、封堵乃至关闭，方能保持社会的稳定和人们思想的单纯。这样的惊呼，既来自深受传统观念浸淫的老派人士，也来自某些意识形态管理者。而早已习惯于平面写作的杂文作者,是否也感到手机和网络的冲击,认为"段子"和"微博"作为一种更直接、更犀利的"新杂文",对传统杂文创作形成了强力挑战? 我想是的,是挑战,是一种积极而良性的挑战,更是一种促进。任何一种文体的进步,不仅来自自身的觉醒,也来自外部的冲击。段子具有简洁、犀利、辛辣、一语中的的特点,同时也带有碎片化、浅陋化、简单化、情绪化的缺点。而杂文不受微博 140 字的限制,可以在思想和艺术两个层面进行更加深入的开掘、更加从容的展开、更加理性的辨析、更加婉转的表达。一句话,网络时代没有终结杂文,而是对杂文提出了新的更高的要求,有出息的杂文家应该正视这种挑战,力求写出更多、更好的作品,而不是哀叹杂文的式微。

思想性永远是杂文的灵魂。毫无疑问,思想是杂文的灵魂,批判是杂文的根本属性。再好的材料、再好的文字、再好的构思,如果不以思想为灵魂、为内核,都是枉然。有时巧妙的构思、优美的文字,可以掩盖文章思想力度之不足,也能给人以一定的阅读美感,但稍微一深入,就容易发现花哨外表下的空洞和虚弱。严秀先生说: 加强杂文的思想深度和广度,是所有杂文家的首要任务。这是锥心之论,是至理名言。鲁迅杂文之所以让人百读不厌、常读常新,根本原因就在于其深刻的思想见解和独特的艺术魅力。一个杂文作者如果不在这上面下功夫,注定是难有所成的。这当中,最要紧的是要有自己富于创见的新思想,而不是简单重复任何别人的现成结论。杂文不是阐释学,不是说明书,更不是复印机,不能容忍老生常谈,不能接受人云亦云。在写作一篇杂文时,一定要有一个"文无新意死不休"的顽强意念在脑中。没有新思想,起码要有新材料;没有新材料,起码要有新表达。如果一篇杂文既没有新思想,也没有新材料,甚至没有新表达,那就压根儿不要写了，何必"无端地空耗别人的时间"，干这种"无异于谋财害命"的勾当？

杂文需要学养灌注。杂文的思想性不是凭空产生的。它既来自实践，更来自学养根底。鲁迅先生"孤岛"十年几乎足不出户，却创作了大量脍炙人口的杂文佳作，靠的就是学养灌注的深刻洞察力。朱光潜先生说："不通一艺莫谈艺。"第一个"艺"字，是指具体的艺术门类，如文学、戏剧、电影、建筑、绘画等；第二个"艺"指美学和艺术规律。就是说，如果不掌握、不通晓一门具体的艺术形式，最好不要妄谈艺术规律。同样道理，写作杂文最好也受过文史哲、政经法等某一学科系统的学术训练，具有较为完备的逻辑思维能力和理论基础。如此，写作过程中才会有左右逢源、如虎添翼的感觉。当然，我不是说没有受过系统学术训练的朋友就没有资格写杂文，但通晓一门，旁及其他，总是有利无弊的。如今很多报刊青睐专家学者的言论，看重的其实就是那个学理背景和专业化的论说。但在注重学养灌注的同时，要特别警惕把杂文写得了无生气，仿佛一篇缩微版的蹩脚学术论文。是真佛只说家常话，即便是学术论文，也照样可以写得才华横溢、生趣盎然。看看冯友兰、闻一多、朱自清先生的论文，就知道什么叫思想深度，什么叫富有情趣，什么叫异彩纷呈，什么叫明白晓畅，什么叫深入浅出。杂文作者当有如是追求。

引经据典但不陷于吊书袋的泥坑。杂文常常引经据典，这是增强文章思想性、知识性和历史纵深感的需要。优秀的杂文通过现实穿透历史，同时也从时间深处洞察现实，从而引来横跨古今的深沉思考。有些杂文以史料为由头，由此说开去，犹如抽丝剥茧，层层递进，最后导出结论；有些杂文似乎通篇"讲古"，不涉及现实，却是声东击西，意在言外，最后略点一笔，全篇皆活。在这方面，不少前辈杂文家如王春瑜、牧惠、陈四益等都是高手，本辑所收李乔、宋志坚也有不少成功的尝试。在我看来，第一，"引"和"讲"都是手段，不是目的，是"台"，不是"戏"，不能以材料淹没观点，更不能以材料代替观点。有人以为杂文的正路便是来上一段"古人云"，再发上一通议论。这是对杂文写作的误解，也是许多读者对杂文不以为然的原因之一。第二，杂文写作当然不妨从史料说起，但不能说起就是说止，必须由此及彼、由表及里、生发开去，有所发挥、有所超越，成一家之言，说出属于自己的观点。正如严秀先生提醒的那样：无力"说开去"，千万不要用这样的标题。第三，引述古籍和典故，应有自己的发现，是大量阅读基础上的信手拈来，不是东拼西凑、东挪西借的装点门面。最好采用别人很少使用，或者即使别人使用，但没有独特发现的材料，而不是用尽人皆知的东西作旁征博引状。一说纳谏，就扯出李世民和魏徵，说得读者耳朵都起老茧了。说到底，引述只是由头，是引子，是闲笔，不是正剧。一些作者之所以引得蹩脚，还是因为功底不深、肚里没货，又硬要作出渊博状，书袋子没有吊成，反而暴露了思想和学问的浅薄来。

杂文最忌"杂而无文"。杂而无文，行之不远。所谓"杂而无文"，是说一些杂文缺乏艺术表现力，语言枯涩，结构松散，逻辑随意，缺乏一种内在的从容气质和理性之美。优秀的杂文家往往自觉排斥杂而无文的杂文。在他们的心目中，杂文与一般的时评是有界限的。并不是排成楷体字的就是杂文，也不是放在花边里的就是杂文。要言之，杂文之"文"，是文明之文、文化之文、文学之文、文雅之文。这"四文"说，我在"四方风杂文文丛"第一辑序言中已经说过，这里不再赘述。

杂文须有一双文学的翅膀。杂文作为一种特殊的文学形式，应该有自己的文体特征和独特的美学表达，这是它区别于小说、戏剧、诗歌，同时也区别于时评、政论、论文的特点所在。它的文学性并不简单表现在虚构情节、塑造人物形象上。而是更加注重文章的理趣，通过正论、反论、驳论、归谬等手法明察秋毫、见微知著，陷论敌于被动。如此说来，杂文岂不成了论文？没错，从本质上讲，它更倾向于论文，是瞿秋白所谓"艺术的政论"，思想是它的灵魂。问题在于，哪种文体"思想"不是灵魂呢？没有灵魂的文章算什么文章呢？"艺术的政论"核心词在"政论"，限制词是"艺术的"。这就决定了杂文尽管以表达思想观点为目的，但其手段必须是艺术的，是可以广泛借鉴和使用所有文学手法的。一方面要像何满子先生说的那样：注重杂文的论辩性，强调言论的正确性和逻辑的扣杀力。撇开对手的枝节问题，抓住要害，一击致其死命，绝不让对手牵着鼻子走，作无谓消耗性的纠缠。要善于"以子之矛，攻子之盾"，将对手自以为"精彩"的论点变成他们"窝里斗"的武器，化对手的杀伤力为其自我残杀的力量。另一方面，要综合运用归纳、演绎等多种手段，既从个别到一般，又从一般到个别，通过典型事件、典型人物的剖析，弘扬真善美，鞭挞假恶丑，揭示社会发展规律，维护人民根本利益。在注重论辩性的同时，也可以通过白描等手法塑造典型形象，使读者以小见大，窥见世相。鲁迅的《阿Q正传》、胡适的《差不多先生传》等都是这方面的典范。杂文作为一种语言艺术，除了论辩文章的一般要求外，还应力求做到机智幽默而不流于油滑、善用反讽而不尖酸刻薄。适当使用方言土语也可以起到通过语言塑造地域形象的良好效果。杂文的行文要富于感染力和暗示性，隐晦曲折不仅是"安全生产"的需要，也是杂文文体美的内在要求。只有努力形成自己独特的语言风格，才能使杂文更有杂文味儿和艺术性。

杂文的"杂"与"精"。有人以为杂文姓"杂",故而杂七杂八、东拉西扯,下笔千言,离题万里,这是天大的误会。不少知名杂文家创作数量并不大,能够使人记住的或许只有那么几篇甚至一两篇,但其作用却远远胜过一些"著作等身"的"高产作家"。比如创作《鬣狗的风格》的秦牧先生、创作《江东子弟今犹在》的林放先生、创作《〈东方红〉这个歌》的吴有恒先生等,仅凭上述一篇佳作,就足可奠定在杂文史上的地位。正确处理"杂"与"精"、"博"与"专"的关系,是所有杂文家需要共同面对的问题。一般来说,"杂"是指思想、题材、风格多样之杂,不是杂乱无章,信口开河之杂,不能以胡言乱语、信口开河冒充潇洒从容。有人错误理解"世事洞明皆学问,人情练达即文章",把随便什么鸡零狗碎、不加提炼的东西都塞进杂文,仿佛老太太的絮叨。还有人实在找不到说话的由头,索性将自己以往的创作当成经典来引用,一上来就是"不才曾在文章中说过……",实在有些自恋加自不量力。好的杂文家动笔是很慎重的,"厚积薄发"是基本原则,但也不排除长期积累后的"火山爆发"。邵燕祥、牧惠、何满子、章明、陈四益诸公创作数量很大,几近著作等身,但总体质量非常过硬,足可成为后世学习的楷模,所以也不可一概而论。问题在于,具有上述各位的丰富阅历和深厚学养的作者并不多,他们的成功经验并不能简单复制。问题的另一面是过于关注"厚积",轻视甚至否定"薄发",终于由"薄发"而"不发",甚至"发不出来",彻底枯竭了。从哲学的角度说,"厚积"是"量的积累","薄发"是质的飞跃,"厚积薄发"并不是"积而不发"。还有一种情形是过于追求数量,竭泽而渔,年产百八十篇,甚至更多。其数量固然可观,但质量很难寄予太高期望。我的态度是要掌握两者之间适当的度,不能太多,也不能太少。具体到某位作者,当然很难界定多少算多,多少算少，还是要从个人的实际情况和综合实力出发决定。杂文史上，无论是鲁迅先生，还是其他优秀作者，都有日产一两篇，甚至两三篇的记录。何满子先生和舒芜先生论战，不到二十天写了十四篇，而且篇篇尖锐有力，质量上乘，我们只有羡慕和佩服的份儿。

　　杂文的"帮忙"与"添乱"。"要帮忙，不要添乱"，这句通俗的大白话据说是宣传思想工作的基本原则。从常情常理出发，话是没错的，错在一些人对它的片面理解和错误使用上。什么叫"帮忙"？什么叫"添乱"？一些人认为歌功颂德是"帮忙"、文过饰非是"帮忙"，而针砭时弊是"添乱"、反腐倡廉是"添乱"。一句话：歌颂孔繁森是"帮忙"，批判王宝森是"添乱"。因为孔繁森是"九个指头"，王宝森是"一个指头"，"九个指头"不看，专盯着"一个指头"，不是"添乱"是什么？严秀先生说："有些同志认为，凡是批判错误的东西的批评本身就叫'右'，只有批'右'的东西才是永远正确的。""左"是认识问题，"右"是立场问题，所以宁"左"勿"右"，这是几十年政治斗争的经验总结。问题在于，杂文的使命在于"揭出病苦，引起疗救的注意"。以为揭露腐败是给党"抹黑"、是"添乱"的想法，不知是真的热爱党，还是有意粉饰太平，硬作"歌德"状？老话说，成绩不说跑不了，问题不说不得了。现在的问题恰恰是说"问题"太难、说真话太难，这是杂文的困境，更是我们国家发展的困境。"忠言逆耳利于行"的道理谁都懂，但要把它变成一种自觉的理性精神，却是一件难之又难的事情，这或许正是杂文存在的根本理由吧。

　　是为序。

目 录

谈历史

谈文化

自　序

　　1978 年，我考入人大历史系，校长成仿吾，系主任尚钺。当时，浩劫方止，学园凋敝之象尚未尽去，加上自己学识根底甚浅，所以学业所得仅仅是略窥史学门径而已。曾听王仲荦、王永兴、戴逸等史学名师讲过课，遂知史学殿堂之博奥，于是冷了原本想当历史学者的心。

　　偶然当了报人，天天生产新闻纸。但喜好历史之心未泯，加之深爱鲁迅杂文，遂走上一条边办报，边写杂文随笔，也兼治一点杂史的路。孙犁与黄裳二位先生，曾是我的同行前辈，一在天津日报，一在文汇报，二人的文章绝顶的好，散文杂文自成境界而兼有鲁迅风，令我景仰，目为楷范。

　　我写杂文随笔，常古今杂糅，古今人一并谈及。我自认这是在追摹鲁迅先生。鲁迅写杂文，引古书，说古事，常常将古人今人目为一体，有时干脆就说"我们古今人"如何如何。先生的立意，是要把游荡在现世的古老幽灵捉出来给人们看，挖掉封建老根，改造国民性，使我们民族的精神家园成为一片净土。鲁迅的这个立意，今天还用得着，因为古老的幽灵还远未捉完。这本集子里，捉出古老幽灵的文章不少，盖源于鲁迅先生的影响。

黄裳先生虽是报人，但深通国学和历史，尤精明清之际士林史，力作迭出。他的散文杂文，萧散淡永，思想深湛，看似无火气的文句往往力重千钧。他的《笔祸史谈丛》的笔调，很像鲁迅的《病后杂谈》和《灯下漫笔》。史学家姜纬堂先生曾对我说，"你就学黄裳"，这给了我莫大的鼓舞和指导。我边写杂文随笔边治一点杂史便是在学黄裳，写读史随笔也想学黄裳，但我心里明白，黄裳是极不易学来的。

　　孙犁先生以小说《荷花淀》等作品占据文学史一席，但他晚年写的读史随笔、论世杂文的价值却少为人知。他的《芸斋琐谈》和《耕堂读书记》，看似冲淡，实则老辣，有老吏断狱般的深刻。我极喜爱这些文字，更心生模仿之意。孙犁对鲁迅先生极景仰，平时读书买书常以鲁迅的书账为线索，他本人亦有鲁迅风骨。孙犁的人格和文格，深深地感染了我。我写过一篇《读孙犁》的小文，表达了向孙犁学习的心愿。

　　邓拓、丁易、王春瑜的杂文《燕山夜话》、《丁易杂文》、《土地庙随笔》，对我也有相当影响。三位先生都是学者兼杂文家，邓拓著有《中国救荒史》，丁易著有《明代特务政治》，王春瑜著有《明清史散论》，皆是相关研究之翘楚。他们的杂文谈现实问题时都常用历史材料，用得很巧妙，绝不牵强。他们都"发思古之幽情"，但都明明白白地是为了当下。"莫谓书生空议论，头颅掷处血斑斑"，邓拓的夜话文字是伴着热血留在世间的，他立下的精神坐标，感召了无数后来的杂文家。

　　"虽不能至，然心向往之。"太史公论孔子的这句名言，正表达了我向诸位前贤学习的心情。

　　杂文是"感应的神经，攻守的手足"，是匕首和投枪，是"能杀出一条血路的东西"。这是鲁迅对杂文特质的一些主张，人们也多认为这是杂文的经典样式。但我觉得，杂文固然可以有经典样式，但绝没有唯一样式，并非只有那种一见丑恶便立即施以匕首和投枪的杂文才算是杂文。实际上，鲁迅自己写的一些类似今天所谓随笔的文字，也是可以称为杂文的。

邓拓和丁易的许多以说古为主的随笔也早被人们惯称为杂文。还有王力先生的《龙虫并雕斋琐语》，说是随笔，可以；说是杂文，也可以。杂文和随笔的界限，有时实在是不大好区分的。说古的随笔，如果文心在一个"今"字，是为了干预今事而作，那它就具有了杂文的性质。所谓"感应的神经"，所感应的并不一定纯是眼前的问题，也可以是年深厚重的基础性问题。我写杂文随笔就很注重这类问题，特别是注重从历史源流和思想观念上对现实问题予以"感应"。

直面现实是杂文的天性，杂文当然更应该关注眼前的现实问题。当今社会急剧转型，新问题不断产生，这考验着杂文作家的思想力和创新力。我一向钦佩能把干预现实的杂文写得很漂亮的杂文家，与他们相比，我感到惭愧。

这次编集子，翻检出一些早年旧作，顿生"悔其少作"之意。但考虑到这些小文毕竟是前进中的履痕，且保留了当时的一点时代风云，所以集子还是保留了一些这样的旧作，其中少量文章做了一些修改。

《阿Q与朱元璋》这个书名，本是书里一篇文章的题目，用它来作书名，我觉得可以反映一点书里所具有的捉封建幽灵的立意和风貌，书名里有阿Q，也算是我受到过鲁迅先生思想影响的一点印记。

是为自序。

李乔

2012 年 1 月 27 日

谈社会

流言家漫考

何谓流言家？古来并无确解。对于流言，古来的解释也有种种。宋元之际史学家胡三省注《资治通鉴》，对流言的解释是，"放言于外以诬人曰流言"。这个解释，颇能抓住流言的特征，堪称精到。据此推知，凡制造、散播流谤之言的专门家，便是流言家。

流言家与谣言家约略近之，但有所不同。流言家以谤人为主，谣言家则未必都谤人，还有其他杂务。流言家与闲言家也有不同，所谓"闲言碎语"虽多是指摘人非，但未必都是诬谤，闲言的威力也远不如流言。

流言家虽也称"家"，但与正宗正派的"百家"、"行家"全不搭杠，乃是野腔无调不入流的一家。然流言家却自成格局，颇有值得考究和堪以自豪之处——历史悠久，流品纷披，战法独到，战果甚丰，等等。

考其历史悠久，上可溯先秦，下可迄今日。《尚书·金滕》篇记了一个"流谤周公"的事件，云，"武王既丧，管叔及其群弟，乃流言于国曰：'公将不利于孺子。'"这是说周成王年幼，周公摄政，管氏兄弟诽谤周公有篡位之心。这是个著名的流言诽谤事件，管叔兄弟也因此而成为史上可考的最早的流言家。以后历代每有流言，人们总是要提起这段先朝掌故。这也算是管氏兄弟作为著名流言家的历史地位吧。

唐代刘肃《大唐新语》卷七记有另一个流言诬人的例子。某官因反感上司明察自己的过失，便放流言说："崔子曲如钩，随时待封侯。"上司姓崔，这是诬指其上司居官不正，总想往上爬。结果，这个流言家谤人未逞，自己反被拿问。这是一桩流言家的晦气事。

年光流逝，物换星移，然而流言家却总是绵绵不绝，代有传人。如今，每每翻阅报刊，与友闲谈，总能闻见流言家的劣迹，深感流言家生命力之顽健。

考流言家之流品，可谓纷披驳杂。上至王公贵族，百官杂吏，下至贩夫驺卒，市侩闲汉，只要精于流言诬人一艺，便算入了流言家的户籍。流言家来源杂，流品杂，制造流言的心理和目的也杂而不一：或因憎恨，或因嫉妒，或为报复，或为挑唆，或贪权位，或谋名利，等等。但有一点，流言家们往往不谋而合，就是最爱光顾贤能之士。古语云，"为恶者皆流言谤毁贤者"，"有才能者多致飞语"，便是此意。

考流言家之战法，可谓独到、高明，而战果也随之丰盈。流言家最重舆论，深通三人成虎之道，最知"流言惑众"的威力，又深知世上多好事者、猎奇者，流言一出，自会不胫而走，自己只需静候"那人完蛋了"的佳音。流言家又很讲究"流言艺术"，惯用真真假假、似是而非之辞，"可能"、"大概"、"据说"，由人遐想发挥，自己全无干系。流言家还擅长打探他人隐私，尤以男女之事诬人见长，往往所获效益甚高。

流言家的战法固然高明，却是猥琐卑下之至，既无纵横家之气概，也无清谈家之风雅。流言家实属"动口的小人"。然唯其如此，方可获奇效。轻则叫人名誉扫地，如曾参蒙"杀人"之冤；重则置人死地，如阮玲玉含愤自杀。自古及今，被流言家"口诛"了的，真难以胜计。

对于流言的弊害，前贤多有警世之言。《吕氏春秋·离谓》把流言与国运联在一起，称流言为"乱国之俗"。这既为清醒的认识，又是激愤的谴责。鲁迅先生曾说过这样沉痛的话："我一生中，给我大的损害的并非书贾，并非兵匪，更不是旗帜鲜明的小人，乃是所谓'流言'。"流言对先生的损害竟如此之大，若非迅翁亲口说出，谁能想到？

流言家固然可怕，却也有天敌。一是智者，所谓"流言止于智者"。二是当权者中的明白人，《大唐新语》里那个晦气的流言家就遇到了这种明白人。三是舆论谴责，这可以让流言家灰头土脸，自我约束。四是法令，流言若至于诽谤罪，必办之。有此四端，流言家必会生畏而敛迹矣。

塔　布

　　文化人类学和民俗学有个名词，叫"塔布"，原为波利尼西亚土语，翻译过来就是"禁忌"。学理上的解释是，人们心理上认为是忌讳的，言行上规定不能说和不能做的，就是塔布，即禁忌。英国学者霭理斯写了一篇《塔布的作用》，其中对禁忌有个更简明的解释：塔布就是"这件事做不得"的意思。

　　禁忌是古今中外皆有的现象。我国文化人类学家林惠祥曾举出许多国外的实例，如"饮食的禁忌"——马达加斯加岛人不敢吃箭猪，恐怕传染了胆小的毛病；"作业的禁忌"——迪亚克人出猎时，家人不敢以手触摸油或水，怕猎者手滑而使猎物漏走。此外，还有"婚姻的禁忌"、"阶级的禁忌"、"成丁的禁忌"，等等。

　　国产的禁忌也有很多，如汉代班昭《女诫》记"妇女的禁忌"："行莫回头，语莫掀唇。坐莫动膝，立莫摇裙。喜莫大笑，怒莫高声。"《云笈七签》记"人体的禁忌"："凡梳头发及爪，皆埋之，勿投水火。"皇历上有"作业与旅行的禁忌"：今日不宜动土，明日不宜出行，等等。诸如此类的禁忌，五花八门，限制着人们的思想和生活，人们在这种"拘而多畏"的束缚中战战兢兢地过活。

我虽不是禁忌研究家，但常借塔布理论游思遐想，琢磨古今还曾有过哪些禁忌，还依然存在着哪些禁忌。结果，多有发现。

裸体模特曾是禁忌，霹雳舞曾是禁忌，裤腿的过肥或过瘦曾是禁忌，这些都属于"风化的禁忌"。

联产承包曾是禁忌，股市、证券曾是禁忌，招商局、当铺曾是禁忌，这些都是"经济的禁忌"。

唐代韩愈夫子说："曾经圣人手，议论安敢到。"晚近又有"两个凡是"。这些都是"思想文化的禁忌"。

古来各种禁忌的目的，据说都是为了防止某种不幸后果。但所谓不幸后果云云，大都属于无稽之谈，杞人忧天。不吃箭猪便不会染上胆小的毛病，不动土、不出行便不会受灾，纯属无稽；跳霹雳舞便会伤风败俗，搞股市、证券便会姓资、演变，更属杞忧。

古来众多的禁忌，自然不都是愚昧无理的，如同姓不婚制便包含了优生学原理；但更多的禁忌是毫无道理的，是蒙昧、迷信、科学不昌明、思想不解放的产物。妇女"立莫摇裙，喜莫大笑"毫无道理可言，乃是人压迫人的荒唐规定。头发和指甲"勿投水火"，源于迷信和"身体发肤，受之父母，不敢毁伤"的封建礼教。"曾经圣人手，议论安敢到"是敬神畏圣，思想不解放的结果。

坚韧性、顽固性是禁忌的一大特点。吕叔湘为说明许多禁忌不易打破，曾举出美国人长期保持着不许说"腿"而要用"肢"来代替的习惯。堪称"妇女禁忌之经典"的《女诫》，压在中国妇女头上两千多年，直到有了妇女解放运动才被掀翻。"某日不宜出行"之类，似乎早该寿终正寝，但据我所见，至今仍被信徒们执行着。韩愈不敢超越圣人的话，说在一千多年前，但现在仍颇有生机。

禁忌多与无知和迷信联姻。要想打破禁忌，一要科学，二要勇气。我想，在古代"饮食的禁忌"中，一定有过"不许吃螃蟹"的禁忌，因为浑身甲胄、横行无忌的螃蟹极易让人生畏。但这个禁忌最终被一位勇士打破，他先是横下心，再猛撕猛咬，终使螃蟹成了人类美食。鲁迅把敢为天下先者称为第一个吃螃蟹的勇士，真是妙喻。

改革开放是一场"换脑筋的革命"，换脑筋就要破除种种禁忌，而这些禁忌往往植根于人们思想和心灵的深处。我们要向勇破禁忌吃螃蟹的勇士学习。没有敢吃螃蟹的勇气，改革开放大业永无成功之日。

恶武侠乱少年心

侠很复杂。侠与匪，有时边界并不那么清晰，有的侠，匪气很重，有的匪，也有些侠气。单说侠，也是有优劣等差的，有刚正之侠，也有恶侠，即古人所谓"末流之侠"。侠多善行，但也有行恶者，"末流之侠"的恶行就更多。因之，决非一沾"侠"字，便纯然一尊英雄，就必是大仁大义。

为何要辨析这个"侠"字？因为当下盲目拜侠者极多，仿行者也极多，特别是一些低文化者和青少年。他们开口"江湖"，闭口"龙头老大"，身刺青花，结成帮伙，甚至怀揣利刃，杀人如戏，犯下惊天血案。从其犯罪的狠辣用心和手段上看，曾深受武侠作品杀戮情节的影响，当是重要原因之一。明史学者王春瑜在《〈论语〉新编》一文中有"恶武侠乱少年心"一语，洵为此类怪现状之写照。

这就需要对武侠作品中的毒素做些考察。

遥想三十多年前，"左"倾罡风尚有余烈，人们常把武侠与色情并提，且欲一并扫除之。后来拨乱反正，杀出个金庸大侠，武侠作品便仿佛冤案

13

被昭雪了一样,迅即在文学史上谋了一个不错的位置。但事情其实并未完结,这拨乱反正也并没反得恰到好处。一个明显问题,就是对武侠作品中反人道的暴力杀戮情节认识和否定得很不够。

就说《水浒传》吧,人们常常只盛赞它是四大名著之一,是武侠精品,只称颂它是"农民起义的教科书"(此说并不确),而对梁山好汉杀人如麻、残忍暴戾的反人道暴行,却很少给予理性的分析和必要的谴责。

鲁迅先生则不然。先生的头脑极清醒,态度也极公正,他对李逵抡起板斧向无辜的看客排头砍去颇为不满。他评论梁山好汉说:"他们所打劫的是平民,不是将相。"对于中国古来的侠客,鲁迅又以历史的辩证的眼光视之,不光看到了侠在源起时本为好东西,也看到了侠的变迁与不祥,看到了侠是流氓的老祖宗。他说,墨子之徒,就是侠,与儒本来都是好东西,"可是后来他们的思想一堕落,就慢慢地演成了所谓流氓"。这话出自他的讲演词《流氓与文学》。

流氓,乃匪类之一种,匪类身上有残忍和嗜杀的匪气是自然的。闻一多先生对侠与匪的联系及其人格特质做过精辟的概括,归纳出了"墨—侠—匪"这一精神路线。

有看官问:真有梁山好汉那么残忍暴戾吗?有的。还是让施耐庵来回答吧。

请看,病关索杨雄是怎样杀潘巧云的:

> 杨雄割两条裙带来,亲自用手把妇人绑在树上。……杨雄向前,把刀先挖出舌头,一刀便割了,且教那妇人叫不的。杨雄却指着骂道:"……我想你这婆娘心肝五脏怎地生着,我且看一看!"一刀从心窝直

割到小肚子下，取出心肝五脏，挂在松树上。杨雄又将这妇人七事件分开了。

再看，李逵是怎样杀黄文炳的：

> 李逵拿起尖刀……先次从腿上割起，拣好的，就当面炭火上炙来下酒。割一块，炙一块，无片时，割了黄文炳。李逵方才把刀割开胸膛，取出心肝，把来与众头领做醒酒汤。

还是这个李逵，在赚朱仝上梁山时，把朱仝怀抱的小衙内，头颅劈成两半。

还有十字坡张青、孙二娘开的夫妻黑店，剥人皮，剁人肉，包人肉馅包子，店内人肉作坊里设有专门剥人皮的长凳，谓之"剥人凳"，"武松到人肉作坊里看时，见壁上绷着几张人皮，梁上吊着五七条人腿"。

这类残忍且令人作呕的杀人情节还有不少，无须再抄录了。看官请注意，这些残忍的杀戮行为，并非是在两军对阵，相互厮杀中发生的，而皆是针对俘虏、弱者和无辜百姓的，采用的杀人手法也极端反人道，是把人当做牲口，当做猪羊一般来处置的。

黄文炳即使该杀，他也不是牲口，无须"割一块，炙一块"，如同杀猪宰羊。潘巧云有多大罪过？竟也被屠宰掉了。那十字坡的黑店，更不知吃掉了多少无辜百姓。那个小衙内，四岁孩童也，无辜更无反抗力，竟也被李逵残杀。周作人在《知堂回想录》里说："设计赚朱仝上山那时，李逵在林子里杀了小衙内，把他梳着双丫角的头劈作两半，这件事我是始终觉得不能饶恕的。"想必凡有点慈悲心的读者，也都不会饶恕李逵。

李逵之流何以如此残忍？盖因在他们脑子里，人与牲口是分得不那么清的，他们不把人当人，而把人当成牲口。这种极端丑恶的文化心理，实际上正是《水浒传》及众多武侠作品之暴力虐杀情节的最本质的东西，也正是这些作品最有害的毒素。

有看官又会问：区区小说、网络，何至有那么大影响力？所谓"恶武侠乱少年心"云云，是否高抬了小说、网络的作用？答曰：确实如此，并未高抬。历史经验和现实经验都告诉我们，武侠小说特别是网络武侠，对于那些血气未定的青少年是极具诱惑力的，他们最爱仿行那些富有刺激性和攻击性的情节，尤其欣赏和喜爱模仿"和尚打伞，无法无天"。这种阅读心态在心理学上是得到证明的。

从历史上看，普通民众受小说影响，甚至当成生活的教科书，是极普遍的事。他们从《三国演义》中学来了智谋；从《封神演义》中抬出了膜拜的神灵；张献忠手下不少将领的名字来自《水浒传》绰号；青红帮的许多规矩，源自桃园三结义；民谣有云，"看了三国爱使诈，看了水浒爱打架"等等。对于此类现象，梁启超曾总结说：中国人的江湖盗贼思想、妖巫狐鬼思想，堪舆、相命、卜筮、祈禳、阖族械斗、迎神赛会等等陋习劣行都来自小说，因而要进行小说革命。

旧小说的负面影响的确是相当厉害的。历史和现实都在提醒我们，不能小觑武侠作品对普通民众的影响力，特别是坏作品对青少年的蛊惑力。

面对铺天盖地而来的剑客、杀手、暴力、杀戮，我们该怎么办？第一，要辨析之。第二，要扬弃之。决不能逢侠便拜，不能盲从施耐庵，对金庸大侠也不能搞"凡是"。第三，要参照梁启超的意见，搞新式"小说革命"，再加上"网络管理革命"。决不能让武侠的血腥气弥漫在社会中。

文末，姑以韵语四句作结：

小说网络，匝地盈天。

侠之匪气，乱我少年。

梁氏革命，允称卓见。

鲁迅论侠，作则作典。

《论"他妈的"》之余论

　　"他妈的"这句詈语，颇有些不凡，竟引得大文豪鲁迅作了一篇专题杂文《论"他妈的"》。迅翁惊叹"他妈的"之普及性，遂引古语"犹河汉而无极也"形容之，并讥称之曰"国骂"。据迅翁分析，这个"他妈的"，本是一个完整句子，经缩简，"削去一个动词和一个名词"，便成了短促简略的三字句。

　　迅翁对这一"国骂"的分析，让我不禁想起一个与之相类，且有"第二代国骂"之称的口头禅，这就是近些年来在球场上常能听到的那个"傻×"。这个只好用"塔布"(禁忌)的办法避去的字，正是迅翁文中所说的"削去"的那个名词。有人称这句詈语为"京骂"，我以为不够准确，因为它早已漫出京城，普及于异地了。按照语言学家的分类，这句詈语属于"性丑语"，基于此，我想把它称之为"秽骂"。

　　考"秽骂"之起源，约略可溯至 20 世纪 90 年代，发明人大抵是几个球痞。迅翁说："最先发明这一句'他妈的'的人物，确要算一个天才，——然而是一个卑劣的天才。"秽骂"之发明人，无疑正是这种卑劣的天才。几声最初的"秽骂"，竟演化为大批量红男绿女排山倒海声震九霄的骂詈，若非始作俑者有几分卑劣的天才，哪会造成这种奇哉怪哉的局面？

起初，闻球场"秽骂"事，我总度之为好事者瞎编的段子，然而竟是真的！我愀然顿生奇耻大辱之感。

性丑语，依我文明之邦的老例，总是应该尽力避讳的，特别是于正规场合，于稠人广众间。"他妈的"，其实也正是部分避讳的结果：尽管脏字犹存，但毕竟稍稍干净些。古来江湖上有所谓"切口"，即隐语，也总是力避性秽语。记录"切口"的书，宋代《绮谈市语》有"身体门"，称眉毛为"春山"，肾为"幽关"，决无秽语，且文雅有致。明代《行院声嗽》也有"身体门"，称尿为"碎鱼儿"，放屁为"撒进"，也并不让人觉得肮脏。民国吴汉痴所编《切口大辞典》，记有很多娼妓业"切口"，如"八大胡同妓院之切口"、"长三书寓之切口"、"雉妓之切口"等等，但决不直言"秽骂"中的那个字。

再阅中国古典小说，除去张南庄那部描摹鬼物世界的《何典》用过几次"×"字外，大多数提到男女性事时，都不用那个字。连素有所谓"淫书"之称的《金瓶梅》，甚至也有避秽就雅的考虑，如所言"王鸾儿"、"那话"之类就是男根的隐语。《红楼梦》乃爱情小说，自然要写性爱，但写到床笫之事时却总以"云雨"等隐语来表达，如"贾宝玉初试云雨情"、"王熙凤毒设相思局"两回皆如此。只是第二十八回写到众人行"女儿酒令"时，雪芹先生才让薛蟠说了句口无遮拦的下流话，但那是为刻画薛蟠这个呆霸王的无赖相。

看到先人竟是如此力避淫秽，至少是遮蔽淫秽，再反观一下而今那秽声"直上干云霄"的骂詈，真不知时光是向前走还是倒着转。在古人面前，我深感羞辱,倘若平康里的风尘女子嘲笑我们不如她们"含蓄",我们又复何言!

那些造字和编字书的古圣先贤们,对于性丑语,造不造,收不收,恐怕也从秽洁的角度考虑过,对于那种实在污人眼目的脏字秽语如何处置,他们大抵也是很为难的。《淮南子》云,仓颉造字时,"天雨粟,鬼夜哭"。据博识家推断,这是仓颉造脏字时的情形——圣人不安,一切反常,连鬼神也怆然泣下。许慎老先生著《说文解字》时,恐怕也曾为是否收入一些性丑语犯过难。秽骂里的那个字,从尸,必衣切,但《说文》"尸"部里却没有。莫非是汉朝还没有出现那个词? 我猜想,更可能的是许老先生羞于收那个字。

敦煌卷子里有篇《天地阴阳交欢大乐赋》,里面有不少粗口荤段,敦煌学家为研讨古时社会生活,拟从古来字书里查出这些粗口荤段,但是查不到。很可能是字书编纂家在避秽趋洁。打从仓颉造字,避秽趋洁恐怕就是中国造字家、字典家的一个风尚,甚或是一个行规,其中起支配作用的观念,大概就是一个耻字。

遥想古圣先贤造字编书时的苦心孤诣之状,我又为今人多了一层耻辱感。固然,我们不会编字书,但我们是识文断字有文化的人呀,怎么就喊得出那个斯文扫地的字眼呢!

外国人是否也有类似我们的骂詈? 迅翁在《论"他妈的"》里考察过这个问题。他说,就闻见所及,挪威小说家哈姆生写的小说《饥饿》,粗野的口吻很多,但不见"他妈的"及相类的话;高尔基的小说中多无赖汉,也没有这类骂法。唯有个叫阿尔志跋绥夫的俄国小说家写的《工人绥惠略夫》里,有一句"你妈的"。迅翁的看法是,外国人是不大骂"他妈的"一类脏话的。北大李零教授写过一篇《天下脏话是一家》,举出外国也有类似"秽骂"的话,如美国人有个词是 Stupid Cunt,就是球场"秽骂"那个意思。但是,词义虽相同，美国人却没有在看球时大喊大叫那个词。

看来，在"秽骂"问题上，我们的月亮还真不如外国的圆。这令我戚然怅然久矣，深感在洋人面前抬不起头来。华人与狗不许进公园，国人视为国耻，然"秽骂"干云，难道就不是国耻么？

以"国骂"辱人，最易陷入自辱之境。迅翁在杂文结尾处写道："我曾在家乡看见乡农父子一同午饭，儿子指一碗菜向他父亲说：'这不坏，妈的你尝尝看！'那父亲回答道：'我不要吃。妈的你吃去罢！'则简直已经醇化为现在时行的'我的亲爱的'的意思了。"这一双父子，初意自然不是辱骂对方，甚至还是想昵称对方，但一用性丑语，便造成了实质上的辱人兼自辱状态。"妈的你尝尝看"——这位公子也不思忖一下，你对父亲说"妈的"，你不就成了乱伦一族了吗？这不是自取其辱又是什么？

球场"秽骂"，其实也正与这双父子相仿佛，看似辱人，实则自辱。此"秽骂"原本是标准的既黄色又粗野的江湖秽语、流氓语言，其原始含义中含有浓烈的性犯罪倾向，而骂者竟于稠人广众之中，光天化日之下嘶之喊之，这不是自取其辱又是什么？

近些年来，街痞主义肆行，粗口淫语大有涓涓细流汇为排空浊浪之势，不只在球场，网络、手机上的各种性丑语，也如害河决堤，九州乱注。以往只流行于贩夫走卒土棍无赖之口的口头禅，如今成了众多衣冠人士钟爱的"绝妙好词"。耻字，在芸芸国民中黯然褪色。

今天提倡"八荣八耻"，善哉！倡导知耻，自古而然。古代大政治家管仲认为，"礼义廉耻，国之四维"。四维者，四根立国的大准绳、大精神支柱也。此虽为古代标准，却不失现代意义。四维之中，我以为耻是底线，按照孟子的说法，人若无耻，便与禽兽无异。

解析一份"货单"

　　茶壶、手巾、耳挖勺、妓围、铁锅、牙签、肉阵、椅子、屏风、解毒药、抓痒、鼎器、鞋垫、案板、痰盂、拔火罐……

　　看官，您大概觉得这是一份普通的杂货铺货单。但您若是仔细瞧瞧，也许会有某种异样的感觉。明白地告诉您吧，这单子中的好几种名目都是指人，指妇女，是古代某些妇女的异名、别称。但是，在封建的男权社会里，在拿女人当器具的男人眼里，这单子还真就是一份普通的货单。

　　先谈谈"妓围"和"肉阵"。这是被人们艳称的盛唐时的事，是唐代开元、天宝年间妇女被当做器具使用的证明。五代时人王仁裕所著的《开元天宝遗事》"妓围"条记道：

　　　　申王每至冬月，有风雪苦寒之际，使宫妓密围于坐侧，以御寒气，自呼为"妓围"。

这"妓围",原来是以宫妓为原料的取暖设备,是以宫妓为建筑材料的暖室。这位申王真是别出心裁,也真是恶劣之至,竟想出了这种用妇女身体御寒的歪招。他在苦寒之中暖和了,而那些密围于侧的宫妓,该会冻成什么样子!

无独有偶,那个臭名昭著的奸臣杨国忠,也是个喜用妇女身体御寒的家伙,《开元天宝遗事》"肉阵"条记道:

> 杨国忠于冬月常选婢妾肥大者,行列于前,令遮风。盖藉人之气相暖,故谓之"肉阵"。

不知杨国忠与申王谁学谁,抑或他们各有创意而"英雄所见略同",这"肉阵"与"妓围"大体是相同的。但杨国忠又着实是匠心独具:他在挑选"材料"时,很注意婢妾身材的肥大,以保证挡风的效果。唐代妇女以体肥为美,在杨国忠周围,一定有许多体肥的婢妾候选;组成"肉阵",是足够选用的。

再谈"货单"中的"解毒药"。这"解毒药"并非是真药,而是指被用来作为解毒药的妇女。这是唐末西川黄头军使黄琪干的事。《通鉴纪事本末》卷三十七《黄巢之乱》记道:

> (黄琪赴宴,被人下毒。)归,杀一婢,吮其血以解毒,吐黑汁数升,遂帅所部作乱。

黄琪未死,可能是因为喝了婢女的血之后,血腥味引起了呕吐,吐出了毒药,并非是婢女的血真有解毒的作用。但黄琪却认定婢女的血能解毒,所以他活活地残害了一条性命。不知当时有没有"女人之血能解毒"的迷信，若是有，那就不知有多少妇女被当成了解毒药而杀掉。

与"解毒药"一样，"货单"中的"痰盂"也不是真痰盂，而是指明代被严嵩父子用作痰盂的妇女。相传明代奸相严嵩和他的儿子严世蕃有个癖习，就是吐痰不吐在痰盂里，而是吐在婢女的口里，称之为"肉唾壶"，也叫"香唾盂"。冯梦龙《古今谭概·汰侈·唾壶》记录了严世蕃的这一癖习：严每次吐痰，"皆美婢以口承之，方发声，婢口已巧就，谓曰'香唾盂'"。严氏父子的这个癖习，说起来真是让人恶心，也真让人愤恨至极。他们的歹毒心肠，可说是已达到了丧心病狂的程度。那些被他们用作痰盂的妇女，其命运之悲惨，真是令人无限的同情。

"货单"中又有"抓痒"一名。何为"抓痒"？请看晚清小说家李伯元《南亭笔记·庄谐联话》的一段记述：

> "抓痒"：富室女婢抓痒者，为主人爬搔背际痒，高低如意，故名，遂爱之。主人年老无嗣，以为义女，齿既长，勿令嫁也。

"抓痒"二字，在这里可不是动词加宾语，而是个名词，是负责为富翁抓痒的女婢的专称。这名称若今译就是"老头乐"。女婢所执的业务，也正是"老头乐"的功能。女婢其实就是会说话的"老头乐"。但比起真"老头乐"来可又好使多了，为主人爬搔背部痒痒时，"高低如意"，难怪主人爱之。在富翁眼里，这负责抓痒的婢女纯粹是个物件，不是人，所以即使长到出嫁年龄，也不许出嫁，而是要为自己抓痒到底。所谓"爱之"，并非爱其人，而是爱其抓痒如意。认其为义女，也并非是以爱女待之，而是残酷地毁灭了婢女的前途。

李伯元笔记中说到的这种"抓痒",在清代社会里大概是很普遍的。有个具体的史例,可以印证李伯元的笔记。这个例子涉及大名鼎鼎的曾国藩。咸丰十一年十月十四日,曾国藩在给他弟弟曾澄侯的一封信里写道:

> *癣疾如常,夜间彻晓不寐,手不停爬,人多劝买一妾代为爬搔。*

曾国藩有皮肤病,这在他的家书和日记里常常提到。怎么解决挠痒痒的问题呢?许多人劝他买个小老婆代为抓挠。这个小老婆,也就是李伯元所说的"抓痒"。"买一妾代为爬搔",曾国藩说这话时,就像说"买个老头乐"一样随便。在曾国藩和劝他的人眼里,买妾如同购物,买来的代为爬搔的小老婆,不过是一件普通的家庭用具。

"货单"中的"鼎器",是指古代道士的性理论中的妇女。这种性理论,最不把妇女当人看,而是把妇女视作纵欲的器具。周作人曾有"道教之以女子为鼎器"之语,就抓住了这一性理论对妇女的恶劣态度的实质。按照这个理论,男子欲修仙炼道,就要在许多女子身上纵欲,纵欲如同炼丹,而女子就是炼丹鼎。这是多么赤裸裸地把妇女当成器具的理论。鲁迅先生说,"中国的根柢在道教",懂了道士的这种性理论,必会加深对古代中国妇女的悲惨命运的认识。

"货单"解析完了。我看到的是一份罪恶的历史账簿,一幅封建男权社会中妇女的受难图。在西方,中世纪教会也曾把妇女不当人看,他们曾讨论过"女子有无灵魂,算不算得一个人"的问题。中国的男子虽未做过如此讨论,但对妇女的歧视绝不在西方中世纪以下,"货单"中的若干"器具"

就是明证之一。

人们常说妇女在封建时代是被压迫的、被污辱与被损害的，若是具体点说，还可再加上一句——"被使用的"，因为那时的妇女是被视为"人形的物"，被当做器具来使用的。"货单"中所提及的，只是这"人形的物"的几个品种而已。

这该诅咒的"货单"！这该诅咒的封建男权社会！

杂话"无子出妻"

　　现在有的丈夫因为妻子生了女孩就闹离婚，并定要再找个"能生男孩的"——这大约是封建时代夫权和宗法制度下"无子出妻"的孑遗。

　　那时的圣贤之书儒家经典里就明白地写着丈夫可以因妻子未生儿子而休妻。《大戴礼记》《仪礼·疏》有所谓"七出"之说，就是丈夫可以在妻子"不顺父母"、"无子"、"妒忌"、"有恶疾"、"多言"等七种情形下随意休弃妻子。清朝法典《大清律例》里的"婚姻法"还把"无子"列为"七出"之首。

　　那时，家家户户都在祷祝着儿子的降临。做妻子的，就更加心急，因为丈夫、家族、社会，已经把生子的重任交给她们了。妻子们竟也自认"舍我其谁"，无子应出。她们被休弃时的心情，也多是"伤茕独之无恃，恨胤嗣之不滋"（曹丕《出妇赋》）地自悲自恨。也有是情种的丈夫，不忍休妻，但往往父母不容，家族不容，只好放弃那白头偕老的美梦。于是有聪明人想出了用纳妾的办法来弥补出妻的不幸，多妻制便借此愈加发达。《红楼梦》里的贾琏娶尤二姐做妾的一个缘由，就是王熙凤无子。

那时，只生女儿的母亲遭殃，也会殃及女儿。《诗经·小雅》上说：周代人家，"乃生男子，载寝之床，载衣之裳，载弄之璋……乃生女子，载寝之地，载衣之裼，载弄之瓦"。若生男孩，这男孩睡的、穿的、玩的，大受优渥，若是女孩，便等而下之。圣贤书上都是这么写的，那么理应重生男而轻生女了。至于溺毙女婴，那不过是对圣贤之书的一点小改进罢了。

那时渴求儿子，是为了绵延家族、养儿防老、继承财产等目的，于皇家则是为了皇位有继。阿Q的恋爱虽未成功，但他是打算好要儿子的。他想："应该有一个女人，断子绝孙便没有人供一碗饭。"于是他去追求吴妈。慈禧原是个嫔，生了载淳，也就是后来的同治皇帝，就晋为妃、贵妃，这是因她有功于皇族。

其实，求子并不是人类天生的癖好，它只是伴着夫权和宗法制来到世间的。在此之前，曾有过重女轻男、以女为嗣的母系社会，那时的人们是盼求女儿的。晚近云南永宁区纳西族就还保留着以无女为绝嗣的习俗。而母权制一被推翻，求子之风便兴起，"无子出妻"便盛行，妇女便扮演起那一幕幕悲剧的主角。然而在我们的社会里，竟也有人做出了"无子出妻"的害理之事。这说明，封建夫权和宗法思想的阴魂并未散尽，实在需要我们努力去彻底驱灭它。

冯梦龙的《禁溺女告示》

溺毙女婴的残忍程度，依我看绝不在淫杀妇女以下。淫杀妇女，是施之外人，溺毙女婴，则是杀死亲骨肉，而且杀的是毫无反抗能力的小生命。若无残忍心性，如何下得了手？可悲的是溺毙女婴在中国民间竟成了千百年来相沿的一种陋俗。

鲁迅先生在翻查历史时看出了"吃人"二字，其实不只是富人吃穷人，强人吃弱人，也包括男人吃女人，大人吃儿童，这溺女就是个显例。

几千年来，肯替妇女说话的男人如凤毛麟角，清朝的俞理初算是佼佼者了，他反对"烈女殉夫"，反对"女不可再嫁"，反对缠足，所以很受今人推崇。我在这里还想举出一位替妇女说话的男人，他在俞理初之前，是明朝人，他就是大名鼎鼎的明代平民文学家冯梦龙。

说冯梦龙大名鼎鼎，主要是说他的文名，他撰著、编纂的书多达七十多种，著名的"三言"就在其中。但是，冯梦龙坚决反对溺毙女婴，为妇女争取生存权的事，知之者就很少了。冯梦龙在福建寿宁县当过一任知县，是个大大的清官，他的善政之一，就是严禁溺毙女婴。他在自撰的县志《寿宁待志》中写道："闽俗重男轻女，寿宁亦然，生女则溺之。自余设厉禁，且捐俸以赏收养者，此风顿息。"他采取的是厉禁与奖励收养者两种办法，一刚一柔，恩威并行，收到了极好的效果。寿宁县不知有多少女婴的生命被冯梦龙挽救了，这位县太爷真是这些女子应当叩谢的大恩人。

冯梦龙在县志里说，"闽俗重男轻女"，这"重男轻女"四字，在现今社会里已是惯用语、流行语，而早在三百多年前，冯梦龙就用它来概括溺女之类歧视妇女的陋俗了。

禁溺女婴的告示是冯梦龙亲笔起草的，标题旗帜鲜明，就叫《禁溺女告示》。冯梦龙把它收进了《寿宁待志》，可见他对这个文告的重视。兹节录一段：

> 寿宁县正堂冯，为严禁淹女以惩薄俗事：访得寿民生女多不肯留养，即时淹死，或抛弃路途。不知是何缘故？是何心肠？一般十月怀胎，吃尽辛苦，不论男女，总是骨血，何忍淹弃？为父者你自想，若不收女，你妻从何而来？为母者你自想，若不收女，你身从何而活？况且生男未必孝顺，生女未必忤逆。……如今好善的百姓，畜生还怕杀害，况且活活一条性命，置之死地，你心何安？

这个文告写得极好。思想好，文字也好，可谓晓之以理，动之以情，刚寓于柔，刚柔相济。问"是何缘故"，实际冯梦龙心里是有数的，正像问"是何心肠"一样，都是在质问溺女者，在呼唤溺女者的良心。问为父、为母者的话，更是有理有力，无可辩驳。生男、生女之比较，虽仅限于是否孝顺的问题，却透露出生男生女都一样的精彩思想，"总是骨肉，何忍淹弃"，这动情的话，是为了打动溺女者的冰冷之心。"活活一条性命"云云，更是在猛力呼唤溺女者人性的复归。

"女婴也是人！"我仿佛听到了冯梦龙这心底的话。冯梦龙的告示，可谓在男权社会中为妇女发出的一声呐喊，是射向男权主义的一支响箭，是吃人社会中的一束人道主义的光亮。

告示是大手笔写的白话文，通俗易晓，全无官府文牍中常见的套话和晦涩，想来张贴以后，定是围观者众，朗读者多。提倡白话文的五四健将们若是读了这篇告示，想必也是会赞叹不已的。

说到几千年来中国妇女的悲惨命运，常说妇女是"被压迫的"、"被污辱与被损害的"，实则还应该再加上一句，"被杀害的"。妇女之被杀害，实在是太常见的事了，溺女只是方式之一。冯梦龙反对溺毙女婴，就是反对杀戮妇女，就是在维护妇女的基本人权——生存权。他反对杀害的是婴儿，所以同时也就是在保卫儿童。可以说，冯梦龙是一位明朝的人道主义者，是三百多年前的一位难得的妇女命运的同情者。

我写这篇文字的时候，正值联合国第四次世界妇女大会刚刚落下帷幕。从冯梦龙时代的溺毙女婴，到今天强劲的妇女解放运动，妇女的命运发生了极为深刻的变化。冯梦龙若地下有知，大概会感到欣喜，露出微笑吧！

社 鼠

老鼠的日子历来不好过，所谓"老鼠过街，人人喊打"。但有一种老鼠，日子却过得安恬，只作恶，不挨打，这就是社鼠。

社，是土地庙。古时，土地庙里常供有一种象征土地神的涂着泥巴的木头，老鼠钻到里面，人们很难抓住它，因为用火熏则怕木焚，用水灌则怕泥塌，所以只好听任社鼠为所欲为。

鼠界的事，有时与人间是相通的。报纸上披露的那些为非作歹的衙内和买通权势者的奸徒，不正是人间的社鼠吗？

用社鼠比喻有靠山的坏人，始于先秦文献《韩非子》和《晏子》，这表明人们很早就已认识到社鼠的危害。翻检史书，可以翻出不少社鼠作恶的记录。《隋书·刑法志》记，梁武帝时，王侯势大，一些强盗、窃贼和亡命之徒，白天藏在王侯府中，夜晚出来行抢，时称"打稽"。明人张襄《水南翰记》记，明代北京有"依托官府，赚人财货者，名'撞太岁'"。赚者，诳骗也。此乃一群以官府为保护伞，便是太岁也敢骗的"大马扁"。这些记录都是社鼠危害社会的典型事例。

社鼠猖獗，源于社的发达。皇权、官位、高贵血统，都可以成为土地庙里那根涂着泥巴的木头。明人沈德符《野获编》卷五记，明代的公、侯、伯封拜，俱给铁券，券上刻有从本人到子孙免死的次数，"所谓免死者，除谋反大逆，一切死刑皆免"。也就是说，只要衙内不造皇帝的反，就是杀人，也不偿命。清人王有光《吴下谚联》卷三记，明末以来，社会上流行"纱帽底下无穷汉"的谚语，意思是谁当了官，其亲朋好友便可"词讼通关节，馈送索门包，肉食罗绮，挟伎（娼妓）呼卢（赌博），无所不至，故曰'无穷汉'"。老鼠若是没有社的保护和撑腰，是绝不敢放肆作恶的，而有了社的保护和撑腰，它们便气焰嚣张，敢于无恶不作。古代如此，今天也无二致。

同为社鼠，等第其实也不尽相同，这要看谁依仗的势力大。衙内是最得天独厚的社鼠。一般鼠辈要想取得社籍，还须先向土地神即权势者上供。

社鼠历来为国之大患。齐桓公问管仲，治国最忧虑什么？管仲答："最忧社鼠。"欲抓社鼠，必先毁社，而毁社在封建社会里谈何容易？今天则不同，虽也有种种障碍，但只要我们拿出火烧水灌土地庙的勇气来，认真执行党纪国法，有什么样的社鼠抓不住、灭不了呢？

吹牛外史

　　男女两性，历来写文章的，多爱写女性：写女祸，写娼妓，写缠足，写柳如是，写冯小青，写妇女解放，写美女经济……但很少有人从性别的意义上专门写过男人，这就好像过去的医院，只有妇科，没有男科，结果男人都不知道自己究竟是怎么一回事。但现在不同了，男人的事，男人的特点，也专门有人研究了，男女要平等了。有位爱好历史掌故的朋友对我说："男人爱吹牛，你是男人，又懂点历史，研究过男人的吹牛史吗？"我原先没想过这个问题，但经他这一启发，倒真是想研究一下男人的吹牛史了。当然，这种吹牛史是入不得正史之林的，只能算作杂史、外史。

　　东汉王充《论衡》里有一句"儒者之言，溢美过实"的评语，那意思说白了，不过是"文人好吹牛"。邓拓在《燕山夜话》里纠正此论，说道："爱说大话的还有其他各色人等，决不只是文人之流。"无疑，邓拓的话是全面的。但我发现，王充的话，也有特别可取之处，它突出了吹牛者的特点——男人为多。试想，"儒者"不大都是男人吗？这个推理，似乎简单了些，难以服人。还是应当效法乾嘉学派和福尔摩斯，崇尚证据。否则，天下须眉就要说我胳膊肘朝外拐了。

古籍中所记著名的吹牛者几乎都是男人。"墦间乞食"的故事，出自《孟子》，说的是齐国有一男子偷吃坟前祭余，却向妻妾吹嘘自己受到富贵人家的款待，结果被妻子跟踪窥知。纸上谈兵的赵括，言过其实的马谡，也都是血气方刚、年富力强的男子汉。宋人洪迈《容斋随笔》中有"大言误国"一则，罗列了四位吹牛大王——王元、孔范、魏岑、王昭远的"行状"，其中以东汉初人王元的牛吹得最出色。他为撺掇隗嚣割据关中，自称可用一丸泥塞住函谷关，结果大败。查王元等四人性别，均为男性。清代八旗子弟更以好吹牛著称，邓友梅《烟壶》里的旗人寿明说："您别听乌世保口口声声'他撒勒哈番'，那是他吹牛，我们旗人就有这点小毛病，爱吹两口。"阿Q也极爱吹牛，他胡吹自己是赵太爷的本家，比秀才还长三岁，与人口角时，动辄就吹嘘自己"先前阔"。

诸如此类男人吹牛的历史掌故是不胜枚举的。相反，关于妇女吹牛，却没有什么知名的掌故可谈。女巫自吹能通神捉鬼算是一个著例了，但比起男人中那些在皇帝面前神吹能炼出长生不老药的方士来，可就真所谓小巫见大巫了。

上面说的都是封建时代的事。那个时代，可说是培植男人吹牛陋习的温床，是男人吹牛的黄金时代。此话怎讲？这里有一个推理，吹牛的心理基础是虚妄自负，自高自大，而封建夫权制正是男人产生这种心理的社会生活基础。男人们在这个社会里可以随便耍威风，闹脾气，于是就容易添点小毛病，"爱吹两口"。而妇女则因为要恪守"德言工容"，哪敢云山雾罩？

但后来，夫权制被推翻了，吹牛队伍里女的渐渐多起来。大跃进时，男女同胞一起放卫星，赶超英美。"文革"中，男女红卫兵"战斗在一起，胜利在一起"，一两个人就能吹成一个"战斗队"，三几个人就是一个"造反兵团"。大家又一起"吹向世界"，向五洲四海宣告："中国是世界革命的中心！"这就要套邓拓的话了："爱说大话的还有女人，决不只是男人之流。"这景象，其实不正是我们整个民族的精神遭到重创的结果吗？

当然，一般来说，吹牛夺冠者还是非男莫属，凡事都夸口"张飞吃豆芽——小菜一碟儿"的"胸襟"，女人毕竟少。这大抵与男人豪放、有魄力的特性有点关涉，但显然是这些特性的末流，颇像练气功的"走偏"。

说吹牛者中男人多，只是和女人相对而言的，自然并非"为男即吹"。实际上，男人中很有些反对吹牛的健将。孔子"述而不作"，"不语怪、力、乱、神"，更有"过犹不及"的哲学，都很实在，不尚夸饰，更不吹牛。老子大智若愚，讲究"实谷不华"、"至言不饰"，也极蔑视夸夸其谈。"儒道互补"造就的中国人的理性精神，如果与西方人的民族性格相比，吹牛意识就更显得少了。不过这种理性精神也有点"走偏"，造就出了无数谦谦君子和张生那样"多愁多病"的男人。男子汉里反对吹牛最著名的当数彭总彭德怀同志，彭总"威武不能屈"，就是为了坚持"牛皮不能吹"，并为此罹难。这是"大丈夫"才能做出的事，这才是典型的中国男子汉！

吹牛，自古以来就没有好名声，但仍有不少爱好者心驰神往之。原来，吹牛也是有利可图的，可以满足虚荣心，可以抬高身价，可以哗众取宠，等等。尤其是吹牛可以不上税，吹了白吹，不负责任，不吹白不吹。吹牛得利的例子也是不胜枚举，这里只举一段颇有代表性的戏白。旧戏《变黄龙》里有一行者道白云："我这师父十分戒行精严，则是不断酒色，终日则是铺眉苦眼说嘴，哄得远近人等都来供养他。"说嘴，就是夸口，吹牛。这位当师父的花赖和尚，已不是什么靠吹牛哗众取宠，而是"哗众取养"，吃大伙儿了。

吹牛有利，但实在不过是蝇头微利而已。相反，吹牛之弊、之害、之祸，却是大大的。尤其是掌军国者吹牛，可以误国，误军，殃民。马谡、赵括吹牛的结局是人所共知的，王元等四人造成的结局也如是。清朝道光皇帝被洋人打败了，还吹嘘什么："该夷性等犬羊，不值与之计较。"似乎这是儿子打了老子，不必大动肝火。结果一败再败，国事日非。王明、李德一伙"左"爷吹嘘要"御敌于国门之外"，差点把红军打光了。"四人帮"成天唱高调，直唱得田里杂草丛生。擅长兵家权谋和间谍智术的人，还特别把吹牛者作为施行反间计的对象，如清人朱逢甲写的一部间谍史专著《间书》说："夸诞者，尊奉以间之"。意思是说，对敌人营垒中爱吹牛的人，要用吹捧、奉承他的办法进行反间。此足见吹牛误国之危险。

吹牛于国有害，于个人也有害无益。墙间乞食的齐人虽然塞饱了肚皮，光彩了几天，但终究被揭破，不但失去了人心爱情，还成了后人千古讥笑讽刺的对象。今人好吹牛者，大抵也不脱自食苦果、恶果的路数。此类事例司空见惯，无须我再饶舌。

正是：

　　　　　　一部吹牛史，几度家国危。

　　　　　　男儿气虽壮，牛皮不可吹。

　　　　　　谷实不飞花，真人行迹微。

　　　　　　遥思彭元帅，求实树英碑。

清谈只宜闲散人

—— 一条清人笔记的注议

　　清人龚炜《巢林笔谈续编》卷上有"清谈"条目，文甚短，凡十一字，很耐人寻味。文曰："清谈最有致，但只宜闲散人。"

　　"清谈"一词，源于魏晋，特指当时风靡士林的崇尚老庄、空谈玄理的风气，以后便泛指空谈。"有致"，即有情致，讲究清谈艺法。说"清谈最有致"，确是不假。魏晋时，清谈是极雅的事，或在华屋，或于林下，执麈啜茗，娓娓道来。所谈或老庄玄学，或易经哲理，或佛教禅机，高深得很，唯不涉及世务。清谈很讲究"言约旨远"的技巧，所以应对"每多妙谛"。

　　清谈出色的，便是清谈家。清谈家一多，就有人搜集他们的事迹和经验，编了《世说新语》这部清谈专著。清谈有致，可作谋官之术，鲁迅说："晋人尚清谈，讲标格，常以寥寥数言，立致通显。"对《世说新语》，鲁迅评为"其实是借口舌取名位的入门书"。

　　后世的清谈，又有后世的情致。宋儒以高谈道学、不尚时务为清雅，明学以"束书不观，游谈无根"为特色，现今那些游山玩水的会议和空洞无物的文牍，也都有各自的"情趣"和讲究。

清谈虽有致，但并非人人都有清谈的资格。龚炜笔记的后半句说得好——清谈只宜闲散人。闲散人，既闲且散，不干正事者是也。魏晋清谈家崇尚的清谈祖师老子就是一个大闲散人。鲁迅说他"尚柔"，并"以柔退走"，是个"一事不做，徒作大言的空谈家"。魏晋时何充勤于政务，忙于披览文书，清谈家王蒙、刘惔等人请其"摆拨常务，应对玄言"，何充答道：我若不办正事，你等闲人怎么生存？可见王蒙等人俱属闲散。

明宪宗时，官僚们形成了一个闲散阶层，光拿俸禄，不干实事。某御史竟以连篇废话写成奏章，说什么"近来京城地方，车辆骡驴，街上杂走，骡性快力强，驴性缓力小，一处奔驰，物情不便，乞要分别改正"。这些废话真可谓"最有致"的清谈之词了。

清代也有一个闲散阶层，就是八旗子弟。八旗子弟又分为有职事的和无职事的两种。有职事的做官和当兵，无职事的都赋闲在家，没有任何一点正经营生可做，因而得到一个官称："闲散"。此称行于清朝正式文书，并非戏称。龚炜在笔记中使用"闲散"一词，正与八旗"闲散"暗合，抑或由此而来也说不定。此词妙极，可谓极尽清谈家之情状。八旗子弟有"铁杆庄稼"钱粮可吃，自然也就有了清谈的资格，泡茶馆高谈阔论便成了他们突出的生活特色。

闲散人在旧时代是让人羡慕的，但要当闲散人就必须有铁饭碗，诸如按品拿俸，"铁杆庄稼"之类。这一层道理，龚炜是没有提到的。但这一点至关重要，试想，要不是现在还有一些铁饭碗，那些光说不练、光吃不干的闲散人怎么活呢？

床头杂记

床头是多思之地。我常常斜倚床头，做无拘无束的杂想。有时想到床头本身，觉得个中颇多人生况味。

床公床婆

失眠是人生的苦事，所以古时的老百姓有供奉床神的习俗，为的是祈求"终岁安寝"。床神俗呼床公、床婆，类如土地公公、土地婆婆，是夫妻两个。供品放在寝室内，床公用茶，床婆用酒，谓之"男茶女酒"。古人认为，觉是否睡得安稳，是由床神管着的。中国人造神、敬神，大都是为了实用，为了自己具体的利益，床公床婆之祀就是一个典型的例子。床公、床婆虽是神，但也很务实，要匹配成双，要有茶酒喝，这是老百姓的务实精神使他们得到的好处。

床头训夫

曾见到一幅清人画作，画的是一个悍妇坐在床头，正在训斥跪在床边的丈夫。无独有偶，明清民间小调《怕老婆》也是类似的内容，小调是用丈夫的口气唱的："天不怕来地不怕，怕只怕的小子他妈一进门，不是打来就是骂。无奈何，双膝跪在床沿下，头顶着尿盆，手执着家法，哀告小子他妈：'哎哟，哀告老婆妈，从今再不敢犯你家法。哎哟，任凭你随便打俺几百下，从今后，你要怎么便怎么。'"这位丈夫不仅在床边下跪，而且头顶尿盆，真够苦的，是个地道的古代"妻管严"。

有的学者说，这个小调反映了一部分劳动妇女挣脱了夫权压迫。我觉得此说过于乐观。古时候怕老婆的故事很多，怕老婆的原因也有种种，未必都表明了夫权的动摇。武则天当了皇帝，慈禧太后说一不二，都没有动摇夫权。夫权的真正动摇是在大工业发展以后。

理想的夫妻关系是彼此尊重人格的平等，床头训夫是值不得称颂的。床头训夫是把夫权换成了妇权，把男尊女卑变成了女尊男卑，把尼采说的"到女人那里去，切莫忘记带鞭子"中的女人换成了男人。时下颇流行"妻管严"一语，若是玩笑话则罢，若真的搬演起床头训夫一类的活剧，那就无疑是畸形的、滑稽的夫妻关系了。

床头捉刀人

曹操要接见匈奴使节，但感到自己的体貌不够俊伟，不能威服匈奴，便找了个叫崔琰的做替身，自己捉刀立在床头。后来匈奴使节谈到观感时说："魏王雅望非常，然床头捉刀人，此乃英雄也。"这是个很有名的故事，见于《世说新语·容止》。匈奴使节所说的魏王实际是崔琰，床头捉刀人才是曹操本人。匈奴使节虽然不知个中底细，但其实很有眼力，一眼就看出了曹操的英雄气象。曹操本人倒是有些"无自知之明"了。

曹操或许不清楚，一个人除了体貌美丑外，还有气质的高下，常说某君有"气象"，或曰有气概，便是说他有一种人格美。如英雄气象、名士气象、君子气象、帝王气象、仁者气象、圣人气象、哲人气象、丈夫气象、侠士气象，等等。"诚于中，形于外"，这种气象乃是人格气质的外在表现。匈奴使节看出了曹操的英雄气象，是很难得的。鲁迅曾说，曹操至少是个英雄，也涉及到了曹操的英雄气象。时下影视屏幕上常可见到容貌姣好，但缺少魅力的演员，所缺者，盖某种气象也。此种演员，类如曹操的替身崔琰，虽也有"雅望"之形貌，但终不足观，难免为观众所轻。

由曹操床头捉刀，衍出了成语"捉刀代笔"。官场捉刀代笔之风，由来久矣，清朝的书启师爷便是县官的捉刀人。书启师爷后来演变为秘书。秘书代笔，势所难免，但若是连学习邓选体会之类都让秘书代笔，则有些说不过去，若是将秘书写的"接下页"也念出来，或是将彼会之用稿在此会上宣读，就更加可笑亦复可悲。这里所说的"若是"云云，其实都是已发生过的当代官场怪现状，这些怪现状即使是让惯请师爷捉刀的清朝县官们听了，大概也是会讪笑的。

叠被铺床

"若共他多情的小姐同鸳帐，怎舍得他叠被铺床。"这是《西厢记》里的名句，张生的话。另一个版本作："我共你多情小姐同鸳帐，我不教你叠被铺床。"张生的意思是，如果与莺莺结了婚，怎忍得让红娘叠被铺床。

这句曲词写得高妙。叠被铺床本是丫环分内之事，不让红娘来做，实际是不让红娘再当丫环，正如金圣叹批点此句所云："将欲写阿红（红娘）不是叠被铺床人物。"这句曲词极生动传神地道出了张生祈望红娘帮助他与莺莺结为夫妻的急迫心情，反映了张生对莺莺的炽烈的爱。"叠被铺床"是口语入曲，宛如天籁，有一种本色自然之美。我第一次读到它时就被吸引住了。王国维说："元曲之佳处何在？一言以蔽之曰：'自然而已矣。'""叠被铺床"就是个显例。所谓自然，实质就是一个"真"字，我们不是天天真的都在叠被铺床么？这种口语化的文字，乃是一种俗中见雅，大俗大雅的文字。

叠被铺床是夫妻日常生活中的必有事项，由此我想到，夫妇之间，究竟谁来叠被铺床，有时是颇能看出双方的关系和地位的。大致说来，倘若总是男的叠被铺床，那么夫妻关系多趋向平等；倘若总是女的叠被铺床，那么会有两种可能，或是双方平等，或是男尊女卑。叠被铺床虽属生活末节，但到底还是有一点认识价值的，郭沫若在《旋乾转坤论》一文中就曾用张生不让红娘叠被铺床，来说明男子在婚前的"卑己自牧"的态度。

床头起义

在政治运动热火朝天的年代，常常发生夫妻间"大义灭亲"，互相揭发批判的事，有人戏名之曰"床头起义"。真是绝妙好词。起义，本是正义的、庄严的政治行为，夫妻间互相倾陷而名之曰"起义"，又冠以"床头"两字，便把其行为的荒谬性和滑稽可笑概括得十分精当和传神。"床头起义"，实在不是什么起义，而是原汁原味的窝里斗。家，床头，说俗了也就是窝。"床头起义"是当代政治史上的笑料，也是婚姻史上的奇观。不仅仅引人发笑，也令人心酸。

床头与政治的联系，有时还表现为夫人政治，枕边决策。这与床头起义相比，并非窝里斗，而是夫妻"共谋大业"，是夫人领导下的丈夫负责制。

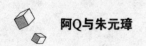

床前明月光

床前是多思之地，特别是文人，更喜欢床头独思。月朗星稀，一片静谧，正是独倚床头的文人们思绪最活跃的时候。难怪欧阳修说，诗文多得于"三上"——马上、枕上和厕上。如此看来，床头简直是作品的摇篮了。"床前明月光，疑是地上霜。举头望明月，低头思故乡。"李白的这首诗，八成就是斜靠在床头上，触景生情写成的。

床头有利于作诗文，是因为得益于一个"静"字，四周静，心也静，正是脑筋"动"的时候。鲁迅先生创作时有好静的癖性，即使是轻细的脚步声，也会使他丢下笔。可知静对于文人的写作是多么重要。渴望有一间能安静写作的书房，这几乎是所有文人的理想，但面对扰攘的红尘，还是先把心静下来才好。

"床前明月光"，"低头思故乡"，床头也是引人思乡思亲的地方。曹丕的《燕歌行》有句云："明月皎皎照我床，星汉西流夜未央。牵牛织女遥相望，尔独何辜限河梁。"这是写一个独居的妻子，在月光洒在床头时，更加思念远行的丈夫，愁不成眠。常言道"每逢佳节倍思亲"，对于久别的夫妇来说，也是"每倚床头倍思亲"。床头入诗，看来不是偶然的。

床上俗谣

有一种带猥亵色彩的俗谣，近年来颇为风行，内容都是涉及床上做爱的，所以我把它叫做"床上俗谣"。比如，"工资基本不动，烟酒基本靠送，工作基本是哄，老婆基本不用"，最后一句就带有猥亵色彩。此类俗谣大抵有一个程式，都是最后一句抖包袱，包袱都带有猥亵色彩。这类俗谣的作者都是无名氏，讲说者则各色人物皆有，其中绝不乏正派文雅之士。我觉得，这类俗谣是很能反映人们的性心理的。若归总来说，它是压抑后的宣泄，或是对放纵的渴求。总之，反映了性事上存在着问题，是一种不祥之音。

古时王者为观风俗而采集民间歌谣，谓之"采风"，周作人、钱玄同、常惠曾联合署名发表《征求猥亵的歌谣启》，以图"窥测中国民众的性的心理"，可知从俗谣中观察世风民心早就为先人所重视。现今的俗谣也是很值得社会心理学家、民俗学家和政治家重视和研究的。既要心理健康，又要世风高尚，既不要性禁锢，又不要性混乱，既不要冯小青，也不要西门庆，这个火候要掌握得好，简直是一门艺术。这门艺术发达了，床上俗谣便会逐渐萎缩。

人道与狗道

　　我总感觉，现在人狗杂居的局面，狂犬病频发的恶果，与"狗文化"钟爱者对狗的过度好评有关，也与媒体在狗问题上曾经有过的不慎宣传有关，对狗的好处说得过分啦。说到狗的可爱，不仅天花乱坠，还配以大量狗的玉照。说到狗通人性，仿佛狗与人已无分别，甚至说狗能助人为乐。还以"保护动物"为盾牌，让狗具备了不可侵犯性。于是，养狗者如滚雪球般多了起来，狗的狂吠，狗的咬人，也便触目盈耳，而怨怫之声也随之沸矣。这委实是人们在人狗关系上，即人与动物界之关系上的一个失误。

　　人不是狗，人有理智，对待狗，人应该有明白的认识。狗，不过是一种畜生，再可爱，兽性总是第一的。狂吠、便溺、咬人，原是狗的本性，不足为怪，问题在于人对狗性如何认识和制约。

　　针对那些为狗唱的赞歌，我想讲几句逆耳之言，说几句狗的坏话。

　　常说"狗不嫌家贫"，似乎狗不是势利眼，其实不尽然。不嫌家贫是实，但财主恶霸家的狗乱咬穷苦人，也是常事，要不怎么要饭的都要准备一根打狗棍呢。又常说"狗对主人总是忠心耿耿",其实也不尽然。不少狗主人就是被自己的狗咬伤咬死的。狗也会"六亲不认",这原本就是狗性。

狗忠顺主人,主人固然欢心,但狗仗人势乱咬人,则为世人所厌恶。由此厌恶,便衍生出了"走狗"、"狗特务"之类的词汇,反映了人们对狗的这种劣根性以及有这种狗性的人的不良印象。走狗中有一类是"乏走狗",这是鲁迅在一篇杂文中给起的名。鲁迅还主张痛打落水狗。"桀犬吠尧",是说暴君的狗只听主人之命咬人,不问谁善谁恶。郭老的《满江红》词中有"桀犬吠尧堪笑止,泥牛入海无消息"的讥语。

狗的名声,在老百姓的印象中,其实也从来并非都是好的,古谚所说的"一犬吠形、百犬吠声",习语所说的"狗东西"、"臭狗屎"、"狼心狗肺"等等,或是道出了狗性中不良的一面,或是用狗来譬喻人性中的某种卑劣和丑恶。"狗肉上不了台面",在大席上,确实少见狗肉,个中原因不详,反正狗肉确不为老饕所重。

夜深人静,我常能在眠中听到不远处嗷嗷的狗吠声,这让我蓦然想起了小学课文《狗又咬起来了》,课文说的是在一片狗吠声中保丁催逼粮款的事。

说了上面这些狗的坏话,是为了让在狗问题上有些昏昏然的朋友,对狗有个全面、公正的认识,由此从对狗的溺爱进而放纵的心态和行为中跳脱出来,从而理性地对待狗,坚决执行政府关于养狗的规定。当然,狗,特别是宠物狗,还是挺可爱的;而按照养狗规定调训出来的狗,就更可爱。

养狗之事,似小实大。这里包含着一个人道主义问题。孔子见厩焚,问:"伤人乎?"不问马。在人与马两者中,孔子讲的是人道主义,而不是马道主义。养狗也面临着两个选项,一为人道第一,狗道(对狗的爱护、宽容之类)

第二；一为只讲狗道，不讲人道。讲人道，就要管住狗，保护人；只讲狗道，即放纵狗，伤害人。讲人道，社会和谐安宁。只讲狗道，结果相反。

狗年将尽，猪年将至，权以长短句冒充《相见欢》，以表除旧布新之意也。

新年哪位值更？猪悟能。

旧岁万千恶狗，闹京城。

人侧目，心生恨，怨沸腾。

天蓬元帅发威，狗敛踪。

鲁迅先生的忠告

日本文化杂以"西",杂以"中",向西方学习,向中国学习,先脱愚入唐,再脱亚入欧,结果强健了日本的肌体,蕞尔岛国成了世界强国。

在日本的国民性中,拿来主义已渗透了骨髓。他们不怕拿来,好的就拿,管他来自何方。美国投它两颗原子弹,但美国的好东西,它照拿不误。日本人把敌人与敌人的好东西,区分得清楚极了。

但反观吾民一些愤青,却缺乏这种区分。他们常把日寇与日本文明混同,把孙子辈的人民与爷爷辈的鬼子混同。

鲁迅先生对待日本是何种态度?我认为二语可以蔽之:抵抗其侵略,学习其优长,即抗日、学日也。"九一八"事变后,国人愤怒,焚烧日店,詈为"贼邦",发生欲打翻全部日本文明的倾向,鲁迅却说:"在这排日声中,我敢坚决的向中国的青年进一个忠告,就是:日本人是很有值得我们效法之处的。"鲁迅还说:"即使排斥日本的全部,它那认真的精神这味药,也还是不得不买的。"他还说过："日本人是做事是做事，做戏是做戏，绝不混合起来。"

认真二字，我视为日本的国粹。我游日本，满耳是日本人说"确认"、"确认"，这是他们办事一丝不苟的表现。吾民则一向有办事马虎凑合不认真的陋习。鲁迅曾批评国人："中国实在是太不认真。"就说一个"卫生死角"，竟伴随了共和国六十年而犹存。我们确实应该像鲁迅所忠告的，拿来日本的"认真"这味药服一下。日本九级地震，其校舍的稳固，灾民的冷静、秩序和沉稳，也都很值得我们学习。

拿来主义的一个精义，是要会"别择"，就是别瞎拿，拿好的。日本人就极会别择。鲁迅说："日本虽然采取了许多中国文明，刑法上却不用凌迟，宫庭中仍无太监，妇女们也终于不缠足。"有个叫桑原骘藏的日本人写过一篇题为《中国的宦官》的长文，对本国没有学中国的太监制度颇为自豪，他说："独我国自隋唐以来广泛采用中国的制度文物，但惟有宦官制度不拿来，这不能不说实在是好事。"太监这东西，被鲁迅讥为"半个女人"，乃害国之毒物，日本人不拿去，自豪一下，也是应该的。

从遣隋唐使开始，日本人不知学去了我国多少好东西，但就是不学凌迟、太监和缠足这些丑陋的中国文化。他们也处死罪犯，但用的是比凌迟文明些的法子，他们不给天皇宫廷的男人去势，更不让妇人们受裹小脚的苦。他们真会别择中国文化，把其中的坏东西拦在了国门之外。反观我国，竟把凌迟、太监和缠足一直用到清末，直到革命党费了好大劲才在一百多年前废掉它们。

有位华人学者对日本宫廷无太监的原因做了分析，说那是因为他们是吃米吃鱼的民族，畜牧业不发达，所以不关心阉割，不会骟牲口，更不会骟人，终于没有骗出太监来。这个说法，颇有点遮蔽日本人长处的意味。

愤青多爱国，但一味反日并不可取。九级地震还称好，实有悖于人道公理和我中华素有之仁心。套一句鲁迅的话做忠告：即使排斥了日本的全部，它的那些优长，我们还是要学的。

《会中吟》解读

　　写下这个标题，不觉哑然失笑。《会中吟》是我写的一首小诗，解读之，乃自产自销也。

　　前不久我受邀出席了"18 世纪中国与世界"国际学术研讨会，会上，写下了这么几句诗：

　　　　　　亭林记山水，山水在昌平。

　　　　　　十八世纪细评说，座中尽豪英。

　　　　　　毛君做主席，俨如标准钟。

　　　　　　时间面前皆平等，国人染欧风。

　　小诗虽浅白寡味，却包含一点会议掌故，也杂有一点感想，故须略解如下。

18世纪,中国是康雍乾盛世,也是封建社会晚年,在西欧则是资本主义发展壮大时期。18世纪对于东西方后来的历史发展关系巨大,故学者素来重之。这次研讨会的地点在北京昌平,一大批中外学者欣然到会。会上有不少有趣的见闻,让我既感慨又惊异。

北京大学教授张芝联发言时,手执小闹钟,频频向听众表示自己是严守发言时间的。中国社科院经济所经君健研究员登台后说的第一句话既严肃又幽默:"让我用十分钟的时间对八篇论文做出评论,这是我从事学术研究以来受到的最严峻考验。"一位外国著名学者发言未完,因限定时间已到被终止发言。会议主席、人大教授毛佩琦手执铜铃,多次向快要超时的发言者示警。

如此珍惜时间、在时间面前人人平等的会议,在我的阅历中是第一次见到。早闻欧美人开会珍惜时间,发言是限时的,这次国人也照此办理了,这该算是"欧风东渐"吧。会议主席毛君佩琦教授执法严明,无论发言者是何人,著名或无名,老者或青年,中国人或外国人,都绝对一体看待。"毛君做主席,俨如标准钟",说的就是毛佩琦教授。

时下,虚掷时间的会议多如牛毛,而在京郊一所宾馆里竟开了这样一个不同流俗的会议,真让我惊异。

说到国人虚掷时间的会议,堪称一景。大批会议"志在山水",与会者如游客观光,旅人骋目。"高堂会食罗千夫",许多会议实乃"会饭"、"会饮"。言不及义、废话连篇的发言几乎凡会可见。呼噜一声冲天起,更是不少会议的景观。若有人仿《官场现形记》写一本《会场现形记》,素材必唾手可得。

行文至此,小诗已解读了一多半。再说"亭林"和"山水"两句。顾炎武,号亭林,明清之际思想家。"记山水",是说他写了一部《昌平山水记》。"山水在昌平"，既寓《昌平山水记》这个书名，又赞昌平山水之美。顾炎武做学问极谨严，文献考据之外又重实地调查，《昌平山水记》是他用骡子驮着参考资料边考察边写出的，时人评此书为"巨细咸存，尺寸不爽"。这次会议在昌平召开，其求实的会风正与顾炎武的求实精神相契合，故借亭林故实而咏记之。

李笠翁的《古今笑》及其他

　　书业生意经里有这样一则窍门：一本滞销书，若改易书名，随顺时好，便可能购者如云，流布四方。但怎样改易书名，却是需要掌握一点秘诀的。

　　明人李笠翁的秘诀是追求雅俗共赏。李笠翁是文人兼书贾，他在重印冯梦龙的《古今谭概》时，易其名为《古今笑》，结果销路大开。他记述此事道："同一书名，始名《谭概》，而问者寥寥；易名《古今笑》，而雅俗并嗜，购之唯恨不早。"名曰《谭概》，虽说是渊雅，却略嫌古奥，购者自然冷落，而易以"笑"字，迎合了大众爱读笑话的心理，便自然门庭熙攘，购者如云了。

　　《古今谭概》的内容，确是多记诙谐可笑之事，所以易名《古今笑》是适宜的，并无舍本逐末、取悦流俗的弊端。我前些年曾购得一部冯梦龙的《古今笑》，也是先由书名揆其内容可喜有趣才掏钱的，今日想来，这自然也是中了李笠翁的妙计。

　　明代另有一位书贾，其改易书名的秘诀是迎合嗜古癖。明人李开先《词谑》云：

　　尹太学士直與中望见书铺标帖有《崔氏春秋》，笑曰："吾止知《吕氏春秋》，乃崔氏亦有《春秋》乎？"亟买一册，至家读之，始知为崔氏莺莺事。

　　书贾实际卖的是《西厢记》，却易名曰《崔氏春秋》。《西厢记》本是一部大可圈点的文学佳构，金圣叹谓之"第六才子书"，但若仅从书名看，却有点不知所云，不知其书之佳者便可能不来问津，书贾便在书名上打起主意。大概时人有嗜古之习，民间又有听说书人讲史的风俗，书贾便杜撰了个有古史味儿的书名，诳引读者。那位名叫尹士直的太学生，正好是个嗜古习史的书种，一下子即入彀中，本以为《崔氏春秋》是《吕氏春秋》一类的古代学术著作，谁知买的却是早已读过的《西厢记》，花了冤枉钱，只好自认倒霉。

　　这位改易书名的书坊老板，在经营道德上是比不得李笠翁的，他的易书名，具有明显的诳骗性质，把个好端端的《西厢记》，叫做什么《崔氏春秋》，实乃有辱斯文，又有悖商德。

　　今日坊间也盛行改书名。这虽可以说是古风的孑遗，但实则却远迈祖师爷，令前贤愧煞。改易的书名良莠皆有，花样翻新，若说易名秘诀，真达到了一个前无古人的境界。

　　周作人的《知堂回想录》，敦煌文艺出版社把它改作了《苦茶——周作人回忆录》，应该说是改得好的，既有文学味道，又显豁明白，还能体现周氏的心境，颇合雅俗共赏之道，与李笠翁的"谭概"易之为"笑"，同为妙招，结果也确实得到了人们"购之唯恨不早"的圆满结局。

而有家出版社把金圣叹的《贯华堂刻（第五才子书水浒）七十回总评》和张恨水的《水浒人物论赞》合刊，易名为《水浒传的政治与谋略》，就显得有些拙劣了。当然，这其中仍有易名匠心可观：时下有"从政热"、"谋略热"，易名正是为了迎合此热，提示人们请出宋江、吴用们的亡灵，为自己谋划个什么诸如"智取生辰纲"之类的工程。考究这个立意，其实本是不坏的，很合于"古为今用"的教导，何况《水浒传》自来就是政治和谋略的教科书。但只是如此易名，恐怕就要雾失楼台，原味尽失了。

　　书名上标以"谈秘"、"揭秘"之类，这是不少出版商擅长的做书秘诀。盖因世人喜窥隐秘者多，故谈"秘"之书好卖也。若再标以"性"、"女郎"、"变态"之类字样，就会更加具有勾人魅力。《冯小青性心理变态揭秘》，这书名，把性感、玄虚的字样都占全了，真是富有诱惑力呀。但其实呢，这是一本极严肃的学术名著，原名叫《冯小青——件影恋之研究》，著者是著名的社会学家潘光旦。《冯小青性心理变态揭秘》一名，是出版社改成的。这样一改，真像是一位儒雅的正人君子剃了个嬉皮士头，不仅不伦不类，简直是不三不四了。其实出版社对潘先生的原书是下过一番精心整理的功夫才出版的，书中内容绝对上乘，潘先生若地下有知，也会满意首肯的；但一改书名，潘先生就要痛心疾首，叹一声"噫吁戏，惜乎痛哉"了。

　　若说当世改易书名之最奇者，还要首推把《水浒传》改成《三个女人和一百零五个男人的故事》。为《水浒传》易名，若是凡庸的出版商，也许会易为《三十六天罡与七十二地煞》、《替天行道传奇》什么的，但都不如《三个女人和一百零五个男人的故事》来得刺激，诱惑力强。因为这个书名深得了一个"性"字诀。三个女人，即母夜叉孙二娘、一丈青扈三娘、母大虫顾大嫂；一百零五个男人，即呼保义宋江、玉麒麟卢俊义、入云龙公孙胜等等。三加一百零五，正好是梁山好汉一百单八将之数。要说这书名，倒也算是未离《水浒传》之谱，但这书名给了人们什么感觉呢？是三个女人和一百零五个男人乱来的故事。这就是出版商要发出的真正信息。真该受到大大的讨伐。

论曰：书名关乎书的命运，甚于人名关乎人的命运。特别是书在书市，书名尤关财运。书乃商品，为商品"包装"而改易书名，固为情理中事，然个中却有技巧高下之分，品格清浊之别。名者，实之宾也。书名之易，总该名副其实，不可名实相违，更不可以倚门之术、术士之法广事招徕。所谓易名秘诀，可谓出版商心血之结晶，而出版商之心术也于此昭然可见。明眼读者，当循名责实，循实责名，庶几不致上当受骗；而出版商若皆能慎独自律，向社会负责，则社会之读书环境，必当大进于净化矣。

平心谈

　　"华人与狗不许入内"这句辱华之言，写在上海一家公园门口的牌子上。据老圃 1920 年 6 月 18 日发表在《申报》上的《上海华人应自建公花园》一文说，原文是"华人不许入，狗不许入"。近来，有人怀疑这件事是虚构的，不曾有过。老圃的文章是一条过硬的材料，可以证明这块牌子确曾悬挂过。

　　把华人与狗并提并观，实乃刻毒无比。中国文化一向严格区分人与禽兽，孟子即有"人之所以异于禽兽者"的哲学命题。因此，对于中国人来说，这块牌子真是奇耻大辱。当年目睹这牌子的上海人，听说过这牌子的中国人，一定都是痛心疾首，怒不可遏的。今人每言"毋忘国耻"，也必定提到此事。这块牌子，真可以让我们声讨洋鬼子一万年！

　　但老圃谈及此事时，却并未止于声讨，他又多说了几句话：

　　　　他人之是非，今姑不论。试反躬自问，华人如果入公花园，果皆能不随地唾痰乎？果皆能不任意溲溺乎？果皆能不攀折花枝乎？果皆

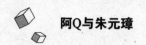
能不弃掷果壳乎?

　　华人自设公园须竟胜于外国公园……若咳唾生风,溲溺交作,则不如不设之为愈也。又若饭馆林立,妓女云集,亦不如不设之为愈也。外人榜其公园曰"华人不许入,狗不许入",愿我华人一雪此耻也。

　　前番话见于《平心谈》一文,发表在 1920 年 6 月 2 日的《申报》上;后一番话即见于前面提到的《上海华人应自建公花园》一文。

　　看官或已注意到,老圃的这两番话,皆非责问洋鬼子,而是在告诫国人,让国人反躬自问。说是问,是告诫,实则也是微词,是在指指点点国人头上的癞疮疤。也许有看官会质问:老圃!你指责国人,是何居心? 你可爱国吗? 笔者愿代老圃回答:平心而已。此乃真爱国也。

　　这平心两字,出自老圃的文题《平心谈》,平心谈,即平心而谈,我觉得这两字很能反映和代表老圃的文心,大可玩味一番。平心,乃持平之心,求实之心,反省之心。你琢磨一下老圃的话吧,洋鬼子挂的牌子,是对我中华的侮辱,是我中华的奇耻,这性质,老圃自然是铁定了的,只不过暂且按下不细论而已;同时,又不因洋鬼子的刻毒而不承认国人头上有癞疮疤。这就是持平,就是求实,就是反省。

　　平心,又包含着"哀其不幸,怒其不争"之心。细品老圃的话,既有深厚的同情,又有痛切的责备,与鲁迅先生是同心同调的。平心,还包含着雪耻之心,自强之心。平心谈丑陋,绝非只是责备而已,而是意在警醒国人,以实实在在的行动去雪耻,去自强。

　　老圃的平心,可说是一片清纯明净的爱国冰心,是真正意义上的爱国心。这样的爱国,是爱之有道,若是人人皆以此种态度去爱国,则国家必会日益强盛。

老圃向国人的发问和告诫，已整整过去七八十个年头了。痰还随地吐吗？花还随意折吗？果壳还乱扔吗？老圃在九泉之下，可能会向我们问起的。我们如何回答呢？真是不好意思。但由此倒可以"告慰"老圃：您的发问还没有过时，仍然是保值的，可以在电视上原装广而告之。

几年前，文坛上曾沸沸扬扬地争论过中国人是否"丑陋"。在我看来，不管怎么争，平心来谈，中国人确实是有某些丑陋之处的。对于这些丑陋，鲁迅先生是不遮不掩的，老圃也是不遮不掩的，用意都在"引起疗救的注意"。其实，哪国人没有丑陋之处呢？问题在于是否讳疾忌医，是否像阿Q君那样讳"光"讳"亮"。

说了半天老圃，还不曾介绍他。老圃，是杨荫杭的笔名。杨荫杭，字补塘，杨绛的父亲，钱钟书的岳父也。他是中国早期的法学家，是江苏省最早的反清革命志士，极博学。写《平心谈》的时候，他正在《申报》当副总编辑。杨绛有《回忆我的父亲》一文，对补塘先生的生平作了详细介绍。钱钟书先生对补塘先生格外敬重，最近出版的《老圃遗文集》，是钱先生题签的，落款是"钱钟书敬署"。我想，这敬字，并非只是敬岳父，而是更敬重补塘先生的学问和人格。

风俗乱弹

此乱弹，既不是乱弹琴，也不是戏曲声腔，而是取"乱弹"二字的字面，比喻本文所谈的关于风俗的话，就好像是乱弹各种响器，致使声调驳杂也。

若说风俗的范围，绝对是一个广，稍往细里说，它包括诸如服饰、饮馔、住宅、出行、游戏，礼节、姓名、迷信、生育、丧葬、节日、赛会、婚仪、结社、谣谚、俗语、文身、艺术、技艺、赌博、娼妓等等方面，连怎么骂人和怎么自杀也属于风俗。

据我看，风俗至少有八个特性，具体的表现不胜枚举。

一曰，风俗有全民性。就是说，相当一部分风俗，是由全民所创造、所享用、所传承的，而非哪个阶层或阶级所独创独享的。比方说，汉服、胡服、和服、西装，人们都穿；饺子、年糕、元宵、粽子，中国人都吃；寿司、生鱼片日本人都吃；面包、黄油欧洲人都吃；老北京人都住胡同里；蒙古人都住蒙古包；藏族人见面献哈达；欧洲人见面时拥抱；汉族人见面过去抱拳称"久仰"，道万福，如今握手；五代以后汉女都裹小脚；春节、中秋节、清明节，中国人都过；风筝、划拳、鞭炮、斗蟋蟀普及于全国；旧式婚俗都是父母之命、媒妁之言，要送彩礼，拜天地；欧美人多复仇之心；日本人爱樱花，自杀常剖腹；炎黄子孙多恋乡土；古希腊人富于冒险性格；犹太人宗教热情高；土耳其人悍勇难犯；德国人爱好哲学和啤酒；中国人有强烈的家族观念，等等。这些，都表现了风俗的全民性。

有个外国学者说，"民俗是无学问阶级的心灵上的财产，蒙昧人心理的表现"。这是一种只强调草根风俗的说法。我国民俗学界也有类似的说法，说"民俗是广大人民，主要是劳动人民创造、享用和继承的文化生活"。这也是在强调草根性。他们把"风俗"称之为"民俗"，草根性便明显加强。他们似乎是在表示，我只研究草根风俗，别的不管。我觉得，"风俗"二字更好些。它的涵盖面更广，什么俗事儿都包括进去了。

二曰，风俗有等第性。风俗，既有草根风俗，也有精英风俗。霸王鞭、踩高跷、跑旱船、耍猴儿、耍中幡，多是农民和市井细民的娱乐；投壶、诗钟、马球、高尔夫，多为官绅、士大夫、豪富所玩赏；黑牛、铁蛋、二愣、老栓、狗剩一类又土又俗的人名，多为下层民众所取用；易安居士、东坡居士、归来子、山谷道人之类的雅号，皆为文人雅士所取用；曲水流觞起自王羲之宴饮兰亭，后被帝王和天下文士墨客所仿效；欧洲的上等人有自己的沙龙语言；芬兰的大学生有自己的戴帽日，等等。

草根性、精英性，过去叫阶级性。但一提阶级性，人们便容易往阶级斗争那儿想，还是叫草根风俗和精英风俗好。生活地位不同，风俗就可能有差异，不可能完全一刀齐。

三曰，风俗有民族性。每个国家和民族都有自己独特的风俗。中国有裹小脚、划龙舟、寒食节、中山装；日本有赏樱、剖腹、花道、茶道。骂詈，中国人好骂娘，骂"龟儿子"、"杂种"、"丫头养的"，多关乎传宗接代，欧美人爱骂"白痴"、"蠢猪"、"笨蛋"，多关乎人的本领；薙发梳辫，是古时女真人、满族人的发型；泼水节是傣族、得昂族和缅甸老挝及泰国人的节日。各民族风俗互有长短，汲长弃短，方能培育本民族的良风美俗。

四曰，风俗有地方性。所谓"百里不同风，千里不同俗"。中国北方民风雄健豪爽，燕赵多慷慨悲歌之士；南方民风纤秀典雅，江浙多才子佳人；山西人爱吃醋；湖南人爱吃辣椒；北京豆汁、东北血肠、广东蛇羹，各据一方。地理各异，历史不同，风俗便呈现地方性。入乡随俗，是一种交际文明，尊重和夸赞外乡，也是一种交际文明。自大自傲，奚落他乡，不足取也。

五曰，风俗有时代性。有些风俗只出现在特定的时代，后来就衰微了，失传了，没了。长袍马褂在新中国成立后逐渐消失；汉人薙发只在清代；裹小脚起自五代，今已消亡；寒食节起自春秋，今已不过；姑娘不穿裙子而扎板带、梳小刷子，只出现在"文革"时期。

代代有特色，风俗各不同。坏时代有坏风俗，好时代则相反。压迫你薙发，不薙别想留头；裹小脚，疼也得裹，脚不小嫁不出去；姑娘梳小刷子，造起反来干练得很，不弱于彪形汉子。这些恶俗，皆是坏时代所造就也。如今每临新春有春晚，则是好时代造就的美俗也。

六曰，风俗有传承性和坚韧性。风俗一旦形成，便极易传承，极为坚韧，不易改变。多子多福观念在甲骨文里就有反映；汉族束发长达三千年；起于春秋的风筝飞翔到今天；踏青唐代就有；中秋节、清明节、春节起源都很早；日本人参拜神社，已有千百年；俄国人爱酗酒，不知传了多少代；犹太人热烈的宗教情绪早在古老的《圣经》中就有表现。

风俗的坚韧，正面说，就像是根深水足的大树，难听点说，像是难戒的烟瘾。"文革"那么"破四旧",也没把春节破了,人们照样守夜、吃饺子。多子多福观念,农村搞了那么多年计划生育教育,也没改变多少。俄国总统出了多少狠招,俄人的酗酒之风也禁绝不了。移风易俗,难矣哉。既需要强力,更需要促使条件成熟。

七曰,风俗有民众性,也可以叫通俗性、非官办性。风俗常被称为"民俗",凸显出了风俗的民众性。"民俗"一词,不如"风俗"的涵盖面广,但也差不离,所以人们常用它。风俗之"俗"即通俗性之意。风俗不产生于书本、庙堂和研究机构,而产生于日常生活,由老百姓自我创造,自我弃取。它不是不可捉摸的高深学问,而是人人明白、人人实践的东西。

风俗,绝非一纸官衙命令所能创造,更非一纸硬性禁令所能禁绝。禁除一项风俗,须先有民间的愿望托底,老百姓想不通,禁令便要短命。比如京城禁放鞭炮,起初想彻底禁绝,但总能听到市井间鞭炮隐隐,报怨之声则更烈,于是,官方只好退让,官民互相妥协,改为可以燃放,但要守规矩,于是皆大欢喜。

风俗因为有通俗性,所以力量很大,人多力量大嘛。于是,自古便有"采风"之制,帝王要把风俗采来看一看,分析一下,看看老百姓怎么生活,心态、兴趣如何,以便确定相应政策。

八曰,风俗有非政治性。风俗就是风俗,别拿风俗当政治,更不能拿政治手段来对待。民众认可的风俗,只要不是恶俗恶习,就应当尊重,不要轻率破坏。即便是不良风俗,也不可用暴烈措施对之,而应教化之,引导之,依法治理之,使之消亡。

"文革"伊始,大破所谓"旧风俗"。旗袍,脱掉;烫发,剃掉;尖皮鞋,剁掉。搞得风声鹤唳,午夜惊心。一项风俗的臧否去留,竟牵系了无数人的命运。那是一个风俗与政治画等号的年代。其实，旗袍、烫发、尖皮鞋皆非恶俗，而是民众认可之俗，理应尊重。最后，旗袍之类都顽强地留存了下来，一样也没少。

"文革"后有一段时间，妇女留披肩发，青年穿喇叭裤，皆被批为自由化。其实，留披肩发乃爱美之心所致，不过是一种女性风俗，穿喇叭裤乃趋时之心所致，不过是一种服装习俗，全与政治不搭杠。本应听其爱好，但却草木皆兵，实在不应该。

风俗，是挺重要的一种社会现象，值得好好研究。但若从历史上看，再与国外的学术界比较一下，我们中国人不能算是重视风俗研究的民族。虽然我国古代也有风俗学著作，如东汉应劭写的《风俗通义》，明清之际顾炎武在《日知录》里写的《周末风俗》、《两汉风俗》、《宋世风俗》等篇什，但只是凤毛麟角。民国年间，宗教学家、民俗学家江绍原先生在北大开了一门风俗学课程，叫作"中国礼俗迷信之研究"，本来很有价值，却因被人误解和轻视，被停了课。1949年以后，民俗学长久不彰，近三十年来才在学术界挤了一个位置，但只是被放在大学中文系的卵翼之下。风俗学之研究，应该有个大的进步才好。

论曰：风俗者，看似寻常而内涵丰盈也；虽为细事而不可小视也。诚如顾炎武所云，"风俗者，天下之大事也"。以故，帝王下令采风，学者立学研讨，政治家高度关注也。风俗醇美，国之幸，民之福也。故弘扬美俗，摈弃恶俗，乃"天下之大事也"。

"服妖"辨

　　《北京晚报》曾载《屈原是奇装异服爱好者吗》一文，为屈原的服饰正名，很有趣。其中谈到古人所贬斥的"服妖"。何谓"服妖"？"服妖"果真都是格调不高、怪异妖气的打扮吗？

　　首先应说明，所谓"服妖"，并不单指服装，而是包括整个衣饰打扮，如《后汉书·五行志》云："桓帝元嘉中，京都妇女作愁眉、啼妆、堕马髻、折要（腰）步、龋齿笑……此近服妖也。"

　　在古人所贬斥的"服妖"中，有许多实际是不应当贬斥的。如《汉书·五行志》所说的"风俗狂慢，变节易度，则为剽轻奇怪之服，故有服妖"，其中"剽轻"指轻浮、轻薄的衣饰，但什么衣饰才算是轻浮、轻薄呢？按服装发展规律看，老百姓选了哪种衣饰，自然有其道理，所谓"剽轻奇怪之服"，大概无非是对传统服饰做了点改动，使之更加符合个人穿戴习惯和个人审美观念罢了。又如宋人岳珂《桯史》卷五"宣和服妖"条指责的"服妖"——"鹅黄为腹围"和女装"不制衿"，其实不过是衣服上用了点淡黄色，妇女穿得随便、舒适了一些，不仅无伤大雅，而且是服装的一种进步，也无可指责。

无理地贬斥某些服饰为"服妖"，多与封建礼教和守旧观念有关。宋代理学大盛，对妇女束缚尤严，缠足、蒙盖头等陋俗大发展，在这样的社会风气中，妇女穿"不制衿"的衣服也就难免被目为"服妖"。新兴的"剽轻"之服，尽管方便实用，但在守旧者眼里也会被视为"变节易度"的不轨行为。

那么，古人所说的"服妖"，有没有可以贬斥的呢？有的。《后汉书·李固传》说李固"胡粉饰貌，搔头弄姿"，《世说新语·容止》记魏晋时代贵族男子傅粉熏香，以女性化为美，明人沈德符批评何晏"粉白不去手，最为妖异"。这些打扮，皆大异于当时一般男性的打扮，故被时人目为妖异。若用今天的眼光看，虽然目为妖异有些过分，但也不好说是"脱俗"，终归还是有点病态。所以古人贬斥这种"服妖"也是可以理解的。

总之，古代"服妖"一词所表达的现象良莠不一，古今褒贬的标准又有很大差异，所以，对"服妖"不可一概而论。

貌与心

以貌取人，还是心重于貌，这是从古就有的两种心貌观。

古时曾有过以貌取人的风气。孔孟虽是古代的圣人，儒家的先师，但似乎也是以貌取人的先驱。

《史记·仲尼弟子列传》上说，鲁国人澹台灭明，长得很丑陋，孔子为此不愿收他当学生——这很有点违背他自己的"有教无类"的施教原则，但后来勉强收了，却发现这个学生不错，于是，孔子慨叹："以貌取人，失之子羽"。子羽是澹台灭明的字。孔子毕竟是圣人，过而改之，承认了以貌取人差点错失人才。

孟子好像也有以貌取人的毛病。据《孟子·离娄上》载，他以观人眸子的方法来判断人的心胸正不正。鲁迅先生在杂文《略论中国人的脸》中批评了孟子的这个毛病。

以貌取人，在中国古时，在选才用人问题上，曾经形成过制度，不仅要看脸，还要看身材。唐代选官和明代取士，都有过若干以貌取人的规定。

唐代对科举出身以外的人的铨选，必须试以"身"、"言"、"书"、"判"四项。"身"是体貌，就是要看面相，看身材。具体的标准不清楚，估计就像今天的一些公司聘人，相貌要端正，身高要达标。"言"是辞令，"书"是书法，"判"是文理。因为有这个"身"的要求，所以，相貌端正、身材丰伟者就会占很大便宜。明代科考，主要看成绩，但也要看相貌。有个叫王艮的考生，本来已经考中了状元，但因他其貌不扬而被贬为榜眼，屈居第二。

看相算命，虽不能算是以貌取人，却是以貌断人，也可说是以貌取人之一种，总之也是拿人的长相说事。说天庭饱满就一定有福，两耳垂肩也一定有福，这不是瞎掰么。说某女是克夫长相，但人家白头偕老了；说某人长相薄命，但人家大富大贵了。说长什么脸形就有什么命，古人爱信这个，今天谁再信，便是愚蠢之至。

貌与心之关系，这个今人要面对的问题，其实古人早就遇到了。他们的一些好见解，好说法，很值得今人参考。

至少从先秦开始，就有明白人对以貌取人提出过批评，有人还提出过心重于貌的观点。

先秦大思想家荀子，对貌与心的关系问题曾给予过极大关注，他写过一篇《非相》，为说明内在美与外在美的关系，举了不少貌丑心美及相反的貌美心丑的例子，否定了那种以人的体貌来判断人、评价人的观念。他说，禹是个跛脚，汤是个拐子，周公的身材像个枯干的断树桩，但他们都以仁义和功名受到后人尊敬，而夏桀和殷纣王虽然长得高大美貌，却是天下最可耻的人。

个子矮，时下被人们当成了一个大缺点，找工作会不顺利，找媳妇更会遇到大麻烦。这种"矮个子歧视"，并非现代的特产，而是源远流长的宿弊。

古时有一部《占梦书》说，"凡梦侏儒事不成，举事中止后无名，百姓所笑人所轻"。矮个子算是倒了大霉。清代文人梁绍壬读了《占梦书》这句话，很是不满，他在《两般秋雨庵随笔》卷八"侏儒"条中说，"矮子之为人讪笑如此，可怪也"。他觉得，个子矮固然算个缺点，但也不该受到如此轻蔑和嘲笑。

他又说了下面一番话："人之形貌，由于天赋。晏子不满七尺，而为齐相。裴公不满七尺，而为唐相。夫何害焉？"梁绍壬不仅认为矮子不该嘲笑，还举出了矮子中的大人物，意思是矮点怕啥，照样可以成大事。梁氏这些话大概是有感而发的，是在批评他所闻见的讥笑矮子，对矮子不公的现象。

如今有的年轻人因为个子矮了点就自卑自弃，仿佛遭受了灭顶之灾，实在大可不必。看看人家晏婴和裴度二位先生，个子不高雄心高，干出了大事业。想想他们，心里就会平衡多了。

现在，提倡心灵美重于外貌美，这很对。但这个看法的发明权似乎应该归于古人。古人早就有此高见。并不是我们想起搞"五讲四美"，才发明了这个看法。

清人龚炜在《巢林笔谈》里记载了两位貌丑却自信心灵美的人，一位是大名鼎鼎的清官施世纶，即《施公案》里的主角施公，一位是叫张和的明代考生。

施公貌极丑，人称"施不全"，施公见上级时，上级掩口而笑，施公正色道："公以某貌丑耶？人面兽心，可恶耳。若某，则兽面人心，何害焉？"某者，施公自称也。这段议论，可谓施公的"心重于貌论"。考生张和，本已考上了状元，但因为眼睛长得丑而被刷了下来，他却豪迈地说："我所美而无丑者，惟此心耳！"这是张和的"心重于貌论"。他们的这些说法，与今天常说的心灵美重于外貌美，已经没有什么差别了。

　　所谓心貌观，乃是价值观的一个表现。一个人，只要看一下他对貌与心怎样排序，他的价值观的高下，便立马可见了。

建首善自京师始

北京历来被称作"首善之区",明清北京宣武门附近还有一家首善书院。但"首善之区"并不专指北京,它又常被作为京师即首都的代称。

首善者,第一善也,上上善也。这个美妙的词汇,出自《汉书·儒林传序》:"故教化之行也,建首善自京师始。"这是说,要教化全国,必自京师开始,京师应当是第一好的地方,上上好的地方,应为天下各地之楷范。这是古人的一个重要的教化思想。《汉书》的这句话,后来成了千古名言。

这种教化思想,本于古人的"京师为本"的观念。古人认为,"改政移风,必有其本",而"四方风俗,皆本于京师",京师是"八荒争凑,万国咸通"之地,因此教化必须从京师开始,亦即"建首善自京师始"。

这种京师为本的观念,应该说,是朝廷和民间的共识。古代南方有谣谚说:"吴王好剑客,百姓多创瘢;楚王好细腰,宫中多饿死。"君王的好恶必然影响宫廷,又必然影响到整个京师,尔后由京师普及到全国。古代北方也有类似的谣谚,更指明了京师对天下四方的引导示范作用:"城中好高髻，四方高一尺；城中好广眉，四方且半额；城中好大袖，四方全匹帛。"
此城指作为京都的长安城。长安城里一有什么动静，天下仿效。

这些都是谣谚中反映出来的京师为本的情况，那么历史实况又如何呢？

南宋杭州城，商业极为发达，店铺坊肆甲于天下，连商贩的吆喝声也宛转有致，引人驻足购物。于是，各地商贩便在逛了一趟京师杭城以后，"往往效京师叫声"，把杭城商贩的吆喝声也带回各地去了。

明朝南方籍文人董毂对北京风俗给四方带来的强烈影响感触甚深，他在《碧里杂存》里记录了自己亲遇的两件事：

> 余始游京师，初至见交易者，皆称钱为"板儿"，怪而问焉。则所使者，皆低恶之钱，以二折一，但取如数，而不视善否，人皆以为良便也。既而南还，则吾乡皆行板儿矣，好钱遂阁不行，不知何以神速如此！既数年，板儿复行拣择，忘其加倍之由，而仍责如数，自是银贵而钱贱矣。其机亦始于京师。三十年前，吾乡妇女，皆窄衣尖髻，余始至京，见皆曳长衣，飘大袖，髻卑而平顶，甚讶其制之异也。还乡，又皆然矣。

这是说他初游北京时，见市上行劣钱，不久回乡，乡里已皆用劣钱；后来，各地用钱之法又发生了新变化，其源头仍追溯到北京。又游北京，见妇女长衣大袖，平髻发式，回到乡里时，乡里妇女已全成京派了。董毂对自己遇到的这两件事深感惊讶，他看到了家乡事物之变，肇始皆在京师，他领教了京师对四方各地的影响力。他在《碧里杂存》里又说了这样一句话，即一个从自身经历总结出的规律："四方风俗，皆本于京师，自古然矣，故有广眉高髻之谣。"

在古代，四方之人喜爱仿效京师，远甚于晚近。在古人看来，至高无上的天子住在京师，而天子脚下，无物不优长，什么都得仰观。《金史·礼志八》写道："况京师为首善之地，四方之所仰观。"南宋人耐得翁在《都城纪胜序》里说：杭州行都，"车书混一，人物繁盛，风俗绳厚"，"为今日四方之标准"。

的确，中国历代京师，甲天下的好东西确实不少，比如长安的宫殿和绿化，洛阳的伽蓝和牡丹，汴梁的夜市和灯市，杭州的风景和诗社，北京的园林和学府，等等，都让四方人倾慕，特别是在各地士人眼里，京师更是"人文渊薮"，文翰天府。对于京师居民，四方人也往往另眼高看，谓之"都民"、"都人"、"龙袖骄民"。

然而，封建时代的京师，虽有"首善"之名，也不乏"首善"之实，但"首恶"却也是不胜指屈的。比如，明清时代的北京，娼妓之多甲于天下，恶少之横甲于天下，太监更为天下所独有，奢靡更是冠于宇中。明清北京的卫生更是出奇的糟糕。外省人进京，第一印象便是："街衢凸凹，尘风泥雨，牛溲马勃，嚣浊蒸郁，秽区也。"

在明清北京的各项"首恶"中，对外地人影响最恶劣、蛊惑力最大的恐怕要数当太监一项。明清两朝的皇宫里，太监如蚁阵，最多时达十万之众。有些太监受到皇帝的青睐，发迹了，光宗耀祖了，便引来很多人的羡慕，北京周边的青县、静海、河间、沧州等县，远至山东的乐陵，许多人都因怀着发迹之想净身入宫。《白头闲话》所记"都人生子，往往阉割，觊（希图）为中宫（太监），有非分之福"，《戴斗夜谈》所记"京畿民间生子，每私自阉割"，说的都是这种争当太监之风由北京影响到周边地区的情况。

于是，青县等地便成了向皇宫输送太监的重镇，就像绍兴出师爷一样，成了太监产区。末代太监、青县人马德清在回忆文章《难忘的酷刑》里说，他当太监的起因，就是他父亲见邻村有人进京当太监发了迹，才让他净身入宫的。

"建首善自京师始"，这一教化思想，虽然早在汉朝就提出来了，也曾部分地实行了，但由于历代封建统治者常常施行恶政，鼓励恶俗，自身又不乏恶品恶习，所以"建首善自京师始"这一教化思想并不能很好地实行。这在封建时代，是无奈的事。

但"建首善自京师始"毕竟是一个精彩的思想，一个有益有用的治国理念，所以流传下来了，而且为今人所乐道。

"余一人"之下

给领导者排序，谓之第一二三乃至更多"把手"，不知源起何时。

这个几把手的称谓，用在党委委员之间，其实并不大准确。因为严格来讲，党委班子成员每人一票，书记也一样，均参与集体决策，并无高低轻重之分。

但在行政职务上，参与集体决策之后，要分工分权，各司其职，便依工作重要程度及权力大小，有了排序，习惯上也便有了几把手的称谓。

但在个人专断情况下，集体决策不复存在，分工分权也大打折扣，所谓二三把手之类便常徒具虚名了，他们与一把手的关系，仿佛异化为"君臣关系"，一把手成了"余一人"。在古代，自大独裁的天子，自称为"余一人"。

曾彦修先生写了一本《天堂往事略》，书里根据苏联等多国的历史，讲了这样一个判断："在个人专制下，所谓第二把手之说，不过是新闻记者不科学的用语罢了，实际上在任何国家都是不存在这种地位的人的。"此说颇有道理。个人专制即独裁。独裁制或隐性独裁之下，"一人为刚，万夫为柔"，无所谓第几把手。第几把手云云，原本就是一种模糊称谓，正式文件上罕见。

世界史上，确也找不出"余一人"之下的第二把手。

皇帝与宰相，宰相并非第二把手，乃是君之臣子，他们是上凌驾下的关系，而非排序关系，二者并不在一个平台上。皇帝自称"朕"，大臣自称"臣下"，上下分明得很。亲王是皇帝的亲兄弟，但也是臣。君一言九鼎，臣听令耳。臣必须忠君，君叫臣死臣不得不死，臣哪有二三把手的身份？

洪秀全之下看似杨秀清是二把手，杨也这么认为，实则是昏了头的误解，结果闹出洪杨之乱。洪秀全有一间殿堂，门上有楹联云："众诸侯自西自东自南自北；予一人乃圣乃神乃文乃武。"所云"予一人"，即"余一人"。这位洪天王已自认是神是圣了，岂是什么所谓一把手可以限量？杨秀清及以下各王，委实不过是诸侯而已，哪里是什么二三把手？

希特勒有副手，赫斯、戈林之类，但他们不等于二三把手。决断权在希特勒，副手亦步亦趋而已，即使分点权，本质上还是臣服者。莫洛托夫曾是斯大林的副手，他自认是第二把手，实则不是。

阜阳市委书记王怀忠一拍板，无人敢说个"不"字，民谣曰："王书记一声吼，阜阳也要抖三抖。"宜春市委书记宋晨光有名言云："什么是市委，市委就是我，我就是市委。"这不是路易十四"朕即国家"的国粹版吗？这王、宋二书记之下，还可能有二三把手吗？

只有在真正的民主集中制之下，才会有"第二三把手"。有集体决策和分工，有集中而无独裁，此即真正的民主集中制。

"首长，别啰嗦了！"

废话常见，精言难得。近日读报得精言二则，录而议之。一曰："首长，别啰嗦了！"二曰："见了领导，千万别激动。"第一句，出自一位志愿军电话兵。第二句，出自北大教授陈平原。

秦基伟军长指挥上甘岭战役时，一次与困守坑道的部队通话，刚说一句"转告坑道里的同志们，军党委和军首长都很惦记前面的同志……"，就被电话兵毫不客气地打断了："首长，别啰嗦了！拣要紧的说，先下命令吧！"秦基伟后来回忆这件事，神情凝重地说："战士们做得对啊！那时牺牲了很多通信兵，也很难保障电话长时间通畅，只能抢一句算一句。"看着这段材料，上甘岭那严酷、紧张的战争场面仿佛涌到眼前。

一个电话兵，竟敢打断军长的话，不让首长啰嗦，竟还指示军长该做什么，真是惊人之举，真是了不起！秦军长虽然话被打断，却肯定电话兵做得对，也令人肃然起敬。

胜利高于一切。为了胜利，首长的面子是顾不得的，为了胜利，即使是军首长，通话也必须简短，不能啰嗦。反观现在，某些官员讲起话来，空洞啰嗦，套话大话成堆，真该向这些官员也大喊一句："首长，别啰嗦了，拣要紧的说！"

陈平原《学者应拒绝曲学阿世》一文写道：保持学者良知，是治学第一律令，学者见了领导，千万别激动，要不卑不亢，好话歹话都说，知无不言，言无不尽。

这段话讲得真好，特别是"见了领导，千万别激动"一句，真是精言，凡略知时下官学两界风气者，大概都要会心一笑。

学者应该有独立精神，不曲学阿世，不看任何人脸色行事，更不可一见官员就激动，就失掉自我，否则怎能好话歹话都说，知无不言，言无不尽呢？

一个车夫的理论

"没有思想解放，就没有改革开放"——50岁以上的"过来人"对这句话都能理解，但年轻人就不免不大理解，因为他们不了解什么叫思想不解放，更不知道思想一旦被束缚会是个什么样子。姑举二例。

浩劫年代的歪理，把人们束缚得既愚昧又可怜，人们被歪理伤害了，还迷信它。

史学家王伯祥先生一次坐人力车回家，车夫问起他的收入，王先生如实相告，不想车夫大怒，说："我拉车，你坐车，已不公平，你竟然还拿这么多钱！"随即令王伯祥下车步行。这个车夫的理论，显然源自当时流行的歪理，同时也兼有一点自发的民粹主义味道。

但后来王伯祥与人说起此事时却说："车夫说的一点也不错，所以就会有革命，就要造反。"实际上，这个车夫的行为，哪能和旧社会劳动人民的造反、革命相提并论呢？王先生的话显然也不对，与车夫的理论同源。王先生是大史学家顾颉刚的挚友，给季羡林讲过课，这么大的一个知识分子，也被当时的歪理束缚得不成样子。

有一位教授被下放劳动，本来是苦不堪言的，但当一个外国记者问到他的感受时，他却说："在这里锻炼很好，比在学校里学的东西多。"这个记者后来采访邓小平同志时转述了教授的话，小平同志当即回答："他是在撒谎。"

我想，这位教授说那种话，可能是迫于政治环境不得不撒谎，也可能根本就是那么认为的，他觉得有原罪的自己就该在泥巴里改造，唯此才能把自己肮脏的灵魂洗干净。其实，小平同志是深知那位教授为什么撒谎的，他知道，这是知识分子群体因受压抑而心灵遭受重创的反映。

思想一旦被束缚，人格就会被扭曲，常识便会被抛弃，民族的创造力、生命力便会被窒息。用小平同志的话说，就是：思想僵化，迷信盛行，党和国家的生机即停止。三十多年前的思想解放，发轫于对这一沉痛教训的深切感受和反思。

套 话

套话，源头颇古，秦汉奏文，起首必说"臣昧死言"，末尾必说"稽首以闻"。后来，又有"奉天承运，皇帝诏曰"。现行则有"关怀下"、"指导下"之类。

有位清朝皇帝厌恶套话，曾下令"禁用浮词套语"。晚清张之洞提出要"闲字痛删"，他还反对说"大人"、"卑职"一类客套语。

今人说话、著文，常常抄语录，抄文件，套话一大堆。原因固多，但若寻觅文体之较近的源头，则与《联共（布）党史简明教程》（简称《教程》）的某些坏文风有关，又与动乱年代语录本的泛滥有关。

此《教程》擅抄领袖语录，官话、套话、假话颇多。国人曾奉此书为圭臬，遂受其文风之浸染。有位学者效法《教程》写了一本中国文学史，每章结尾，都整篇整段地抄引毛主席语录。翻译家杨宪益将此书译为外文时，删去了这些语录，结果篇幅竟少了一半。文学史成了语录本。

列宁的文风，简洁、锐利、跃动，绝无套话。毛泽东主张写文章少引马列经典原文而用其灵魂，他自己著文便很少引用马列的话，当然他更不抄文件。林彪始，大引毛语录，搞了语录本。国人每出言论必引语录，后又必引文件，离开语录、文件，便无以言，不会言，套话遂泛滥矣。

称呼问题

称呼问题，关乎等级，关乎脸面，兹事体大。

你在我之下，怎么体现？称我官衔叫我爷便是了。胡彪被安排为滨绥图佳保安第五旅上校团副，那就必须要称官衔；叫名字，乃大不敬，即便老胡不责怪，崔旅长也会问罪。阿 Q 与王赖胡之间，互称什么不打紧，但对赵太爷，则必须称爷，否则，皮肉要受苦。

赵钱孙李晋升为局处科股之长，那就一定要称赵局钱处孙科李股。叫别的，自找倒霉。倘若局处科股是副职，"副"字必须拿掉，这并非为语言简洁，乃是爱惜领导的脸面。威虎山的喽啰们满口"胡团副"，自以为挺尊敬，要搁现在，算是不着调，应该叫"胡团"才对。

遥想革命年代，党内一律称同志，泽东同志、洛甫同志、恩来同志、稼祥同志，叫起来既庄严，又亲切。而那时，蒋介石必须称总裁，称委员长，还要闻蒋立正。

共和国初建，老百姓被告知不要叫长官，要叫同志，老百姓感到新鲜，又有些不习惯。刘少奇当选人大常委会委员长后，秘书以"委员长"称之，少奇同志批评说，"你怎么突然叫这个？不感到别扭吗？"那时，真是一个刚健清新、生机勃勃的年代。

不知源起何时，泽东同志必须称"主席"了，大家翕然从之；彭老总跟得慢些，还是按原样"老毛、老毛"地叫，结果惹得伟大领袖不快。近年来，国人不习惯叫同志了，党内不习惯了，老百姓更不习惯了，论证说，同性恋才叫"同志"呢。反之，称官衔大盛于国中——与少奇同志说的正相反：你不叫人官衔，"不感到别扭吗？"

称呼的变迁，向来是时代变迁的晴雨表。称呼的进步，大抵背后都有革命或改革做推手。"圣上"，大清草民哪个敢不仰称之？革命党兴，先是直呼圣祖为"玄烨"、高宗为"弘历"，然后干脆捣毁龙廷。

十一届三中全会有个决议，党内一律称同志。多好的一个决议！"小平同志"、"陈云同志"、"耀邦同志"，叫得多亲切。"小平您好"，虽是直呼其名，却表达了人民对领袖的爱戴，小平不以为忤，反而很高兴。

封建礼教社会是最讲等级的。爵位、服饰、车马、饮馔、称谓，一等一等的，丝毫不能差。资产阶级反对封建等级，搞了革命，但当了权便又压迫工人。于是，社会主义观念出世，以人人解放平等为号召，吸引了无数大众。但等级观念就那么容易消亡么？

鲁迅《论"他妈的"》曰，"中国人至今还有无数'等'。"信哉斯言。我国自古等级制度强固无比，我民等级观念沦肌浃髓，平等价值观从不被青睐，而尊卑意识、官本位却很普及，很受用。小民见官矮三分，恭称"长官"，小官见大官也矮三分，自称"卑职"。

所谓人之等级，按鲁迅先生的分析，其实就是主奴两级，对上是奴，对下是主。养成公民精神必须打破这个，正宗的社会主义更绝不要这个。

"小平您好"，归来兮！

卿本佳人，奈何做贼

国人保钓游行，本是弘扬我国威的爱国行动，但混迹其间的极端分子却玷污了"爱国"二字。他们砸人座驾，毁人店铺，袭击同胞，侵害老者，与打砸抢暴徒全无二致；倘遇人批评，便以"汉奸"恶谥回击；还扯出横幅曰"杀光日本人"云云。

如此行为，令我蓦然想到一个词：爱国贼。此词非我所创，乃一睿智的无名氏所发明。

何谓爱国贼？有爱国心却误国殃民之蟊贼也。保钓极端分子便正是一群爱国贼。称其为贼，颇不敬，然名副其实也。

或问，既然他们爱国，又焉能称贼？此言差矣。爱国就不能是贼么？古来爱国之贼多矣，有啥新鲜？

慈禧不爱国么？国是她们家的，焉能不爱？她敢向列强宣战，能不爱国？但她先排外后媚外，搞得国家一塌糊涂，祸国巨矣。慈禧，大爱国贼也。

晚清名臣徐桐，也是一个标准爱国贼。此君爱大清，爱国粹，庚子上吊"殉国"，爱国无疑；然极端守旧，"恶西学如仇"，称一切洋人为"鬼"，抵制一切开放进步事物，误国至深。史学家陈旭麓说，"徐桐纯粹是顽固，不是爱国"。我看，爱国还是爱的，不过是爱国贼耳。

"四人帮"也是爱国贼。他们顽固主张闭关锁国，抗拒引进外国先进事物，纵容排外分子火烧英代办处，弄得中国在国际上非常孤立，无法进步。

称极端分子为爱国贼，绝没冤枉他们。反之，若说他们不是爱国贼，拿什么来证明？拿打砸抢的战绩来证明么？拿"杀光日本人"的野蛮荒唐口号来证明么？拿破坏社会稳定和人民幸福的胡折腾来证明么？

极端分子大多有个认识误区，以为只要有点爱国心，就算是良民好人，便是折腾出大天来也不要紧。此大误也。有爱国心的土匪、杀人犯多了，他们是良民么？慈禧之流，是好人么？狂热爱国的纳粹、日寇，是好人么？皆蟊贼也。

中日双方民众都是上了街的，彼反华，我"抗日"，乃一场隔空对战。既是正邪之战，又是文明素质的对阵。正义，自然在我方；然在文明素质上，爱国贼让我们丢分了，丢脸了。这不是误国么？

有评论说，"杀光日本人"是纳粹式的口号，因为纳粹想杀光犹太人。实则这也是日寇式的口号，日寇有三光政策。我八路军绝无这种口号。八路军只在战场上消灭日寇，却绝不滥杀日本人，相反，还优待日军俘虏，救助日本孤儿。因为，八路军是文明之师，是真正的爱国者。

卿本佳人，奈何做贼？何以如此，亟须反思。最要紧的是要弄明白：什么才是真正的爱国。

谈人物

开历史倒车的二三人物

王莽的名声一直不大好。"周公恐惧流言日，王莽谦恭未篡时。"毛泽东曾用这句白居易诗比喻反叛的林彪。王莽、林彪，都被认为是先谦恭、后篡权的野心家、阴谋家。

王莽曾行新政，也叫"复古改制"。怎么个改法呢？胡适概括为实行"国家社会主义"。其实就是搞土地国有制，即《诗经》所云的"普天之下，莫非王土"的"王田"。此外，还限制商业发展、恢复原始货币之类。基本是走回头路。

胡适先生说王莽搞新政是为了"均众庶，抑兼并"，称王莽是"一千九百年前的社会主义者"。显然，这评价说大了。史学家何兹全先生说，王莽搞的改良，虽然是为自己，但也照顾了人民的利益，故有进步性。但依我看，这个"进步性"，若是从出发点上说尚可说通，若从效果来考量则没多大道理。网上更有论者称王莽是"最早的共产主义者"，还有人称王莽是"共产主义皇帝"，都是不靠谱的评价。

王莽终究是个有争议的人物。我看，他大抵是个心肠还不算坏却干了大坏事的人。他想解决民生问题，但搞的方案是乌托邦，结果干出了开历史倒车的坏事、蠢事。

史学家吕思勉先生有段话论王莽改制，甚是精到。他说："中国财产分配之法，大抵隆古之世，行共产之制。有史以后，逐渐破坏，至秦汉之世而极。是时冀望复古者甚多，王莽毅然行之，卒召大乱，自是无敢言均平财产者。私产之制，遂相沿以迄于今。"王莽之世，贫富悬殊，故世人多希望复古。然王莽所复之"古"为何物？有学者断为三代即夏商周之奴隶制，吕思勉则断新政之源为隆古之世的原始共产制。

实践检验新政。《汉书》记新政后果为："元元失业，食货俱废。""元元"者，据史料，既包括穷人，也包括富人。大家一齐受损害，一齐丧失生计。吕思勉说，新莽之所行，无一不扰乱经济。故，"食货俱废"，"卒召大乱"。"大乱"之状：人相食，绿林赤眉揭竿而起。

"国家社会主义"——土地国有的"王田"行不通，地主所有制却稳固地沿袭了两千年。盖地主制生命力正旺，可容纳生产力之发展也。王莽之错，错在违背社会发展规律。以汉代当时的生产力，欲退回原始制、奴隶制，何有可能？欲实行真正之社会主义，更是天方夜谭。王莽新政，纯是乌托邦也。

现代柬埔寨，也有个开历史倒车的怪异人物，名曰波尔布特。此人与王莽虽隔代而异国，其治国的主意和结局却颇有相似处。

波尔布特要建立一个"无阶级差别、无城乡差别、无货币、无商品交易"的所谓"超级社会主义"。一夜之间，富人消灭了，城市消灭了，东方巴黎的金边成了无人的鬼域。出版社、报纸、杂志、学校等等，一律关闭。对知识分子，肉体消灭。戴眼镜是罪恶。家庭解体，男女分队，婚姻由组织分配。吃大锅饭，穿清一色的黑军服，戴同样的红格毛巾。这种情况，被人评论为"一夜之间倒退回了原始社会"。1975 年，周恩来总理在病中曾会见波尔布特，告诫他，共产主义不是一朝一夕可以建成的。但他全不理睬，照干不误。

《百年潮》杂志载有刘军《越南柬埔寨两国见闻》一文，记述了一位四十多岁的华裔越南籍导游讲述的，他亲身经历的柬埔寨一夜之间退回原始社会的故事。这位导游说，波尔布特为建立一个无差别社会，不惜毁灭城市和工商业，把所有的人都赶到乡下去种地，结果反而都吃不上饭，只能喝稀粥，他父亲在柬埔寨经商，全家也被赶去种地，只许携带很少的随身物品。没有时钟，只能按日月星辰活动，天亮干活，天黑回家。四年多的时间里使用的餐具是半个椰子壳，每天只喝两顿稀粥，饿极了便抓老鼠吃。

这种荒诞、野蛮的倒退现象何以会发生？许多学者都在研究。在我看，原因也简单，就是因为陷入了乌托邦，"左"之极矣。把吕思勉论王莽的话稍改一下，便正可摹写之：隆古之世，行共产之制。……波尔布特毅然效之，卒召大乱。

江青说，"共产主义也有女皇"。她想当这个女皇。这个有女皇的"共产主义"，实际就是原始共产主义。江青若是真当了权，她必会像波尔布特那样，使中国倒退到"餐具是半个椰子壳，每天只喝两顿稀粥"的原始社会去。

明明挂的是倒档，却说是加油向前，开历史倒车的人，大多如此。

孔子不主张独裁

　　人们印象中，孔子是个绝对的忠君者，要不帝王们怎么都给他盖庙呢。但此印象并不大准确。孔子忠君是实，但并非无条件"嗻嗻嗻"。他认为，"君君臣臣"，君要像个君，要做好事；不像、不做的话，就要提意见。

　　鲁定公问孔子：国君一言可以丧邦吗？孔子回答：国君如果话讲的不对，又没人敢违抗——"言莫予违"，那就真会一言丧邦的。

　　孔子的话含着几层意思：君王的话不一定都对；君王的话后果极大，兴邦丧邦皆可因之；君王说错做错，要有直士拂逆进谏才好。

　　哲学史家张岱年先生说，孔子尊君而不主张君主个人独裁。又说，孔子虽尊君而反对独裁。其主要史据之一，便是这段孔子答鲁定公问。

　　孔子，实际有两个：一个是原生态的，一个是被修改、被歪曲了的。不主张独裁的孔子，是史上的原生态的真孔子。"打倒孔家店"所要打倒的，是被修改过了的孔子。

　　孟子说，民为贵，君为轻；又说，武王伐纣，不是臣弑君，而是诛杀独夫。

"闻诛一夫纣矣，未闻弑君也。"这种反对独夫、暴君的思想，与孔子的不主张君主个人独裁一脉相承。这是继承孔子，发展孔子。

朱元璋是个大独裁者，对孟子极厌恨，认为"君为轻"是给自己拆台，便下令天下孔庙不许再立孟子牌位。但他似未细查孔子答鲁定公问，若知道孔子不主张独裁，他对孔子恐怕也不会客气。

孔子既有君主性，也有人民性。他为君主着想，但也主张臣子谏诤。"子路问事君，子曰：'勿欺也，而犯之。'"不能欺骗君主，但可犯颜直谏。后来的谏官制度，与孔子有关。

从孔孟二夫子到孙中山，历史上有相当一批对君主独裁质疑乃至彻底否定的人物。从不主张独裁，到"民为贵，君为轻"，再到孙中山的民主主义，皆为我民族珍贵的思想遗产。这些人物和思想遗产，都是后人的镜子。镜子可以正衣冠，可以促使镜中人把自己整理得更美好。

别高抬了秦始皇

秦始皇的确有功，但也不能捧得太过。更不能认为欲诛杀秦王者便为逆潮流。最近读到几篇文章，都把荆轲说成了恐怖分子，把燕太子丹说成了本·拉丹，而秦王则被说成了恐怖主义的受害者，俨然成了正义的化身。电影《英雄》当然自有优点，但末尾字幕却高抬了秦始皇，把他说成一个矢志"护国护民"（字幕原文）的伟大君王。

荆轲，其实决非恐怖分子。章明先生在一篇文章中这样概括了今天所说的恐怖分子的两个特征：一是在非交战情况下，以敌方的平民为屠杀对象；二是其屠杀、暗杀具有疯狂性，动辄杀人数十、数百，乃至数千。荆轲不是这样。他是在战争状态下由一国派出的刺客，他刺杀的目标也非平民，而是敌国之酋。荆轲不是恐怖分子，秦王自然也不是恐怖主义的受害者，当然更不会因遭到荆轲谋刺便成了正义的化身。

说秦始皇有功，这当然不假，但必须作恰当分析。他最大的功劳是统一中国。但统一中国本是不可逆的时代潮流，是历史已走到了这一步，此君顺之，也推进之，便暴得了大名。然而其他六国君主，哪一个不想统一中国呢？车同轨，书同文，统一度量衡，这很好；但诚如清代大思想家王船山所说，这是上天假秦王的私心实现了大公。

说秦始皇是"护民"的伟人，那真是天大的笑话。秦始皇是空前残暴的专制君王，你不论从字面还是从字缝里去看《秦始皇本纪》，都必能看出满纸写的都是"吃人"二字。范文澜对秦朝的事功，筑长城、治驰道之类这样评论："短短十五年的秦朝，把全国人力财力，榨取尽了。无数血汗生命，造成了许多事功。"秦始皇、秦二世这爷儿俩就是这样用榨取血汗、剥夺生命的方式"护民"的。

秦始皇还是焚书坑儒这一虐政的发明家。他这一烧一埋，断送了五百年百家争鸣的清朗局面，开启了历代暴君大兴文字狱的先河。西汉政论家贾谊评论秦始皇是"禁文书而酷刑法"，"以暴虐为天下始"。

秦始皇的暴虐，在历代帝王中恐怕要数第一。他绝非只是略输文采而已，更输的是人道。宫刑是多么残酷的一种刑罚呀，类似阉猪骟狗，全无人性，但这位始皇帝却偏偏爱好对人民使用此刑。他盖阿房宫，动用的宫刑犯人高达几十万，可知当时受宫刑者之多，直割得老百姓大势去矣，秦朝天下也大势去矣。

要说恐怖分子，我看秦始皇应该算是一个"古代的恐怖分子"，他大规模地阉割去势，多么的恐怖啊！

陈胜、吴广为啥造反？《史记》写得分明："天下苦秦久矣。"这里的"秦"，绝非只是秦二世，而是包括了秦始皇，否则何来"久矣"？秦始皇在世时，陈胜就立下了造反之志，说是要当鸿鹄，项籍更是直言要"取而代之"，自做皇帝。这都表明秦始皇时期人民革命的危机已经成熟。若说秦始皇是"护民"的伟人，那么，何来人民苦秦久矣？陈胜、吴广又何必铤而走险，揭竿而起？

须知，如果说哪一个帝王"护国"，完全是可以说得通的，因为国乃"君国"，是他们家的。唯"护民"二字，岂可轻言之！遍数历朝历代，哪个皇帝是真正"护民"的？更何况是榨干了人民血汗，剥夺了无数人民生命的暴虐的秦始皇了。

话还得说回来，秦始皇对于中国的确有功劳，而且功劳不小，但也有深重的罪孽。评价他还是应该实事求是，不应当捧得太高。

荆轲与"两个凡是"

掘坟鞭尸，执事者常是皂隶。主子发一声喊："打！"皂隶便把阴间的倒霉蛋再拉回阳间来，让他饱餐一顿鞭刑。

评法批儒年代，我有缘当了一回鞭尸的皂隶。但依时代潮流，没拿鞭子，用的是秃笔。那个倒霉蛋，是曾经行刺过秦王，后来又被秦王处理掉了的荆轲。

我鞭尸用的罪名很"毒"，记得是："企图逆历史潮流而动，反对中国统一。"我知道，这个罪名足以让荆轲"永世不得翻身"。但是，这个罪名其实并不是我发明的，我只是奉旨骂贼。

我其实自小崇拜荆轲，敬爱这位大侠。但在"列国必须统一于秦始皇"这个"大义"面前，我必须割爱，必须要对荆轲鞭尸三百。

当时流行一种"两个凡是"的理论，最能让我铁定了心背叛大侠。这个理论就是："凡是反对秦始皇的，就是反动的；凡是拥护秦始皇的，就是进步的。"在这个标准面前，所有的战国人物，都要接受检验，今人的政治态度，也要以此标准衡量。我是有心要做进步青年的，所以，我必须拥护秦始皇，必须反对谋刺秦始皇的荆轲。

我笃信这"两个凡是"，还特别由于它的逻辑魅力。这个理论，出自姚文元一帮文痞之手，文痞者，有文之痞也，故而这"两个凡是"颇讲逻辑：秦始皇统一了中国；统一中国是历史潮流；所以，反对秦始皇就是逆历史潮流而动，就是反动的。

这个逻辑，真是大手笔，云山雾罩，真假婆娑，当年愚不可及的我，怎么可能摆脱这个逻辑的钳制力？多少年以后，我懂得了一点历史主义，这才弄清了这个逻辑其实不过是个狗屁不通的逻辑。

于是，我觉得对荆大侠的背叛是错了，我开始责问"两个凡是"和它的逻辑。试问：

齐楚燕韩赵魏秦，哪个不想统一中国，做中国的霸主呢？岂能谁最终统一了中国，谁就是大英雄，而先前与之逐鹿者就是破坏统一的罪人呢？这不是典型的"成者王侯败者贼"吗？

假使战国时有一位明事理的先生，很懂得华夏必须大一统，也很想有一点拥戴"最终能统一中国的大英雄"的积极表现，但他如何能知道这个大英雄必是秦始皇呢？

倘若按照"两个凡是"的逻辑，难道齐楚等六国只有在强秦暴秦面前俯首贴耳，列队迎降，才算是拥护统一，合乎潮流吗？

若是按此逻辑，是否屈原也如同荆轲，也该算是反对统一的罪人呢？相反，难道上官大夫、靳尚之流，倒该算是促进了统一的贤者吗？

这些责问，其实也是在问我自己：鞭尸做得对否？在荆大侠面前是否汗颜？

反抗暴秦的荆轲，委实是一个了不起的英雄。中华民族的侠义思想、抗暴精神，荆轲无疑是一个重要的源头。但我竟曾对荆轲施以掘坟鞭尸！思之汗颜。真是抱歉啦，荆大侠！

司马迁若是记者

　　司马迁是个旧闻记者，史学家，没赶上传媒时代，但我敢说，他若是真当了记者，绝对会是个好记者。这从他的《史记》里可以看出来，不是瞎猜。谓予不信，试证之。

　　他写史，极重调查访问，绝不光从"金匮石室"里找死资料，也不像郑樵说的只是"局蹐于七八种书"，而是常像现代记者那样，行脚上路，采访人物，访查古迹，搜集散逸的传说逸闻。他虽是史家，记的是旧闻，但一些写作风格和收集材料的方法，却与后世的新闻记者相仿佛。

　　他写的史传人物，有的当时还健在，他就直接面访他们。《游侠列传》里的郭解，司马迁访问过他，印象是："吾视郭解，状貌不及中人，言语不足采者。"这让我们知晓，这位名震江湖的大侠，原来是位外貌既不帅，也不善言谈的人物。但这是史上的真大侠，不是金庸杜撰的那种。

　　李广将军，司马迁写他的传记时他也还活着。《李将军列传》记访问李广的印象是："余睹李将军，悛悛如鄙人，口不能道辞。"若不是司马迁的亲访，我们怎会想到令匈奴胆寒的"汉之飞将军"，看去竟像个村野之人。司马迁的这些人物访问记录，颇像新闻体裁的"人物印象记"。

他为写《孔子世家》，又像记者一样亲身"适鲁，观仲尼庙堂、车、服、礼器"，亲见"诸生以时习礼其家"——亲眼看到了学生们按时到孔子旧宅演习礼仪。为了写《樊郦滕灌列传》，他又"适丰沛，问其遗老，观故萧、曹、樊哙、滕公之家"。

他的这些调查，虽可以用"新史学"名词叫做"田野调查"，但从新闻学的角度看，无疑也就是采访。虽然他听到的都是旧闻，但所亲见的文物、故宅，特别是学生演习礼仪的情形，则既是历史的延续，也是现实的状况，具有现实新闻的元素。

一个好记者，不仅要会采访，也要会写编者按、编后记一类文字。司马迁可说是写这类文字的先师。"太史公曰"是《史记》传记末尾的议论文字，对于正文，它既像是补充，又像是引申，言近旨远，见解精辟，与后世的编者按、编后记颇近似，可谓编者按的老祖宗。

比如《孔子世家》的"太史公曰"，实际是对所述孔子生平加的按语，其中对孔子的赞语，译成今天的话是："天下的君王、贤人多得很，活着的时候显贵荣耀，一死便什么也没了。但孔子不同，他的学说长久不衰，真是至圣啊！"这是对孔子文化地位的精辟评论。"虽不能至，然心向往之"这句名言，也出自这段"太史公曰"。可以推想，能写出"太史公曰"这种精辟按语的司马迁，若是当了记者，他的编者按一定会写得漂亮之极。

新闻记者天然求新，媒体要靠创新求生存。司马迁是个创新意识极强的人，"纪传体史书"就是他的伟大创造。他要是当记者，报纸必会日日新，又日新。

　　史学名家季镇淮先生在《司马迁》一书里，大赞《史记》有"人民性"，赞得对。侠客、巫卜、医者、商贩、俳优，这些向来为庙堂及流俗所轻贱者，司马迁却硬往史书里写，且赞之有加。他要是当了记者，走基层想来是绝不用督促的。

欧阳修被诬二事

北宋文学家欧阳修一生受到的诬谤甚多。近人庞石帚遗著《养晴室笔记》卷三"欧阳修平生谤议"条说:"旧史谓其结发立朝,说直不回,身任众怨,至於白首,而谤讪不已。"又说,"同时名贤,数致蜚语,未有如此公之甚者"。如此看来,欧阳修真可算是一个身上中了无数诬谤之箭的"箭垛式人物"了。

宋代,诬人之风甚盛,小人常常挟嫌怀怨,造作蜚语,锻炼人罪,贤者如陆游、辛弃疾、李清照、富弼等都尝过被诬之苦,但蒙受诬谤最多的还是欧阳修。

欧阳修何以落得如此境地?是他生性古怪,爱得罪人,还是确实品行不佳,有劣迹可寻?都不是。

且看两件欧阳修被诬的史实。

第一件,庆历五年,欧阳修被言官指控与疑犯——他的外甥女张氏有牵连,因而下狱;朝廷派人来"监勘",又有人以欧阳修写的一首词为证,毁谤他与张氏有违犯礼教的暧昧关系。后来，虽然查明事属子虚，但仍将欧阳修贬官至滁州。

欧阳修这次受诬谤，背后真正的原因是政治性的。他是"庆历新政"的中坚人物之一，为了与守旧势力斗争，他写了《朋党论》和《论杜衍、范仲淹等罢政事状》等著名政论，因此备受守旧势力的忌恨，身上便被泼上了脏水。

《宋史》的撰著者是公道的，有太史公之风，在写《欧阳修传》的时候，对欧阳修这次被诬事件做了公允的记述，一方面肯定了欧阳修的人品，一方面斥责诬谤者是"邪党"。

"邪党"诬谤欧阳修，为何在舅甥关系上做文章？据宋人叶梦得《避暑录话》记，欧阳修当时正担任河北都转运使，"职事甚振，无可中伤"。就是说，欧阳修在公务上无可挑剔。于是，"邪党"只好另打主意，便想出了诬指欧阳修与犯法甥女不清不楚这个歪点子。

总之，欧阳修这次被诬谤，决不是一般的挟嫌告讦，实质是守旧派对革新派的打击。

第二件是治平四年言官蒋之奇指控欧阳修"私于子妇"案。所谓"私于子妇"，是说欧阳修与儿媳吴氏有暧昧关系。这又是一次在男女关系问题上毁谤欧阳修。宋代，礼教甚严，因而这一毁谤对欧阳修的名誉损害极大，以致欧阳修不得不上奏神宗皇帝为自己辩诬。关于此案，《宋史》和许多野史笔记都有记述，可见此案影响之大，也可见欧阳修受害之深。

事实真相是怎样的？《宋史·欧阳修传》认定，所谓"私于子妇"，不过是欧阳修的妇弟"有憾（恨）于修"而"造帷薄不根之谤摧辱之"。就是说，这是欧阳修的小舅子衔恨造的谣言。正派人都是站在欧阳修这边的，并努力为欧阳修辩诬。司马光《涑水纪闻》说蒋之奇是"承流言劾奏之",另一宋人曾敏行《独醒杂志》说,"台官以闺阃诬讪之"。

神宗皇帝是怎样处理此事的呢?他找来蒋之奇当面核实,蒋无言以对,结果反坐。神宗又将事实真相"出榜朝堂,使内外知为虚妄",这就洗刷掉了抹在欧阳修身上的污秽。神宗此举,真值得称道。

欧阳修的这次被诬,虽然不同于庆历五年那次与实行新政有关,但也决非家长里短的纠纷。这是欧阳修平时为人耿直、居官廉正、不随流俗,因而积怨于小人酿成的。

《宋史·欧阳修传》评论说:"修平生与人尽言无所隐。及执政,士大夫有所干请,辄面谕可否,虽台谏官论事,亦必以是非诘之,以是怨诽益众。"又盛赞欧阳修的品格:"天资刚劲,见义勇为,虽机阱在前,触发之不顾。放逐流离,至于再三,志气自若也。"进而论到欧阳修因品格高洁而被诬:"修以风节自持,既数被污蔑。"总之,是欧阳修的志节和正派行为引起了小人嫉恨,招致了他们的诬谤。《宋史》的这些评论,无疑是中肯的。

王安石对欧阳修更是给予了高度评价,他在《祭欧阳文忠公文》中评道,欧阳修的"果敢之气,刚正之节,至晚而不衰"。是的,也正是如此,欧阳修才"至于白首,而谤讪不已",一生未得安宁。

从欧阳修被诬二事,可以看出这么几点:

改革者、直士,是最容易遭受诬谤的,欧阳修屡屡被诬,根源正在于此。此其一。

诬谤可畏,轻则可去人官职,重则可致人入狱,直至要人性命,这类结局,欧阳修经历了大半。此其二。

以所谓男女暧昧之事诬人,乃诬人之利器,伤人綦重,欧阳修便深为其所伤。此其三。

言官负有监察臧否之责，若非正人君子所担任，极易造成轻信渎职，贤愚颠倒,欧阳修两次被诬陷,受伤害,皆有不称职言官的坏作用在。此其四。

凡此诸点，诚为史镜，今人可作正衣冠之用也。

范仲淹的第二名言

如果给范仲淹的名言排个序，第一名言，无疑是"先天下之忧而忧，后天下之乐而乐"。第二名言是什么？我认为是"宁鸣而死，不默而生"。此言出自他的名文《灵乌赋》。

推崇这句名言的名人，自古多有。宋代学者王应麟在《困学纪闻》卷十七写道：

> 范文正《灵乌赋》曰："宁鸣而死，不默而生。"其言可以立懦。

范文正即范仲淹。"其言可以立懦"，是说这八个字足可激励懦夫，使之勇敢起来。"立懦"二字，原也出自范仲淹。范仲淹在《严先生祠堂记》里赞颂东汉高士严子陵说，严先生的行为可以"使贪夫廉，懦夫立"。的确，"宁鸣而死，不默而生"是一句很能激励人的话。

胡适先生也非常推崇这句话，认为它表现了"中国向来智识分子的最开明的传统"，并认为这篇《灵乌赋》"是中国古代哲人争自由的重要文献"。

"宁鸣而死，不默而生"，不愧是范仲淹的第二名言。

范仲淹何以要写《灵乌赋》？这背后有个引人思考的故事。

范仲淹当过开封府知府，就是京师的市长，因为批评宰相吕夷简滥用私人，被贬谪饶州，吃了不少苦头。友人梅圣俞见况，写了一篇劝喻文字《灵乌赋》给范仲淹，以"灵乌"，就是乌鸦作比喻，劝老友不要总是"乌哑哑兮招唾骂于时间"，即不要总用"乌鸦嘴"说些让人不高兴的话，而是应该"结舌钤喙"，拴紧舌头，锁住嘴唇，少提批评意见。梅圣俞还写道，虽然你老范见义敢谏，忠心可鉴，但人们并不领情，反怪你讲话不吉利，你何不学学爱唱升平调的凤凰呢，那多让人喜欢。

梅圣俞当然是好意，他怕范仲淹再因言惹祸。但范仲淹并没领情，而是援其赋题，反其意而用之，也写了一篇《灵乌赋》，索性就借乌鸦以明志，表达自己绝不做趋炎附势的小人，而只做敢于谏诤的直士的决心。"宁鸣而死，不默而生"，是这篇赋中最核心、最有分量的话，意思是宁以"乌鸦嘴"谏诤而死，也不为自保而缄口。

范仲淹还写过一首题为《答梅圣俞灵乌赋》的诗：

危言迁谪向江湖，放意云山道岂孤。

忠信平生心自许，吉凶何恤赋灵乌。

坚信真理在己，认定吾道不孤，范仲淹的忠信、志节与襟怀，于诗中历历可见。范仲淹诚如孟子笔下的"大丈夫"，巍然站立。

范仲淹的《灵乌赋》有篇自序，说了这样一句话：我这篇《灵乌赋》

与梅君那篇《灵乌赋》，"庶几感物之意，同归而殊途矣"。意思是虽然二赋都是借乌鸦做文章，但立意却迥然不同。

不同在何处？就在两篇赋实际代表着两种价值观和人格操守。一种是国家民族至上，铁肩担道义；一种是明哲保身，"国家事，管他娘"。

性格决定命运，人格也决定命运。范仲淹即如此。范仲淹出于报国心，经常进言谏诤，史书上有范仲淹"言事日急"的记载。见到危害国家的事，说还是不说？范仲淹的回答很明确："儒者报国，以言为先。"他把进言当做最重要的报国途径。为了报国，他不怕进"危言"，不怕当局不高兴。他这种报国观，是他的"先忧后乐"的伟大襟怀的具体体现。

在中国历史上，宋代士大夫是比较敢说话的。一个极重要原因，是宋代在政治管理上具有相当宽容的气度，在制度设计上对"上书言事"者有一定保护，当然也不是都"言者无罪"。那时的舆论环境较为宽松，绝不像"偶语弃市"的秦朝，也不像文字狱盛行的康雍乾。对于敢于进言的耿介之士，宋代的社会舆论也常能发出同情的声音。庆历新政之前，范仲淹三次因言被贬，但都获得广泛的舆论支持，有"三光"之誉，意思是被贬一次比一次光彩。

陈寅恪先生有一个著名论断："华夏民族之文化，历数千载之演进，造极于赵宋之世。"中国古代四大发明中的三项，是发明或完成于宋代的。何以会如此？值得好好研究。从文化发展的一般规律看，宋代文化的繁荣应与当时政治管理的宽容性有关，在此大环境下，儒者和民众更加关心国事，更具有发展文化的积极性。"儒者报国，以言为先"就是这种积极性的表现。康雍乾的读书人想报国却不敢言，于是只好钻故纸堆，弄古字。

古人的思想分野，今人也常如之。古人面临的选择，今人也常会毫无二致地遇到。一个知识分子，一个人大代表、政协委员，都经常会面临这样的选择：是学梅圣俞的圆滑世故，还是学范仲淹的耿介直言？是先忧后乐，还是相反？你固然能"妙手著文章"，但能否"铁肩担道义"？

选择，的确是不容易的，但却是必须的。

阿Q与朱元璋

虽说小尼姑骂了阿Q断子绝孙，但实际上，阿Q的子嗣极多，血脉甚是绵长。我在《瓜葛——阿Q与红卫兵之关联考》一文里，就曾考证出红卫兵是阿Q的遗族。近来，我不再查考阿Q的子嗣了，而是查考起阿Q的祖宗来了。

阿Q自称姓赵，又自称是赵太爷的本家，我便想，若往远了追，他或许与稍逊风骚的宋太祖有些瓜葛，但终于很失望，没啥关系。其实这倒也自然，赵太爷连阿Q姓赵都不认可，更甭想赵皇帝是他祖宗了。但是，我却发现，阿Q与朱洪武大有关系。我怀疑，洪武爷朱元璋才是他的本家，是他的嫡祖，虽然洪武爷姓朱。

我有重要的证据这么说。

先要读一读《阿Q正传》第二章《优胜记略》。文中，鲁迅是这样介绍阿Q的：

　　阿Q"先前阔",见识高,而且"真能做",本来几乎是一个"完人"了,但可惜他体质上还有一些缺点。最恼人的是在他头皮上,颇有几处不知起于何时的癞疮疤。这虽然也在他身上,而看阿Q的意思,倒也似乎以为不足贵的,因为他讳说"癞"以及一切近于"赖"的音,后来推而广之,"光"也讳,"亮"也讳,再后来,连"灯""烛"都讳了。一犯讳,不问有心与无心,阿Q便全疤通红的发起怒来,估量了对手,口讷的他便骂,气力小的他便打……

　　对于这段介绍,决不可走马观花,必须细细来读;读了以后,再去对照一下朱元璋的"行状",便立马可以发现:这个阿Q太像朱元璋了,或是反过来说,那位朱皇帝又太像阿Q了。

　　对照阿Q,朱元璋也是"见识高,真能做"。他驱逐鞑虏,恢复中华,给汉族人挣足了面子,建立起了明朝大帝国,就像阿Q那样,他也"几乎是一个完人"了。此其一。其二,阿Q与朱元璋都有或曾有过一个颅顶的观瞻问题。阿Q的头皮上有几处恼人的癞疮疤,上面无发,发光。朱元璋也曾有过一个无发、发光的脑袋——他微时做过和尚。本来,朱元璋若是终生为僧也便罢了,但他后来造反发了迹,当了皇帝,这曾经的秃头便成了心病,因为在一般平民眼里,光溜溜的脑袋总是不大好看的。

　　朱元璋与阿Q二人的相似之处,不只这两点,还有更重要的,这就是,他们两人都极端地讳"光"讳"亮",虚荣,护短;而且,谁若是犯了他们的讳,必遭惩罚——阿Q是非打即骂,朱元璋是让你脑袋搬家。

　　请看朱元璋是怎样讳"光"讳"亮",并杀掉犯了他的讳的倒霉蛋的。

　　明人徐祯卿在《翦胜野闻·纪录汇编》卷一三〇中写道:

太祖多疑，每虑人侮己。杭州儒学教授徐一夔尝作贺表上。其词有云："光天之下"，又云："天生圣人，为世作则。"帝览之大怒曰："腐儒乃如是侮朕耶！'生'者僧也，以我从释氏也。'光'则'摩顶'也。'则'字近贼也。罪坐不敬，命收斩之。"礼臣大惧，因上请曰："愚蒙不识忌讳，乞降表式，永为遵守。"帝因自为文传布天下。

这个"太祖"，就是明太祖朱元璋。杭州府学的教授徐一夔，本来做的是马屁文章，一片好意，但不承想犯了朱元璋的讳，竟遭到了杀身之祸。朱元璋杀人的理由和逻辑是：徐一夔你说的那个"生"字，是"僧"字的谐音，僧也就是和尚，你这是在讥笑我当过和尚。你说的那个"光"字，是笑话我的和尚头又光又亮，是羞辱我。"则"字，乃是用谐音骂我是贼。如此这般地辱我骂我，岂不正犯了大不敬我之罪，能不杀你！

天子雷霆一怒，百官瑟缩，鉴于前车之覆，礼部大臣赶紧请示避讳条例。这位朱皇帝也真是把此事看得天样大，竟亲自撰写了避讳条文，对哪些是自己所讨厌的字眼，作出了规定，然后传布天下执行。

因犯了朱元璋的秃头之讳而掉了脑袋的，除了徐一夔，还有几个倒霉鬼。清初人陈田在《明诗纪事·甲签》卷六中，记录了多条明朝文人因著文写诗犯讳而被杀的事，其中有三人就是因为犯了朱元璋的秃头之讳。

一个是常州府学训导蒋镇，他在《贺正旦表》中，写了"睿性生知"一句话，不想犯了忌，被杀头，因为"生知"音近"僧知"，僧即和尚。

再一个是祥符县学训导贾翥，他在写《贺正旦表》时，写了"取法象魏"一句，被杀，因为"取法"音近"去发"，去发就是剃头当和尚。

第三个是尉氏县学教谕许元，他在作《贺万寿表》时，写了一句"体乾法坤，藻饰太平"，被杀，因为"法坤"近于"发髡"，而"发髡"就是剃光头。

总起来说，这三人被杀，都是因为犯了朱元璋怕听和尚、秃头一类词的忌。其中那位许元先生，似乎又最冤枉，因为他本是好心给朱元璋祝寿的，在贺万寿表里，他写的肯定都是些"敬祝朱皇帝万寿无疆"之类的拍马文字，但没想到却被马蹄子踢死了。

在官场中，官吏之间发生倾轧，本是再寻常不过的事，但当事者中若有当过和尚的官员，情况就不同了。在朱元璋的眼里，如果哪个人骂了哪个当过和尚的官员，那他一定是在与自己作对，于是骂人者就要倒大霉。清人钱谦益在《列朝诗集·甲集》卷十三《张孟兼传》中，记下了这样一件事：

> 孟兼出为山西副使，布政使吴印，钟山僧也。孟兼负气凌之，数与之争。上曰："是乃欲与我抗耶？"逮赴京，捶之至死。

传记中的"上"，即朱元璋。这是说，当过和尚的布政使吴印，与副使张孟兼屡次发生争执，朱元璋不问是非曲直，便疑心张孟兼是在欺辱吴印，进而便认为张孟兼的矛头是冲着自己来的，张孟兼因此死于乱棍之下。

经过若干次的"言秃必杀"的教育，大臣们都被训练得像绵羊一样，因而总是战战兢兢地设法避开那类字眼，但是，也有不小心失口误说的时候。

《明史·郭兴传》记了这样一件事：大将郭兴的弟弟郭德成一次侍宴酒醉，脱帽谢恩时，朱元璋看到他的头发又短又少，便说："你这个醉疯汉，头发这样少，是喝酒喝的吧?"郭德成答道:"臣也讨厌这样的头发，剃了它就痛快了。"朱元璋听后默然不语。郭德成酒醒后，猛然醒悟到失言了——说了个"剃"字，他非常害怕，于是"佯狂自放，剃发，衣僧衣，唱佛不已"。朱元璋知道后说:"原以为他说的是戏言，没想到真的把头剃了，真是个疯汉。"由这件事可以看出，在朱元璋的忌讳和淫威之下，大臣们是怎样战战兢兢地活着。

从上面这几个例子可以看出来，朱元璋真是太在意自己那段当和尚的经历了，他极为自卑地把那段经历当成了自己的"历史问题"，因之，几乎患上了"讳僧症"。

据我考量，在与秃头有关的字眼中，朱元璋对"僧"、"生"、"光"、"髡"这几个字眼最为敏感，几乎达到了神经质的程度。而他这种近乎神经质的"讳僧症"，竟成了他大兴文字狱的原因之一。

对比一下朱元璋与阿Q二人的"讳秃"史，还可以得到一个有趣的发现:二人不但在所讳字眼上相似，就是在"讳秃"的历程上，也极为相似，即他们的避讳，都是从少数字眼往多数字眼发展的。阿Q本来是只讳说"癞"的，但后来"光"也讳，"亮"也讳，再后来连"灯""烛"都讳了。朱元璋也与阿Q相同，开始，大抵也只是讳"僧"，进而便讳"生"，再后来连"光"、"发"、"髡"也讳了。二人竟像是从一个模子里铸造出来的。

看官，您说说，这阿Q的祖宗，不是朱元璋又是谁?当然啦，阿Q的祖宗未必就只有朱皇帝一人，我推测一定还有不少，且待来日再考。今日的认祖归宗，姑且先认下一位朱皇帝。

阿Q与朱元璋，二人竟是如此之像，使我油然生出一种推测，我想，鲁迅先生熟读明史，他写《阿Q正传》时，恐怕脑际中总是晃动着朱元璋的影子的，也许就是把朱元璋做了原型之一的。这也就是说，发现朱元璋是阿Q的祖宗的，鲁迅先生恐怕是第一人。我的这篇小文，不过是给《阿Q正传》做点笺注罢了。

其实，朱元璋与阿Q的相似处，绝不仅仅在一个秃头的事情上，二人还有其他不少相似的地方。比如，阿Q梦想中的革命，是乱杀一气，不仅杀赵太爷、赵秀才、假洋鬼子，连与他同阶级的小D、王胡也杀。朱元璋则是在倒元革命中杀"鞑子"，倒元革命成功后又杀与他同阶级的革命功臣。又如，阿Q梦想革命成功后，就往自己住的土谷祠里搬运赵太爷家的财宝，像元宝、洋钱、洋纱衫、宁式床什么的，总之所有的财富都归自己，自己也当财主。朱元璋则是革命后当上了口含天宪的洪武爷，威福、子女、玉帛一样不少，整个天下都归了自己。朱元璋与阿Q这种种酷似之处，都在证明着阿Q与朱元璋的血缘关系，证明着朱元璋是阿Q的先祖。

从现有材料看，讳"光"讳"亮"，虚荣，护短，这一宝贝疙瘩似的"国粹"，似乎是朱元璋发明的，但其实并不一定。我猜想，朱元璋大概也是有祖师爷的，不过暂且不清楚罢了。朱元璋实际上也只是一个这一"国粹"的分外钟爱者而已。

朱元璋对此不仅钟爱，还把这种"国粹"传给了阿Q，阿Q又不负祖德，传给了自己的子嗣们。小尼姑曾恨恨地诅咒阿Q断子绝孙，但小尼姑失算了。试看阿Q的子嗣们——那些报喜不报忧，为护短而哪壶不开不提哪壶的人们，真是乌泱乌泱的。人们满眼满耳所闻见的，就像是《红楼梦》里鸳鸯所说："宋徽宗的鹰，赵子昂的马，都是好话（画）"。这景象，若是让阿Q看到了，那秃小子一定会得意无比：小尼姑的话不灵啦，我阿Q不仅能光宗耀祖，而且子孙绵绵无绝期呀！

谈傅山

一个文化人，若能引人敬佩并不难，有作品、有成就便可；但若让人生出热爱之心，却并不容易，单有作品和成就还不行，还要有其他许多因素。明末清初的山西籍大学者傅山，就让我既敬重，又充满热爱之心。

傅山，字青主，他的学问，当时在大河以北是第一的，这世有公论。我没有专门研究过傅山的学问，没有资格来谈，只想谈一谈我对傅山敬重和热爱的缘由。

傅山最让我敬重的，是他做人重气节，有骨气。傅山所处的时代，是发生了"扬州十日"、"嘉定三屠"的时代，傅山所闻所见的，是八旗军的铁蹄，是挂着不肯薙发者的头颅的剃头挑子。有的士人在清廷的威逼利诱下变节了，如钱牧斋之流，傅山则是气节凛然，决不屈服。

傅山在文章中常论到气节，认为只有具有民族气节，才能算做人，才是真男子。他在《无家赋》序文中写道："桑弧蓬矢，我非男子也哉！"他感到，自己虽然身为男子，本应为国出力，但眼前却是胡骑纵横，怎不令人痛心！清廷开"博学鸿词科"，他坚不应试，清廷便令役夫用床把他从家中抬进了京城。望见午门，他老泪涔涔，别人强令他拜谢，他便扑倒在地，以示志节不屈。在傅山眼里，民族气节重于泰山，个人的仕进轻如草芥。

也许有论者说，开"博学鸿词科"者，是英明的君主康熙大帝，傅山应该投降康熙才是，否则就是狭隘的民族主义者。我不敢苟同此说。在当时的历史情势下，傅山的行为无疑具有历史正义性，就坚守民族气节而言，他与岳飞和文天祥同样伟大。

傅山做人重气节，便最厌恶奴气。在傅山的字典里，"奴"字是最可憎恶的字眼。他曾说："不拘甚事，只不要奴，奴了，随他巧妙雕钻，为狗为鼠而已。"他把奴气视作鼠狗一类动物的行径。傅山是个名医，有时便用有关医药的词语讽刺"奴人"和"胡人"，他说："奴人害奴病，自有奴医与奴药，高爽者不能治。胡人害胡病，自有胡医与胡药，正经者不能治。"奴人，指那些奴颜卑膝的官僚；胡人，指满清王朝压迫者。在"天有十日，人有十等"的封建社会里，在清朝统治者的高压政策下，人有奴气本是司空见惯，但傅山却容不得奴气，他所重所要的，是气节。

我一向觉得，气节对于做人，是头等重要的，临大事必须讲气节，平时处事，也要讲骨气。人若有气节，虽是小人物，也顶天立地的伟大；人若无气节，虽是大人物，也如沙尘般渺小。傅山是有铮铮气节的，他在我心目中，是个顶天立地的伟丈夫。

傅山对于皇帝的评说和态度，也让我敬服。傅山所处的时代，是皇帝至高无上的时代，但傅山却不像常人那般服帖。他对孟子的社稷为重君为轻的观点，极为推崇，进而又提出"天下者，非一人之天下，天下之天下也"的观点，其思想锋芒，直逼身为九五之尊的"真龙天子"。傅山的观点，已带有启蒙思想的色彩。启蒙思想发展到头，便是推翻皇帝的统治。

傅山谈论古代帝王的许多话，更是表达了他对皇帝的不恭敬的态度。他在文章中称一向具有"圣君"之誉的唐太宗为"二郎"、"李二郎"，称这位"圣君"的爸爸李渊为"老庸"，并说，"老庸仗儿子为皇帝，私气不除，殊怅人肠矣"。"二郎"，是民间俗称，"老庸"，更深含鄙意，由此二称，便可看出皇帝在傅山眼里是什么形象。傅山还说过，"李太白对皇帝只如对常人，作官只如作秀才，才成得狂者"，言下之意就是皇帝是可以视如常人的，皇帝也并不那么神圣。这话今天听起来固属常语，但在三百年前却属异端之词、惊人之语，是须有胆识才说得出的。

傅山身上有一股侠气，尤吸引人。清代史学家全祖望在傅山传略中评述他是个"任侠"者。傅山自己也曾自述读《汉书》时，"每耽读刺客游侠传，便喜动颜色"。但傅山并不像梁羽生《七剑下天山》所描写的那样，是个神乎其神的剑侠，他只是一个身上充满侠义气质的读书人。

他这种侠气，特别表现在出死力为人辩冤白谤上。明人吕坤在《呻吟语》中说过这样一句话："为人辩冤白谤是第一天理。"清人申居郧在《西岩赘语》中也说过："德，莫大于白人之冤。"傅山正是实行这一天理和美德的侠肝义胆之士。

明崇祯九年，阉党余孽张孙振陷害贤士袁继咸，酿成冤狱，傅山挺身而出，起草辩冤文书，要求主谳者"以存公道，以服士心"，并亲自进京鸣冤，终于使袁继咸的冤案得到昭雪。在为袁氏辩冤的过程中，傅山曾受到恫吓、威胁，但他全然不顾。为助人他花掉了万余两家财，毫不吝惜，事后他却不居功受谢。

傅山是个非常率真、质朴、坦荡的人，对他这种性格和人品，我很喜欢。傅山是个书法家，与人谈书法时曾说："学书之法，宁拙毋巧，宁丑毋媚，宁支离毋轻滑，宁真率毋安排。"表面看，他谈的是书法，实则并不止此，而是反映了傅山做人的一些准则，反映了傅山的性格。

傅山爱写杂文，从他的杂文中也可看出他的性格。他写道，有些人遇到有人骂，"只记得个谁骂我来，却不记骂我的是哪一桩短处，若于此有醒，骂我者是我大恩人"。他认为有错就应当欢迎人骂，骂得对，就是自己的大恩人，这是多么坦荡的胸怀。

傅山的率真和质朴，也可以从他的信札中看出来。他写过一封关于听书看戏的信，有云："倒是那里有唱三倒腔的，和村老汉都坐在板凳上，听什么飞龙闹勾栏，消遣时光，倒还使得。姚大哥说，十九日请看唱，割肉二斤，烧饼煮茄，尽足受用。不知真个请不请？若至眼前无动静，便到红土沟吃两碗大锅粥也好。"信写得极通俗有味，傅山率真、质朴的模样似在眼前。鲁迅先生大概也很喜欢傅山信里的这些话，所以把它抄录了下来，见于鲁迅的《西牖书钞》。

傅山是山西阳曲人，他的性格的形成，大抵与三晋大地的质朴雄深的民风地气有很大关系。全祖望曾说，傅山"少长晋中，得其山川雄深之气……而不屑为空言"。不为空言，反映出傅山质朴、实在的性格。散文家余秋雨曾做名文《抱愧山西》，对创造了"海内最富"的致富业绩的山西商人大加褒扬，这也使我对山西商人刮目相看，但我也想说，更能使山西人骄傲的，是山西出了个傅山。这犹如湖南出了王夫之，浙江出了黄宗羲，安徽出了戴东原，河北出了颜习斋、李恕谷。他们既是地方上的人杰，也是中华民族的精英。

我很喜欢郑板桥的书法，觉得他的字，于雅中透出奇气。但一次读周作人的《〈亦报〉随笔·会与不会》，见他说，比起傅山来，"郑板桥、赵撝叔都不免还有俗气"，吃了一惊，惊的是傅山的书法竟是如此高格。我不谙书法，但却因此更加敬重傅山，也盼望能亲睹到傅山的墨迹。

傅山又是个诗人，他有一首诗我很看重，诗云："一灯续日月，不寐照烦恼，不生不死间，如何为怀抱。"我仿佛看到一个孤独的智者、志士，枯坐在青灯之侧，满腹兴亡之叹，一腔忧国之思。诗中所云身处不生不死之间的心境，与司马迁在《报任安书》中倾诉的"居则忽忽若有所亡，出则不知其所往"，颇有相似处。古语说，"诗言志"，傅山的这首诗就是一首表达心志的绝好作品。

傅山是三百多年前的一位学者。三百多年过去了，傅山的学问仍有着重要的价值，傅山的人格也仍具有很强的感召力。我从一接触傅山的材料，便觉得他有一种吸引力，随着对傅山的了解的增多，我由佩服而敬重而热爱，终至在心上刻下了傅山这个名字。

错在没拿皇帝当皇帝

乾隆爷的子民王锡侯，赣人，举人，有点学问，下了十七年的硬功夫，编了本字典，唤作《字贯》，自成一家言，搁现在说不定能评上个什么社科著作奖。但他写了个糟糕的序言，批评《康熙字典》缺乏"穿贯"的线索，查起字来"举一漏十"，很不方便，所以他要编本《字贯》把字连类"穿贯"起来。这显然在贬损《康熙字典》。更要命的是，序文提到康雍乾几位帝爷时没避庙讳，直书了御名。乾隆爷知道了，怒了，办了王锡侯个悖逆罪，杀头，抄家，株连。

王锡侯当然是把肠子悔青了，但错在何处？此君又未必真弄明白了。要我说，其错不在编书，而在不懂"凡是"。何意？孟森先生说的好，王锡侯"置《康熙字典》为一家言，与诸家俱在评骘之列，此王之所以罹祸也"，把御制之书当成了普通的学术著作，也要与之商榷争鸣，这不是拿皇帝不当皇帝么？凡是皇帝说的写的办的，哪会有错？怎能视作一家之言？凡是拂逆圣上批了龙鳞，哪会有好果子吃？但王锡侯迂得很，近乎呆，没理会这两个"凡是"，于是乎遭了大殃。

他爹就迁，开始给他取名叫王侯，后来觉得有点犯忌，便加了个锡字。"王侯将相宁有种乎"，取名王侯，莫非要做王侯么？若是追究起来，不用等到他写《字贯》就被办掉了。

朱熹的弟子陈埴有句名言"天下无不是底君"，这是有水平的话，皇帝哪会有错儿呀？锡侯先生实在是没有陈埴的水平高啊！

蒲松龄的宽容

宽容有益于和谐，谈宽容的言论日增。点百度，相关警句大量涌出。然浮泛之语多，如"多宽恕别人，少宽恕自己"之类。"有容乃大，无欲则刚"固不错，却稍嫌抽象。读孙犁、金岳霖文章，得两条精警语录，笔记如下。

一条是，蒲松龄在小说里借一少女之口说："幸灾乐祸，人之常情，可以原谅。"引自孙犁《芸斋琐谈·谈妒》。幸灾乐祸，虽为一般道德所谴责，却为人之常情。不愿别人比自己好，比自己差才高兴，此古来普遍之心理也。蒲松龄捅破了世态人情的这一层窗户纸。"可以原谅"，一是承认现实，二是以宽容心态对之，这是直面真实人生的宽容之言，其心态甚可嘉可取。

另一条，章士钊一篇政论文说："为政有本，其本在容。何以为容？曰：不好同恶异。"引自《金岳霖回忆录·"大人物"章士钊》。此言执政者应实行宽容政略。"好同恶异"，迥异"和而不同"；以此为本，易演为独裁，而绝无和谐。"其本在容"，亦即不在"斗"，不在以斗为纲。一次，金岳霖偶遇章士钊，说，"我背过你的文章"，并当场背出了上面举出的那几句话。

美国学者房龙写过一本名著《宽容》，国人拜读者甚多。然须知，中国虽无此类名著，但宽容思想及警语名言，自古多有。蒲、章之言，即其例也。

"清廉"的庸吏曹振镛

　　清朝有个名叫曹振镛的大官僚，当过乾隆、嘉庆、道光三朝的大学士，颇有点"清廉"之名；死后，清帝曾赏给他个"文正"的谥号，并让他入了贤良祠。"文正"，是对有功尤其是所谓品节端方的官吏的极高赞誉，据说清朝一代也只有八人得到此谥。曹振镛真可谓官运亨通、载誉后世了。

　　但检阅史籍，却并未发现这位曹文正公有过什么特别值得称道的政绩，只是牵头编过几部有关清朝典制的书。那么，他为何如此官运亨通呢？清人朱克敬在笔记《暝庵二识》中披露了其中的奥妙："曹文正公晚年，恩遇益隆，身名俱泰。门生某请其故，曹曰：'无他，但多磕头，少说话耳。'"原来，这几个字便是曹振镛做官的诀窍了。《清史稿》上他的传记还夸他"实心任事，外貌讷然"，"小心谨慎，一守文法"。这是说他任皇帝驱使，唯唯诺诺，恭顺过人。可就是靠这，他成了三朝元老，跟着哪个主子都吃香。

　　说曹振镛没有什么政绩是实，但他却又实在没有像大贪官和珅那样惊人的贪污劣迹。所以，落个"文正"的清廉名儿也并非全无一点儿根据。但也正是这个"清廉之吏"，尸位素餐，不思进取，为保住一顶乌纱帽，既不学唐代魏征的直谏，更不打算整顿嘉、道以来腐败的吏治，却一味提倡磕头哲学！

其实，单是这位"清廉之吏"无功无过地混官儿做也便罢了，而他却又帮助皇帝主子造出许多和自己一样的"廉吏"。他曾向昏庸的道光皇帝献策说，对臣子们"指陈阙失"的奏章，可"择其最小节目之错误者谴责之"，使臣子们感到天子能"察及秋毫"，便更加恭顺听话了。于是道光帝吹毛求疵，闭塞言路，"奏章中有极小错误，必严斥罚俸降革"。结果，"中外（朝野）震惊，皆矜矜小节，无敢稍纵"。臣子们全成了"多磕头，少说话"的庸碌之辈，所上奏章也"语多吉祥，凶灾不敢入告"，报喜不报忧了。

这种朝政腐败的现象遭到了许多正直之士的谴责。例如，朱克敬在抨击曹振镛的为官之道时说："道光以来，世风柔靡，实本于此。近更加以浮滑，稍质直即不容矣。"还有一位正直的无名氏作了二阕《一剪梅》词，讽刺曹振镛之流及恶劣的世风。

其一云：

> 仕途钻刺要精工，京信常通，炭敬常丰。莫谈时事逞英雄，一味圆融，一味谦恭。
>
> 大臣经济在从容，莫显奇功，莫说精忠。万般人事要朦胧，驳也无庸，议也无庸。

其二云：

> 八方无事岁年丰，国运方隆，官运方通。大家裹赞要和衷，好也

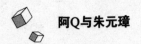

弥缝，歹也弥缝。

> 无灾无难到三公，妻受荣封，子荫郎中。流芳身后更无穷，不谥
> 文忠，便谥文恭。

真是惟妙惟肖又入木三分！

曹振镛还依仗权势，专门选拔和自己一类的庸才。他在主持乡、会科考时，竟"不取淹博才华之士"。判卷"严于疵累忌讳"，"不问文之工拙，但作字齐整无破体者，即置上第"。于是，那些"空疏浅陋"之辈，因循抄袭之徒，受到重用；而有学问，有创见的人，却被冷落。看来，由曹振镛这样的庸吏掌权，还会造就和选拔出更多的庸吏。而这些庸吏在当时社会中已成为一股延缓社会前进的惰性力量。

曹振镛还是一个好嫉之徒，虽无大才，但于官场倾轧却是好手。道光初年，一个姓蒋的总督做了军机大臣，很受皇帝器重，曹振镛妒火中烧，便借道光之手将蒋排挤出京到外地任职去了。蒋感慨地说："曹之智巧，含意不申，而出自上意，当面排挤，真可畏也。"

曹振镛就是这样一个圆滑、无能、保守、好嫉，无所作为但却有"清廉"之名的封建官吏。这样的"廉吏"，与海瑞那样的清廉之吏是大不相同的。其所以不同，我想主要在于他不但庸碌无为，也就是没有做出过什么有益于老百姓、有益于社会进步的政绩，而且还凭借自己官高爵显的特殊地位，提倡和传播腐朽的为吏之道，造成了极坏的吏风，从另外一个角度起到了误国乃至祸国的作用。

棱角让谁磨去了

　　封建官吏能有一点勤政执法的棱角，是很难得的。这难得，不仅因为当官对于大多数人来说，原不过是为了发财，封妻荫子，所以明哲保身是第一要务；还因为封建官场上的腐朽势力，最容不得人有棱角。这后一点，可以用清朝官吏张集馨的经历来说明。

　　咸丰七年，张集馨出任甘肃布政使，主管一省的民政和财政。儒家治国平天下的理想，皇上特简外放的知遇之恩，使他任职后很有点勤政执法的锐气。但干了不到一年，他就给自己定下一条遇事要"不露圭角"的守则，并在衙署里挂上了一幅自撰的对联，作为座右铭："读圣贤书，初心不负；用黄老术，唾面自干。"——棱角全无了。

　　张集馨的棱角让谁磨去了呢？让封建官场中的腐朽势力磨去的。具体点说，这个腐朽势力，一是他的顶头上司，一是他身边的关系网。

　　张集馨的顶头上司，是兼管甘肃巡抚事的陕甘总督乐斌。此人是个八旗子弟，不但昏庸无能，而且心术不正。张集馨在他手下任职，既难于秉公办事，更不能有所作为，还经常受到他的指摘和责难。

张集馨为了制止省里一些官僚到官钱铺赊账不还的贪污行为，得罪了不少人。有个叫和祥的候补道员，就到乐斌面前告黑状。乐斌不但不判明是非，赏善罚恶，反而轻信诬告，指责张集馨。张集馨非常失望，锐气大挫。

有个叫邓承伟的代理知县亏空了两万多两银子，被张集馨查出来了。但由于邓承伟抓住了乐斌和按察使明绪贪污纳贿的小辫子，使案子长期不能了结。张集馨开始还坚持秉公办理，但很快就感到此案涉及乐斌，不能深究，"只好模棱"。

张集馨不但在整顿吏治上受到乐斌的压抑和妨碍，而且要想实行一点对老百姓有好处的善政，也会在乐斌那里遇到很大麻烦。

甘肃崇信县地处万山，十岁九荒，"百姓穴居毳服，藜藿不给"，而县官却因怕苦躲在省城里，只让佐杂人员到县衙门代理。张集馨看着百姓贫苦至极，心中颇为不忍，于是向乐斌提出裁汰崇信县一缺，而由附近州县分管的办法。乐斌闻后"大以为是"，却不批准施行，张集馨去催，他又说"所议甚好"，但仍旧迟迟不批，最后竟不了了之。张集馨"欲罢不忍，欲干不能"，说了一句很寒心的话：与乐斌共事，"说不到爱民惠人一切善政"。遇到这么个腐败昏庸的上司，有多少勤政惠民的雄心和方案也是白搭。

张集馨身边的那张关系网，是由以乐斌为中心的一群狐朋狗党纠结在一起织成的。什么结拜兄弟、姻亲同乡、门生故吏、心腹幸奴，好多复杂的封建关系，都在这张关系网上盘根错节地交织着。

比如：和祥与明绪是乐斌的心腹，乐斌的亲信幕僚彭沛霖又是明绪、和祥的把兄弟，彭沛霖又与同知章某是儿女亲家，邓承伟又是明绪的门生，等等。

这张关系网里的人，互相勾结，合伙舞弊，把省里的各衙门搞得乌烟瘴气。张集馨在处理公务时，经常能感到这张关系网的魔力：常常是办一件事，多方掣肘；触动一个人，群起而护之。张集馨不在这个圈子里，处境就非常孤立。

张集馨身为布政使，本有权决定属吏的升迁，由于他私情较少，所以省里每空出一个官缺，属吏们都去找明绪拉关系，明绪又去找把兄弟彭沛霖，彭沛霖掌握着乐斌的公文案牍，可以上下其手，从中作弊。这样"内外交通，事无不妥"。靠这种手段捞到官职的人，自然都是些缺德少才的家伙。这些人捞到好处以后，又成了关系网里的新成员，关系网也因此越来越大、越密，而张集馨也就越来越孤立。

对于不愿加入这个关系网的张集馨，他们总想除之而后快。明绪一向觊觎着张集馨布政使的位置，乐斌也总嫌张集馨碍手碍脚，所以他们串通好，想用密参张集馨不称职的办法除掉他。对于这张关系网，张集馨深感恐慌，却又无可奈何，他在日记里写道："余孤立其间，刻刻危惧"，"决意引退，避其逆锋"。正是在这种心境之下，他给自己定下了"不露圭角"的守则，挂起了那幅"用黄老术，唾面自干"的对联。

张集馨的棱角确是让昏庸腐朽的上司和他身边那张盘根错节的关系网给磨去的。而这样的上司和关系网，正是腐朽的封建官僚制度的特产，所以从根子上说，张集馨的棱角是让这个制度给磨去的。换句话说，没有棱角的张集馨也同样是这个制度的特产。

张集馨不得不违背初衷，去做那种平庸、圆滑、无聊的庸吏，固然是他的不幸和悲哀，但即使在封建官场中，仍然存在着刚正耿介之士，从这方面看，张集馨又不是无可责备的了。

也说曾国藩的可怕

诗人流沙河说，曾国藩既可恶又可怕。他写了一篇随笔《可怕可恶的曾国藩》评说之。说曾国藩可恶，不是新论，罗尔纲先生早就给曾国藩定过性，说他是"一个大刽子手、一个大汉奸、一个大恶魔"。这是十几年前说的，不知后来改变了看法没有。流沙河说不过罗尔纲。

流沙河的卓见，在于他发现了曾国藩的可怕。说曾国藩可怕，是很地道的断语，是不刊之论。流沙河举了不少例子，如"曾国藩把得失荣辱看淡了，打起仗来心不纷，特别可怕"，等等。曾国藩确是可怕，可怕的地方还不少。我也想举出些事例来，为曾国藩的可怕补证一番。

曾国藩有个绰号，叫"曾剃头"，言其杀人如麻。清人姚永朴在《旧闻随笔》里说，这个绰号源于曾氏无情地诛杀违令者："公出办军事，有梗令者，诛之不贷，时称为曾剃头。"一般则认为是因为曾国藩杀太平军和老百姓太多，故民间赠此绰号。这些说法都成立。曾国藩在家信里曾这样说过："既已带兵，自以杀贼为志，何必以多杀为悔。"这是他的杀人宣言。难怪他杀人不手软，不眨眼，宛如剃头。这样的"剃头匠"可怕不可怕？真是可怕。

但我觉得还有比这更可怕的东西。就是曾国藩治军、处事的一些招数和观念。

"大处着眼，小处下手"，就是很可怕的一招。曾国藩对此有一句总结性的话："军中阅历有年，益知天下事当于大处着眼，小处下手。"不只是治军，举凡天下事他认为都该如此。大处着眼，主要指眼中有大的目标，小处下手，按他自己的解释，就是"屏去一切高深神奇之说，专就粗浅纤悉处致力"。这一"大"一"小"，最要紧的，实质是"小处下手"。

曾国藩怎样从小处下手呢？略举二三例。

他制定的湘军营规规定，营中必须有三勤，勤点名、勤操练、勤站墙子（防守营墙）。其用意是，勤点名则士兵不能私出游荡，勤操练则士兵体魄强健、技艺娴熟，勤站墙子则日日如临大敌，战时方能镇定。有了这三勤，士兵便人人不懒散，精力旺盛，斗志常存。

营规还规定，士兵每逢朔望日必须向长官请安。表面看，请安只是行一普通礼节，实质上则是为了养成士兵"尊上敬长，辨等明威"的心理，以便战时服从号令，为曾国藩、为朝廷效死。罗尔纲先生认为，请安的效果比清廷颁布的军律作用还大。

对营中幕客，曾国藩则以不睡懒觉、不撒谎两件事严绳他们。曾国藩认为，能做到不睡懒觉、不撒谎，便是做到了"诚敬"，能"诚敬"，就能负巨艰，当大难。

曾国藩的这些治军办法，都是在粗浅细微处下功夫，极合于老庄所谓"天下大事，必作于细"之旨。靠了这小处下的功夫，曾国藩把湘军练得结结实实的，比起绿营来自然是远胜，对付英勇的太平军也是旗鼓相当而略胜一筹，要不怎么打进天京了呢。你说这"小处下手"厉害不厉害，你说曾国藩可怕不可怕。曾国藩杀人如剃头固然可怕，但他能把士兵都培养成勇猛的"剃刀"就更可怕，把士兵培养成杀人工具的那种方法就尤其可怕。

曾国藩躬亲实务的作风也很可怕。营规规定要三勤，他便亲自去点名、看操、站墙子，给下属作表率。初练湘军时，每逢三、八日操演，他都亲自训话，一讲就是两三个钟头。许多营规都是他亲自起草的，什么"禁嫖赌，戒游惰，慎言语"之类，他都要考虑，并写成文字。他还亲自起草了通俗的《水师得胜歌》、《陆军得胜歌》和《爱民歌》，令士兵诵唱。有时打仗他还亲自执刀督战。

曾国藩作为一军统帅，如此躬亲实务，必会对湘军起到激励、督催作用，增强其战斗力。一个堂堂统帅，不沉溺于所谓宏观指导，而是具体入微地指导和操办普通军务，结果使一支军队成了自己得心应手的工具，你说他厉害不厉害，可怕不可怕。

曾国藩不爱说大话，有求实的精神，更是可怕。他有格言云："不说大话，不务虚名，不行驾空之事，不谈过高之理。"这句话，青年毛泽东很欣赏，写进了自己的笔记《讲堂录》。曾国藩又云："多条理，少大言。"他对说大话的人极反感，曾在一封信里说："不特降人好说大话，即投效之将官亦多好说硬话，余实厌听久矣。"他的"小处下手"的方针，躬亲实务的作风，可以说都是他的"不行驾空之事，不谈过高之理"的求实精神的表现。

他成天求实，务实，干实事，结果洪秀全便倒霉了。我要是洪秀全，就深恨他不夸夸其谈，不说大话，就惋惜他是个求实的家伙。他一求实，洪秀全就呜呼哀哉，你说他可怕不可怕。

曾国藩平生最恨巧滑、偷惰、钻营、逢迎、敷衍、颟顸等官气、衙门气，这也是很可怕的。他自称"服官二十年，不敢稍染官宦气习"，他深恨绿营官气深重，便在湘军中反对官气。他带头摒除官衙排场，力禁部下迎送的虚文，他强调识拔人才要看其是否"有操守而无官气"，他在家书中，不知说了多少告诫家人不要沾染官气的话。曾国藩这样痛恨官气，湘军便严整起来，厉害起来。对于太平天国来说，曾国藩恨官气，委实大不吉祥，大大的可怕。

曾国藩之可怕处，人或谓可敬，或谓可取。可敬我不想说，因为一想到他放肆地剃人头就心生反感。说他的所言所行有可取处，倒可以接受。试看"大处着眼，小处下手"，确实是高明。治国、治军、治学、治家，百事万事，要想做好，哪个离得开这个高明办法？不说大话，不骛虚名，摒除官气，就像是说给我们听的。有位看官说，"曾国藩把他的长处都用在反动勾当上了"。这我心里有数。我们来个"抽象继承"不就行啦，至少也算是缴获了他几件有用的武器。

洪秀全的一张"大字报"

一张天榜蔑古贤，

文王武王皆是犬，

屈指盘古迄明季，

风流数我洪秀全。

这几句打油诗，是我读了一条太平天国史料后信笔写出的。诗虽不入流，却包含了一桩重要的历史事实，也含有我对洪秀全的一点不大恭敬的评论。

先写下这条史料：

洪贼以黄缎数匹续长，界二寸宽，朱丝直阑，上下边朱画龙凤，作七言韵句，自盘古氏起迄明季君臣事实，悉加品骘。避"帝"字不用，"王"字加"犬"旁，如文王、武王，作"文狂"、"武狂"，此系贼所目为正人者。若桀、纣、幽、厉则称妖，臣子忠孝者皆称名，否亦称妖。
朱字楷书约万言，揭于照壁名"天榜"。

这条材料见于清人张汝南写的《金陵省难纪略》。张氏称洪秀全为洪贼，
可知此人是敌视太平天国的。但他写的这条材料却完全可信。罗尔纲先生
在《太平天国史》中征引过这条材料，是把它作为信史看待的。

这条材料说的是，洪秀全曾用一块很大的黄缎子当纸，在上面写了万
余字对古人的评论，然后张挂在天朝宫殿的照壁上，谓之"天榜"。

这份"天榜"，其实就是洪秀全写的一张评价历史人物的大字报。这份
大字报，纵目千载，睥睨百代，品骘古人，臧否善恶，不愧是出自天国领
袖的手笔。但字里行间也透出一股浓烈的狂傲、愚蠢之气。

周文王、周武王，都是著名的古圣。文王演《周易》，对中国文化做过
重要贡献。武王伐纣，是上古杰出的革命家。但洪秀全却对他们随意侮弄。
洪秀全写天榜时，为让文王、武王避"天王"之讳，竟在文王、武王的"王"
字边，加上了"犬"字旁，使两位古圣的名字成了"文狂"、"武狂"。"狂"字，
本义是狗发疯，又引申为人发疯。洪秀全竟以如此丑恶的字眼做古圣的名字，
真是折辱斯文，玷污圣贤。于此足可窥见洪秀全是多么狂妄自大。

洪秀全的贬低和侮弄古圣先贤，是同他对自己的过高估价和自我神化
并行的。他曾自称是"古往今来独一真主"，又自称是照耀万方的太阳。罗
尔纲把他这些自吹自擂之词，都记入了《太平天国史·洪秀全传》。作天榜
时，洪秀全从盘古氏数到明末，数来数去，总觉得自己应数第一。如此狂
妄无知和自我神化，哪能把古圣先贤放在眼里呢？文王、武王被写成文狂、
武狂，不正是顺理成章的事吗？

也许有人会说，洪秀全给文王、武王贴大字报，实乃彻底的反封建。我不能同意此说。其实，这应该叫做历史虚无主义。

狂妄自大，唯我独尊，几乎是旧式农民运动领袖的一个通病，是他们的阶级局限性的一个重要表现。这种通病和局限性在洪秀全的身上表现得淋漓尽致，而"文狂"、"武狂"这一"杰作"，更堪称是一个范本。

周作人谈油炸鬼

    周作人是个写闲适文章的大家，草木虫鱼、茶酒吃食，到了周氏手里，都写得极有情致，极有味，尽管有不少文章是"从血泊里寻出闲适来"，但毕竟还是闲适之作。

    但他也有一类文章，貌似闲适，骨子里却蕴含着重大政治意向，所谓醉翁之意不在酒也。《谈油炸鬼》、《再谈油炸鬼》，便是两篇貌似谈吃而实则为秦桧翻案、为"和日"制造舆论的文章。此可谓之"知堂之意不在吃"也。

    二文分别作于 1935 年和 1936 年。当时，日寇进逼，民族危亡迫在眉睫。是战是降，是当岳飞，还是做秦桧，已成为摆在国人面前极现实的问题。周作人在谈油炸鬼二文中，借物言志，表明了自己的态度。

    所谓油炸鬼，就是麻花儿，也叫油炸桧。关于油炸鬼和油炸桧名称的来历，清人张西林《琐事闲录》里记了这样一个说法："当日秦桧既死，百姓怒不能释，因以面肖形炸而食之，日久其形渐脱，其音渐转，所以名为油炸鬼。"这是说，麻花儿起源于百姓对秦桧的愤恨，麻花儿的形状原是有头脸的，后来头脸渐无，桧字也音转为鬼。这种说法可否视为麻花儿的信史，实无关紧要，重要的是它反映了一种民间心理，即痛恨卖国贼，这实际是民族意识在民俗上的反映。

周作人是怎样看待油炸桧这个名称的呢？他说，"个人的意思则愿作'鬼'字解，稍有奇趣"，可知他不愿意把麻花儿叫做油炸桧，实际也就是不愿意把麻花儿的起源解释为起于痛恨秦桧。如果单是从学术上讲，麻花儿的起源倒真是未必与痛恨秦桧有关，但周作人的意思却并非纯谈学术；他也许确是喜欢"鬼"字的所谓奇趣，但更不喜欢的，则是"桧"字所包含的民众心理。

他指责说，"有所怨恨，乃以面肖形炸而食之，此种民族性殊不足嘉尚"；继而分析说，这种做法同于半开化民族那种用刀劈斩木制仇人像一类巫术。周作人对于巫术等民间迷信，确实是做过一点研究的，但用面做成秦桧状炸食是否就一定算是巫术则很难说。现今世界上游行示威者常烧掉所痛者的模拟像，我看，炸食秦桧状食物与此庶几近之，未必一定就是半开化民族之巫术的继承。就算是有点古时巫术的影子吧，也不过是外衣而已，实质上是民众要借此表达痛恨卖国贼的心声。要说民族性，这种民族性是殊堪嘉尚的。

周作人似乎有一点以巫术一类恶谥加于正义行为的癖好，他除指斥油炸桧同于巫术外，还曾将"九一八事变"后北平人民的抗日集会讥为"符咒仪式"，又把革命文学讥为"念咒的妖法"，其刻毒程度令人吃惊。

周作人从反感油炸桧，又说到他还很反感杭州岳坟前有秦桧等人的跪像，和一棵名叫"分尸桧"的树。他觉得油炸桧、跪像、分尸桧，都表现了中国人的劣根性，并说，"这种根性实在要不得，怯弱阴狠，不自知耻"。

读着这些话，我深感周作人与一般人的看法实在相距太远。"青山有幸埋忠骨，白铁无辜铸佞臣"，哪个具有民族良心者不是"人同此心"呢？周作人却责为什么"怯弱阴狠"的劣根性，这不是颠倒黑白么？究竟是谁不知耻呢？

周作人的文章还完全抛开油炸鬼的话题，直接为秦桧翻案。他说，秦桧主和，保留得半壁江山，总比刘豫、张邦昌较胜一筹，所以，秦桧的案该翻一下。这种理论颇怪，卖掉了半壁江山，没卖掉那半壁，便不算卖国贼，这叫什么逻辑？十足的卖国逻辑。秦桧的案是翻不了的，正如习语所谓"永世不得翻身"也。

秦桧历来骂名在身，国人恨之，皆曰可杀，这种风气因何而来？周作人说，中国人"骂秦桧的风气是从《岳传》及其戏文里出来的"，又讥讽说，"国人的喜怒全凭几本小说戏文为定，岂非天下的大笑话"。

《岳传》即《说岳全传》，《岳传》及其戏文的确给了中国民众历史知识，给了他们岳飞好、秦桧坏的判断，这本是好事，岂能否定？所谓"国人的喜怒"——对岳飞和秦桧的褒贬，决非只是几本小说戏文所能决定得了的，而是确凿的史实决定的，是素来的民族意识和彰善瘅恶的优良传统决定的。小说戏文只是起了普及历史知识和传播著者观点的作用。

周作人谈油炸鬼谈到最后，讲了以下几句话："和比战难。战败仍不失为民族英雄，和成则是万世罪人，故主和是在更需要有政治的定见和道德的毅力也。"这是文章的结论，其真意乃是对日主和，这也就是他写油炸鬼文章的真正寓意。后来，周作人真的去"和日"了，当了汉奸。

究竟是油炸鬼好，还是油炸桧好？作为麻花儿的别名，本身并无轩轾之分。但因为周作人觉得秦桧不应当"炸"，而他的行为又向秦桧靠近，这倒使我真觉得油炸桧比油炸鬼要好多了。

　　周作人的许多文章我都是爱读的，喜欢它的清淡而腴润，读之若品香茗，回味悠长，但读到谈油炸鬼二文时却心生反感，盖因文中寓意实可恶也。

　　读此二文时，正值抗战胜利 50 周年前夕，报纸电视上每日都在刊播有关日寇暴行的文字和画面，这使我对周氏之文更起反感，故写此文以抒愤也。

别把毛周当黄帝

　　黄帝，是上古的伟大人物，也是个箭垛子式人物。汉朝人遥想上古历史，把什么发明都安在了黄帝的名下，如说黄帝发明了冠冕，发明了衣裳，发明了弓箭，发明了度量衡，发明了医药，发明了眼镜，等等，黄帝好像成了一个承载人间伟大功绩的箭垛子，什么伟大的功绩都像箭一样射在了他的身上，使他成了一个无所不能的大发明家，成了百业供奉的祖师爷。

　　实际上，上古的那许多发明创造，本出自无数创造者之手，决非一人所能为之。是古人特别是汉朝人的个人崇拜思想，把黄帝弄成了一个神通广大、无所不能的箭垛子式人物。

　　毛泽东、周恩来是现代的伟大人物，但有时也被弄成箭垛子式人物。例如，一些文艺作品，把本来不是毛周做的事，也安到毛周的名下，把毛周弄成了黄帝，实际是把毛周弄到炉火上去烤。这里举一个例子。

　　中央红军长征到达陕北前，刘志丹被当作肃反对象关押着。中央红军到达陕北后，刘志丹得救了。这段历史，在不少影视作品中都有反映。但有一个历史情况，在有些电影和电视剧中却被歪曲了。有这样一个画面：毛泽东、周恩来亲自到关押刘志丹的牢房中，下令打开刘志丹的脚镣，将他放了出来。还有一个画面是：周恩来亲执铁锤，叮叮当当砸开了刘志丹的脚镣，把他接了出来。这两个画面所反映的历史情况都是不真实的，完全是剧作者杜撰出来的。

查阅一下中央文献研究室等权威机关编纂的有关这段历史的领袖传记、年谱，就可以看出，刘志丹从牢中被释放出来时，毛泽东和周恩来正在指挥著名的直罗镇战役，根本不可能亲自到牢房中下令打开刘志丹的脚镣，周恩来更不可能亲执铁锤为刘志丹砸开铁镣。

中央文献研究室编纂的《周恩来传》第十八章《初到陕北》中有这样一段记载：

> 直罗镇战役后，周恩来率总部工作人员先行，在十二月八日回到中共中央移驻的陕北安定县瓦窑堡。他一一接见被错捕后释放的同志，首先找了刘志丹。刘志丹一进门便说："周副主席，我是黄埔四期的，你的学生。"周恩来热情地说："我知道。我们是战友。"并说："你和陕北的同志受委屈了。"刘志丹回答："中央来了，今后事情都好办了。"

从这段记载可以看出：一、周刘的这次见面，是周恩来到达陕北后第一次和刘志丹见面。刘的自我介绍和周的答话说明了这一点。二、刘志丹此时已被释放。周恩来接见的是"被错捕后释放的同志"。三、这次见面不是在牢房里，也不是周找的刘，而是刘志丹登门见的周恩来。这段记载，足以说明上面所说的那些影视作品中的画面不真实。

那么，历史上究竟是谁具体主持了审理刘志丹冤案，并下令释放了刘志丹呢？是张闻天（洛甫）及以董必武为首的五人小组。张闻天当时是党的总书记（总负责），五人小组又称五人委员会，成员有董必武、李维汉、王首道、张云逸、郭洪涛。

据权威文献，当时的情况是：中央当时分两路行动，一路是张闻天、博古率中央机关进驻瓦窑堡，一路是毛泽东、周恩来、彭德怀率部队南下粉碎敌军围剿。张闻天一路到达瓦窑堡后，迅即任命董必武等五人小组调查审理陕北肃反问题。《周恩来传》第十八章《初到陕北》这样记载着："他们（指五人小组）在洛甫领导下迅速查清了问题，在当月释放被错捕的刘志丹等。"由此可见，具体主持审理冤案并下令释放刘志丹的人是张闻天及董必武等同志。而毛周一路当时正在指挥反围剿，在他们领导下，红一军团和红十五军团会合，打了著名的直罗镇战役。直罗镇战役后，周恩来先行回到瓦窑堡，见到刘志丹时，刘已经被释放了。

这就是当时的历史情况，文献俱在，班班可考。反观那些影视作品对这段历史的描写，无疑是不真实的，违背历史原貌的。也许有人会说："这是文艺作品，可以虚构。"不对，这不是一般的文艺作品，而是反映重大历史事实的"党史文艺"。兹事体大，绝不可率意编造。

实际上，剧作者的本意也并非真是要戏说历史，而倒是的的确确想把自己的作品当作历史教材教育观众的。但唯其如此，就更应该尊重历史，拿出合格的历史教材。"党史文艺"，应当遵守一个铁的原则：实事求是。这应是最高原则。那种为了某种需要而剪裁历史，而任意涂抹和修改某一历史人物原貌的做法，是绝对不可取的。

　　我猜想，剧作者写毛周下令释放刘志丹，大概是出于对毛周的景仰。景仰是对的，但景仰不等于要违背历史事实。以毛周的领袖人格，他们若于九泉知道有人这样来描述他们的功绩，他们会同意吗？

　　更重要的是还有另外一个问题：总书记张闻天及董必武、李维汉、王首道、张云逸、郭洪涛五人小组，他们在调查和平反刘志丹冤案过程中的功绩又该如何表达，使之昭彰于世呢？

　　我们并不是满脑子颂圣忠君观念的汉朝人，毛周也不是供人膜拜的黄帝。革命的成功，不是三两个人就能办得到的。广场上的纪念堂自然是人们怀念伟人的地方，但也不能代替简朴的人民英雄纪念碑。我们信仰的是唯物史观，我们不应当再塑造新的箭垛子式人物。

湛湛青天

湛湛青天记耀邦，

董狐薪传有戴煌。

蚕室成就司马氏，

世间长留好文章。

这首小诗，含着一个重大事件，一个领袖人物，一本书，一个握着史笔的杰出记者。

1998 年，是个值得好好纪念的年头。这一年，是真理标准讨论 20 周年，十一届三中全会召开 20 周年，改革开放 20 周年，也是大规模平反冤假错案 20 周年。

大规模平反冤假错案，既推动了真理标准讨论，也是真理标准讨论的成果。没有 20 年前的那次大规模平反冤假错案，改革开放是不可想象的。因此，纪念改革开放 20 周年，纪念真理标准讨论 20 周年，自然也就要纪

149

念20年前那次大规模平反冤假错案。新近由新华出版社和中国文联出版社联合出版的《胡耀邦与平反冤假错案》，就是一份极珍贵的纪念品。

我一向觉得，对于历史事件的纪念，最基本、最切实、最有意义的做法，莫过于把历史事件本身弄清楚，准确地记录下来，并给予公正的评论。如此，方可使后人了解历史真相、辨清历史是非，获得彰善瘅恶的依据，汲取历史智慧，鉴往而知来。《胡耀邦与平反冤假错案》就是一部准确记录和公正评论那段历史的史书。这既是一部英雄传，也是一部殷鉴，一部能长久地教育世人的历史启示录。

耀邦同志何以能在平反冤假错案中起到重大作用？从耀邦个人方面来说，他具有成熟明澈的理性思维，非凡的胆略和勇气，海洋般的胸怀，伟大的同情心，共产党人的赤子之心，都是重要的原因。关于这些，书中都有翔实生动的记录。给我印象最深的是耀邦的理性思维和勇气。

耀邦同志何以能不信神，不信邪？首先就是因为他有成熟明澈的理性思维。通俗点讲，就是他从根儿上明白为什么个人崇拜是错的，"两个凡是"是错的，从根儿上明白为什么即使那些冤假错案是主要领导人定的，也必须翻案。这根儿是什么？就是马克思主义的基本道理，就是实事求是，就是"实践是检验真理的唯一标准"。正因为耀邦同志从根儿上是个明白人，所以他才能在邓小平、叶剑英、陈云等老同志的支持下，发动和组织真理标准讨论，才能坚决地平反冤假错案。

勇气，当然也极重要。我常想，自古以来，敢平冤狱的人哪个不是血性汉子？没有威武不能屈的骨气，谈什么平反冤假错案？耀邦不愧是一条顶天立地的血性汉子，不愧是威武不能屈的大丈夫。所以，他敢于面对如山的积案、严厉的指责，说出"我们不下油锅，谁下油锅"这足可响彻千古的铿锵之言。

关于耀邦同志的理性思维和勇气，书中披露了许多鲜为人知的史料。这里只举两条。

其一，耀邦早在当团中央第一书记时，就对当时林彪搞的"突出政治"提出了批评。1966年初夏，《北京日报》登了一篇社论，题为《游泳也要突出政治》，宣传凡事都要按照林彪讲的"突出政治"去做。耀邦闻知后诙谐地批评说："他那种'突出政治'就真的那么灵？游泳突出什么政治？我看游泳时就得时不时突出鼻子，不然会呛水。"一个好似坚固的、动不得的理论建筑，耀邦只几句诙谐的话，就把它弄坍塌了。

其二，在为成千上万所谓"五一六"分子平反遇到阻力时，耀邦同志又勇敢而诙谐地说："什么'五一六'？不就是那三个阿拉伯数字吗？有什么大不了的？"试想，若没有成熟明澈的理性思维，没有为真理而斗争的勇气，能说出这种大智大勇的话吗？

《胡耀邦与平反冤假错案》的作者，名叫戴煌。戴煌先生1944年参加新四军，是新华社一位杰出的老记者，1957年因提出"反对神化和特权"被打成"右派"，备尝人间磨难。

记者这一职业，其实原本就与史家相通，记者实际是在写"当代史"。但相对来说，史家之笔要比记者之笔更加严谨。戴煌先生写作此书，是把记者之笔换成了史家之笔。他是严格遵循史家的史法和史德来写这部史书的。

在齐太史简，在晋董狐笔，在今戴煌书。司马迁受至辱，犹发愤著书。我想，戴煌备尝人间磨难，也一定是他发愤著书的一个强大动力。

我欠戴先生一顿饭

　　戴文葆先生为我的书写过一篇序言，我总想请先生吃一顿饭。我一直想着这事，但一直没让先生吃上这顿饭，我一直欠着，直欠到今天。现在，先生故去了，吃不上这顿饭了。我愧疚，怅惘。

　　二十多年前，我写了一本书，《中国行业神崇拜》，上穷碧落下黄泉，动手动脚找材料，写这本书，我下了大力气。我想请名家作序，还想学民国学界的风气，同时请两三位名家作序。

　　先请了任继愈先生。任先生是宗教学家、哲学史家，我这书是研究民众造神史、民间信仰的，所以请任先生作序。先生接到我的求序信，很快就写出了大序。

　　又请了戴文葆先生。戴先生是三联书店老编审，名满出版界，一部书稿有无价值，他以如炬的目光，一览便知。先生对后学一向提携、宽待，据说何新的名著《诸神起源》，就是得先生之荐才在三联顺利出版的。我的书也是谈神之作，有一定学术价值，我想，先生对我这个后学也一定会提携和宽待的。我通过责任编辑韩金英女士，向先生表达了求序的企望，先生痛快地答应了。

那是一个黄昏时分，我背着装有厚厚一大摞书稿的书包，敲开了东单附近西总布胡同戴先生的家门。

"进来，进来吧，你的书没问题，一定好！"还没看书稿呢，先生就这样说。我猜想，这大概因为我平时常写些杂文随笔，也写过社会史论文，先生看过，所以对我有些好印象。再就是我在报社编过读书版、杂文版，编发过先生的文稿，交往之间先生也对我有些好印象吧。关于书稿，我们没有做过多的交谈，记得先生只随手翻了翻，说："我先看看，放心吧。"

出了戴先生的家门，满街的霓虹灯在闪烁，夜色仿佛比平时美了许多。

很快，戴先生的序文就写好了，那是一篇长达三四千字、精金美玉般的学术性序言啊！文中褒扬之语颇多，我看了自然高兴，但我也知道，书固然有一定价值，但并没有戴先生说的那么好。

戴先生不仅为书作序，还为我的稿酬费心。先生亲自给出版单位中国华侨出版公司的老总李湜打电话，请他多给我开点稿费。一共给了五千元，这在1990年，已经很不少了。这是先生在为中国学术的发展奖掖和提携后进。

我感激戴先生，却难以报答，只想出一个原始的、平实的酬谢办法：请先生吃一顿饭。我请韩金英女士转达了我的想法。

但这顿饭竟没有吃成。一次体检，我被查出患了肝病。一病经年，痛苦不堪，又怕传染别人，哪还有心思和条件请人吃饭。多年以后，我获得新生，戴先生却垂垂老矣，不仅行动不便，肠胃恐怕尤其不便了，我遂打消了请先生吃饭的念头。

《中国行业神崇拜》出版后，受到学界好评，征引率很高。后来，台湾出版了繁体字本。中国文联出版社又出版了增补近 10 万字的增补本，书名改为《行业神崇拜——中国民众造神运动研究》。中共中央党校出版社出版了一部《二十世纪中国学术要籍大词典》，内有一个 800 多字的词条介绍了我这本书。

这本书之所以有一点影响力，我想，除了书本身有一定价值外，任先生、戴先生的序言无疑起了相当的作用，因为，人们终究是看重名家大师的评骘的。

戴先生驾鹤远行了，吃不上我请的饭了。就用这篇小文做替代，献给九泉之下的戴先生吧！

谈历史

貂不足，狗尾续

冗官，古今中外皆有之。常说精兵简政，大多是对付冗官之弊的。

冗官者，多余、太滥之官也。每见到某个单位副职七八个，乃至十余个，我便总想起"貂不足，狗尾续"的古谚。

古谚出自一个西晋故事。司马伦僭号后，大肆封官，"奴卒厮役，亦加以爵位，每朝会，貂蝉盈座"，因为官帽要用貂尾装饰，弄得貂尾竭市，只好用狗尾代替，于是时人有谚："貂不足，狗尾续。"事见《晋书·赵王伦传》。

现代的冗官，其实也大有狗尾续貂的味道。但是，你若对"狗尾"现象加以批评则要慎重，否则他跟你急，跟你索要名誉权。

即使是在古代，设官分职也是要讲一点科学性的，设多少官也要测算，也有定额。设一个官职，就要发一份薪水，授官太多，用去过量的俸银，国家受不了，皇帝也要发脾气。所以在一般情况下，冗官不是常态。到了国运不昌时，或是统治者出于某种不良目的，冗官便会泛滥起来，甚至成为一种积重难返的官场病。

　　唐人张鷟《朝野佥载》卷四记，武则天时，"补阙连车载，拾遗平斗量"。补阙、拾遗这些官多得不得了。怎么会这样呢？据说是因为武则天"初称周，恐天下不安"，为笼络人心，便出了这么个大肆封官的歪招。

　　同书卷三还记了一件官场丑闻：一个姓薛的人行贿求官，受贿的主事者因只记住了他的姓，没记住名字，所以只好把档案里六十多个姓薛的都封了官。这是个滑天下之大稽的笑话，只有昏了头的贪官才干得出来。看来，管干部的干部要是腐败了，官场必会乱了套，这一点，古今是不会有差别的。

　　如果将历史上的各代做一比较，宋代和晚清的冗官之滥，大概可以拔头筹。宋人周密《齐东野语》卷八批评一府三守的现象时说："一府三守，不知职守如何分？……官属胥吏，何所禀承？……公吏奔趋往来想不胜其扰，自昔未尝有也。"问得到位。仨一把手，怎么办公？下属听谁的？真是拿国事开玩笑，拿老百姓打镲。

　　晚清实行捐纳制度，可以拿钱买官，冗官便多得如过江之鲫。清人徐珂《清稗类钞·讥讽类》记，光宣年间，江苏候补道员有三百多名，镇日悠哉游哉，无所事事。清人李慈铭《越缦堂日记》记，光绪年间，因为贿买官职的人太多了，竟至市面上卖"顶带荷包诸铺户，花翎蓝顶，四品补服，皆卖尽"。这简直就是"貂不足，狗尾续"的清朝版了。

　　当官好处多，所以人人想当官，且不择手段地谋官、跑官，这是冗官形成的极大原因。士子翘盼高中，范进中举发疯，都是为了捞个官职。便是强盗，也惦念着"若要官，杀人放火受招安"。陶渊明一流的隐士有多少？没多少。更多的还是"翩然一只云间鹤，飞来飞去宰相衙"。宋人胡仔《苕溪渔隐丛话》记有一副对联："圆少缺多天上月，员多缺少部中官。"官缺少而求官者多，与月亮的圆缺比例正相反。但这好办，把官缺弄多些就是了。

这是冗官最深的根子。

冗官之弊，危害很大，所以历代明君都重视官员的精简。唐太宗说，"官在得人，不在员多"，官员"各当所任，则无为而治矣"。这些精辟见解，虽是说在千年以前，今日听来犹觉新鲜，仿佛就是冲着我们说的。

模棱官

封建官场上的怪现状形形色色。有这么一路官僚，以其独到的居官方式自成系列，久盛不衰，如果套一句《官场现形记》的回目"模棱人惯说模棱话"，这路官僚可以谓之模棱官。

所谓模棱，是指这样一种处世之道：在两种观点、两方两派之间，不言是非，含糊敷衍，模棱两可。此种处世之道，在古籍里又叫做"兼与"、"两可"、"中立"、"首鼠两端"、"持两端"。

熟谙此道的模棱官，最有名的要推唐朝宰相苏味道。史载，苏味道常向人介绍自己做官的经验："决事不欲明白，误则有悔，模棱持两端可也。"为此，他被世人讥为"模棱手"、"模棱宰相"。五代冯道，处世"依违两可，无所决操"，故能历仕几朝，也是模棱官中的佼佼者。

苏、冯固然著名，但能与之媲美，甚至驾而上之的大有人在。

苏轼曾记这样一事：司马光与王安石廷辩救灾节用，神宗问王珪谁对，王珪表态说："司马光言是也，王安石言亦是，惟明主裁择！"此言不但可以作苏味道"模棱持两端"一语的注脚，更可见王珪高于苏氏之处：他不但"持两端"，而且将"两端"的矛盾上交给了皇上。此外，王珪还擅长模棱之道的"姊妹功"——"三旨"功夫："以其上殿进呈，云'取圣旨'；上可否讫，云'领圣旨'；退谕禀事者，云'已得圣旨'也"，时人讥为"三旨相公"。

汉武帝时的御史大夫韩安国，在魏其侯窦婴与丞相田蚡的廷辩中，也表态说："魏其言是也。……丞相言亦是，唯明主裁之。"当代著名学者钱钟书先生将模棱之道称之为"韩王之法"，就是根据韩安国和王珪这两个模棱官的出色"行状"概括出的。

据庞石帚《养晴室笔记》卷二"宋代敷衍之政"条云："宋代优礼士大夫，下有争执，朝廷有时竟不问是非，两面敷衍。苏轼所谓'不穷究曲直，惟务两平'。"两面敷衍，就是抹稀泥，直抹到"两平"境界即谁也不再说什么，便万事大吉。王珪之所以能成为"韩王之法"的代表人物之一，看来颇得力于当时的朝政风气。

明代张居正曾上疏批评当时的模棱之风："上下务为姑息，百事悉以委询，以模棱两可谓之调停，以委曲迁就谓之善处。"此风之下，想来模棱官一定是成群结队的。

为什么封建官场上会有那么多模棱官，并且历代繁衍，久盛不衰呢？钱钟书先生的看法颇为精到："盖吾国往日仕途，以持'两端'为事上保身之世传秘要。"

在封建官场上，"事上保身"殊为不易。上司的脸色不好侍候，他们的喜怒，直接牵系着下属的升降安危。此外，又有官僚之间的勾心斗角，朋党倾轧，因而宦海风波总是那么变幻莫测，险象环生。这样，要想保住乌纱帽，当个"长乐老"，进而升迁通显，模棱之道便为有效之一法了。掌握了此法，便能左右逢源，谁也不得罪，尤其在揣摩不透风向的时候，还能以此暂避风头，静观时变。

从客观上说，也是从根本原因上说，模棱官的产生是封建专制制度和官僚制度所使然。但从主观方面来说，模棱官的个人品质也是很重要的原因。即使在那种时代和制度下，也有些正直敢言，虽斧钺在前而敢于是其所是、非其所非的官员在，就是证明。一味归咎于制度，实际上为模棱官开脱，并不公平。

闲话宋代的夜市

宋代，我国商业上出了一件破天荒的大事，就是废除了列祖列宗只许白日为市的规矩，开放了夜市。

周秦以来，封建政府一直喊着"抑商"的口号，对市场交易的时间，有近乎刻薄的限制。《周易·系辞》上记载的神农氏时"日中为市，致天下之民，聚天下之货，交易而退，各得其所"的古俗，被视为理想的制度。战国时代，"市，朝则满，夕则虚"。唐代两京及各州县，市场于"午时击鼓二百下而众大会，日入前七刻，击钲三百下，散"。唐末，虽然开始零星地出现了冲破这种"日中为市"陈规的夜市，但很快被唐政府"夜市宜令禁断"的禁令取缔了。

夜市真正成为都市市场的一种类型，并取得合法地位，是在北宋初年。宋平五代之乱，经济发展，商业繁荣，汴京的夜市出现了难以遏制的趋势，逼得赵匡胤下令："京城夜市至三鼓已来，不得禁止。"赵匡胤成了我国历史上第一个允许开放夜市的皇帝。今天看起来，这位赵皇帝还多少有点经

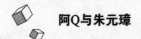

济眼光，没有跟商品经济发展的要求硬干。

自此以后，夜市在许多城市中发展起来，尤以汴京、杭州这两宋的京都为盛。

宋人孟元老《东京梦华录》记载，汴京的"夜市直至三更尽，才五更又复开张。如要闹去处，通晓不绝"。又记载，"冬月虽大风雪阴雨，亦有夜市"，其最繁盛处，要数州桥夜市，那里"车马阗拥，不可驻足"。

杭州的夜市也热闹非凡。宋人吴自牧《梦粱录》记载："杭城大街，买卖昼夜不绝，夜交三四鼓，游人始稀；五鼓钟鸣，卖早市又开店矣。"又载："其夜市除大内前外，诸处亦然，惟中瓦前最胜，扑卖奇巧器皿百色物件，与日间无异。"这些喧闹的夜市，几乎使汴京和杭州成了不夜城。

首善之区带头，天下皆然，洛阳、扬州、成都等许多城市，也都开了夜市。

夜市的开放，实在是合乎经济规律的事。它绝不是偶然和孤立的现象。宋代的商业在农业和手工业都有很大发展的基础上获得空前的繁荣。于是出现了"交子"，出现了夜市，出现了《清明上河图》和《东京梦华录》。思想界还有一位叫叶正则的经济学家，第一次公开否定了自古流行的"重本抑末"论。

上古时代，商品交换的数量不多，大家约定一个短暂的时间做交易也就可以了，"日中为市"还是合理的。但如果总将其作为祖宗成法来奉行，总是不许开夜市，就会阻碍商品经济的发展。

宋以前一些朝代，因为市场有围墙，市门朝开夕闭，交易时间有限，所以一大早买卖人就等在市门口，门一开，便"侧肩争门而入"，生怕买卖做不完。那时，"朝之市则走（跑），夕过市则步，所求者亡（无）也"。日夕罢市，往往给人们的生活带来不便。《韩非子》讲的"郑人买履"的故事说，郑人回家取鞋子尺寸，返回市场时，"市罢，遂不得履"。那位郑人固然是愚笨了点，但如果有夜市，他也就不会空手而归了。可惜他没生在宋代。

由此可见，打破白日为市的旧制，开放夜市，是势之必然。市场的盛衰是商品经济发展程度的重要尺度。宋代繁盛的夜市既是商品经济繁荣的产物，反过来又促进商品经济更加繁荣。今天的夜市，也是同样的道理。不同的是，在大力发展商品经济的今天，夜市应该比以往任何时代都具有更强的生命力。

从明代俗谚"张家长，李家短"谈起

　　明朝民间流传着一句俗话："张家长，李家短。"张献忠听了很喜欢。那时，双雄并峙，张献忠和李自成各有很大势力，互争雄长，听了这句俗话，张献忠相信这是一句谶语，预示着自己必胜，李自成必败，因而乐不可支。

　　其实，"张家长，李家短"不过是说长舌妇一类细民爱议论旁人，好喜人前背后臧否褒贬街坊四邻人物，即所谓"传闲话、嚼舌根"而已，这句俗话至今流传，哪儿含有什么张献忠胜、李自成败的意思呢？张某人一厢情愿罢了。

　　历史的结局是：张献忠不长，李自成也不长。李自成当了四十来天的大顺皇帝就完事了，而张献忠连一天皇帝的龙椅也没坐上。

　　电影《张思德》的脚本里有一段毛泽东谈李自成的话，这段话不知是毛的原话，还是编剧者代伟人立言，但即使是编剧者的创作，也大致是符合毛泽东的想法的，很可以让我们认清张献忠和李自成皆好景不长的原因。

　　毛泽东说："李自成是农民起义军，我们是马克思主义者。我们有无比远大的理想，我们是优秀的或自以为优秀的人。中国的苦难和命运，理应肩负在也必将肩负在民族最优秀的儿女身上……那么，我们应该怎么办呢，难道像那些自取灭亡的人一样……骄奢淫逸，尔虞我诈，醉生梦死，鼠目寸光？如果我们愚蠢到了这个地步，甲申三百年之祭就是诸位的来日之祭！我们也就只配得到和大顺军同样的下场——天诛地灭！"

毛泽东在这里虽举的是李自成之例，但无疑也可推定张献忠如当上皇帝以后的下场。李自成如此，遑论张献忠乎！

张献忠不如李自成。这是我读了鲁迅的书和一些晚明史料得出的清晰印象。郭沫若在《甲申三百年祭》中有一句"李自成的为人，在本质上和张献忠不大相同"的论断，更加深了我这种印象。鲁迅写过一篇名文《晨凉漫记》，引用了一本记录张献忠屠川的书《蜀碧》，由此我知道了鲁迅对张献忠的一些看法。

《蜀碧》的作者，是个名叫彭遵泗的读书人，有人称其为"封建文人"。关于这本书所记内容是否属实，历来有不同看法。有的史家否定这本书的真实性，认为书中所记张献忠滥杀的材料，都是封建文人对张献忠的污蔑。

鲁迅先生则大体是相信书中的记载的，他说，"《蜀碧》一类的书，记张献忠杀人的事颇详细……他开初并不很杀人，他何尝不想做皇帝。后来知道李自成进了北京，接着是清兵入关，自己只剩下了没落这一条路，于是就开手杀，杀……他还有兵，而没有古董之类，所以就杀，杀人，杀……"这些话见于《晨凉漫记》。

鲁迅还有一篇更有名的文章《病后杂谈》，也提到张献忠屠川，所举史证也是《蜀碧》。文中在谈到剥皮史时，特别举出了"张献忠式"，即张献忠剥人皮时所采用的具体方法：

　　　剥皮者，从头至尾，一缕裂之，张于前，如鸟展翅，率逾日始绝。
有即毙者，行刑之人坐死。

　　细读之，其残忍、暴虐、反人性的杀人之法，简直臻于化境了。

　　鲁迅所举的张献忠屠川的材料，出处是那个"封建文人"彭遵泗的著作，那么，鲁迅会不会上了这个文人的当，犯了诋毁张献忠的"立场错误"呢？我相信决不会的。鲁迅就是鲁迅，在他脑子里，从没有那种绝对化的分析方法，他用的是实事求是的眼光去看待那些历史资料，而并没有因为《蜀碧》一类野史是所谓"封建文人"所作，就满腹狐疑，武断地认为必是伪史。清代朴学讲究"实事求是"，鲁迅的朴学根底极深厚，他是朴学大师章太炎的弟子。

　　在对待这类材料的问题上，鲁迅的态度如此，马克思的态度也是如此。马克思在1862年写的《中国纪事》中，摘引了驻宁波的英国领事写给驻京英国公使的信，对太平军一部进入宁波后的暴行表示了很大愤慨，指出："他们的全部使命，好像仅仅是用丑恶万状的破坏来与停滞腐朽对立。"又说："太平军就是中国人的幻想所描绘的那个魔鬼 inpersona（化身）。但是，只有在中国才能有这类魔鬼。这类魔鬼是停滞的社会生活的产物。"《中国纪事》一文，收在人民出版社1963年出版的《马克思恩格斯全集》中。

　　首先应当说明，马克思在这里所说的中国，指的是当时的大清帝国。可以看出，马克思对这部分进入宁波的太平军的暴行的谴责是相当严厉的，措辞是十分尖锐的。而这种谴责所依据的材料是英国驻华外交官之间的通信。这些驻华外交官是什么性质的人呢？无疑，都是资本主义侵华分子。

他们对太平天国的看法，往往是怀着很深的偏见的。

但是，他们所记录的太平军的暴行是否就不可信了呢？不是的。马克思就没有否定信中所记录的事情的真实性。书信，在各种史料当中，是可靠性很高的一种，因为它是亲友熟人之间私下交流的工具，是一种少粉饰、多纪实的文体。马克思相信英国领事信中的记录，完全是有道理的。他并没有因为这是帝国主义分子之间的通信，就否定其真实性。

但马克思也像鲁迅一样，遇到了人们对其所引材料之真实性的质疑乃至否定。《马克思恩格斯全集》的中文译者就在《中国纪事》的注释中写道："信的内容与事实不符。"意思是，马克思所引的帝国主义分子的信是对太平军的污蔑，太平军其实并无暴行，那完全是帝国主义分子编造出来的，总之，马克思谴责太平军所依据的材料，是完全不可靠的。于是，马克思的论点也因此变得不可靠了。

我想，《马克思恩格斯全集》中文译者在写这条注释时的心态，与完全否定《蜀碧》真实性的史家的心态是完全一样的。其思想逻辑就是：英国领事是资本主义侵华分子，资本主义侵华分子必对农民起义有偏见，因而他在信中所说的太平军的坏话必不可信。即便是马克思引用了这条材料，肯定了这条材料的可信性，也不行。为了维护太平天国的声誉，为了使太平军的伟大形象不受玷污和歪曲，管他马克思说了什么。

说来也好笑，马克思是阶级分析方法的老祖宗，他引用英国公使的信时，能不懂得阶级分析方法么，还劳驾我们去告诉他？马克思又是辩证法大师，他没有那种非此即彼、绝对化的思想框框，没有"凡是对农民起义有异议的人写的东西必定可疑，必不可信"，"凡是农民起义，即使是乱杀人，也不能称为暴行"的"凡是"观。

实际上，在农民起义过程中出现滥杀现象本不奇怪，农民阶级是有着较强的自私性、狭隘性和散漫性的阶级，其领袖要建立的是自己一家一姓的王朝，这些都是他们滥杀的原因。

鲁迅在《晨凉漫记》中分析张献忠滥杀的原因时，就特别指出了张的自私性、狭隘性，说他"开初并不很杀人……后来知道李自成进了北京，接着是清兵入关，自己只剩了没落这一条路，于是就开手杀，杀……他分明的感到，天下已没有自己的东西，现在是在毁坏别人的东西了"。

旧时的农民起义军更比不得共产党领导的红军和八路军、新四军，他们是不懂得"革命军人个个要牢记，三大纪律八项要注意"的，对他们的军纪，本来就不应该期望值过高。

但也应当看到，农民起义军绝非都是一贯滥杀的，更绝非都像张献忠那样胡乱杀人，而是很有军纪严明、秋毫无犯的时候。大抵说来，在起义之初，在发展壮大时期，农民起义军的军纪往往是严明的。例如李自成在起义初期就提出过"杀一人如杀我父，淫一妇如淫我母"的口号，李自成的谋士李岩在当时也提出："取天下首先要得民心，请勿杀人，收天下心。"《甲申三百年祭》曾谈到这方面的情况。张献忠部队在起义之初，也有过纪律严明的时候，如明末清初学者顾炎武记张献忠在常德"不妄杀人，惟宗室无得免者"，另一明末清初学者刘献廷记"张献忠来衢州不戮一人"。

但是，一旦起义军到了腐化变质之期，滥杀现象便随之出现。如李自成占据北京后便一头钻进了皇宫，他的部将刘宗敏所忙的是拶夹降官，搜刮赃款，严刑杀人，《甲申传信录》上说刘宗敏"杀人无虚日，大抵兵丁掠抢民财者也"。张献忠的滥杀，就更与他的大西政权已开始腐化变质有极大关系。张献忠入成都后，生活很快帝王化，仅后妃就多达三百余人，与此相连，太监自然就不会少。张献忠还把封建帝王一贯采用的避御讳的做法也学了去，不准人们使用"献"、"忠"二字，犯者严惩。作为农民领袖的张献忠一腐败，其手下军队的军纪可想而知，以往纪律严明的起义军，必定要蜕化为乱兵、兵痞。

被马克思谴责的那支在宁波滥杀的太平军，据考也是太平天国已进入腐化时期的军队。这支部队是从石达开西征的部队中分化出来的，由吉庆元、朱衣点等将领率领，军纪荡然无存，到处杀人放火，奸淫掳掠。

本来，太平军在其发展壮大期间是一支纪律严明的队伍，但到了腐化期，到了天京事变之后，到了天国诸王穷奢极欲、荒淫暴戾之时，其手下的一些军队也随之变质了，纪律严明、爱护老百姓的军队，变成了胡作非为、滥杀无辜的军队。马克思在《中国纪事》中所谴责的那支太平军就是这样的军队。

九千岁

　　某刀笔小吏眼光甚犀利，动辄言某史著为"影射"。余仿其眼力，审读明史，亦发现几处影射文字。如：

　　　　太监魏忠贤，举朝阿谀者，俱拜为乾父，行五拜三叩首礼，口呼"九千九百岁爷爷"。

——吕毖《明朝小史》卷十三《天启纪》

　　　　巡抚刘诏，悬忠贤画像于喜峰行署，率文武将吏，五拜三稽首，呼"九千岁"。

——《明史·耿如杞传》

　　余览罢，大惊，立马秃笔一挥，批道："九千岁"者，"永远健康"也。此实以大太监影射林副主席，何其毒也。吕毖何人，《明史》何书，竟敢冒天下之大不韪？当全党共诛之，全国共讨之，举烈火而焚之也。批罢，窃自赞眼力之毒者良久。

细察上引二书，的确在搞影射：九千岁不够，还要九千九百岁，这不分明是在影射喊一句"永远健康"不够，还要再喊"永远健康、永远健康、永远健康"么？站在画像前，文武将吏齐喊"九千岁"，这不又是在影射"早请示，晚汇报"时恭祝林副统帅永远健康么？查此二书作者，皆封建文人，臭老九也，搞影射乃其阶级本性所致，本不足怪也。

余因二书所记，继而思之：魏阉甚喜人喊"九千岁"，不喊则必视为大逆。林彪亦如魏阉，人喊"永远健康"则喜，不喊则盛怒之。"文革"中，代总长杨成武闻毛泽东言："永远健康？还有不死的人啊！"遂不再喊。林彪因之衔恨于杨，终至打倒"杨余傅"。余又思忖：魏忠贤之"九千岁"，乃其干儿义孙们捧出来的，林彪之"永远健康"，不也为其死党爪牙发明的么？

然天不容情，魏忠贤终究没有九千岁，其于死后被钦定为"逆案"，林彪更没有永远健康，而是折戟沉沙，葬身异域。

鲁迅有名言曰："愈是无聊赖，没出息的脚色，愈想长寿，想不朽。"结果呢，"还不如一个屁臭得长久！"魏忠贤、林彪不正是如此么？

余思绪至此，蓦然感到大事不妙：小文不也是在影射么？恐该拿办矣。

"闻蒋必站"的规矩

国民党为了表示尊崇领袖,立了一个规矩:凡讲话讲到"蒋委员长"时,必须起立,立正。有人把这个规矩叫作"闻蒋必站"。这个规矩,看似庄重,实则十分滑稽。

曾任国民党童子军团长的涂心园先生记录过这滑稽的一幕:在总理纪念周上,冯玉祥讲话,讲了四十分钟,二十多次提到"蒋委员长",台下便二十多次立正,一时间磕马靴,碰皮鞋,拢枪支的哗哗声不断,更兼冯玉祥说话总带顺口溜,常接二连三地说到"委员长",弄得听众忽而立正,忽而稍息,忙乱不堪。

刘伯承元帅也曾目睹过这种"闻蒋必站"的滑稽戏。抗战初期,刘伯承应邀参加卫立煌举办的宴会,并做即席讲话。刘伯承后来回忆说,我在讲话中,多次提到"蒋委员长",国民党的将领"闻蒋必站",结果是起立,坐下,坐下,起立,弄得连筷子也顾不上拿。

这种政治滑稽戏,虽说让人忍俊不禁,但它却是由一种精心设计的理论做支撑的。这种理论就是个人迷信的理论。国民党的理论家说，中国有三宝：孙总理、三民主义、蒋委员长。孙总理，其实早就故去了，三民主义也是徒具招牌，实际上这些理论家要尊崇的就是"一宝"——蒋委员长。中国唯此"一宝"，焉能不"闻蒋必站"？

但要说最"高明"、最彻底的理论，最让委员长开心的理论，还是周佛海的理论："信仰领袖要信仰到迷信的地步，服从领袖要服从到盲从的地步。"照此理论，岂止是"闻蒋必站"呢，而应是"闻蒋必信（迷信）"、"闻蒋必从（盲从）"。对这个理论，我怎么看怎么觉得像纳粹的理论，怎么看怎么像邪教的邪说。

周佛海后来以汉奸罪被判了刑，他的理论也断了香火。谁知到了20世纪60年代时来运转，竟续上了传人。此人就是被称为"好学生"的柯先生。陈云同志曾批评此君"是个手中随时拿着大棒的人"。1958年，这位柯大鼻子大概是嗅出了什么攀援跃升的新路子，竟将周佛海的理论径直拿来，在中央会议上鼓吹，产生了极恶劣的影响。说来也真是荒唐，造神竟不惜续周佛海的香火，真令人拍案惊奇。

禹汤罪己，桀纣罪人

"窑洞对"中，黄炎培提出了一个历史周期率，就是，在君主专制制度下，总会反复交替地出现诸如"政怠宦成"、"人亡政息"、"求荣取辱"、忽兴忽亡等现象。毛泽东对黄炎培说，我们已经找到了避免周期率的新路，这就是民主。

现在，这段对话，常常为人们所津津乐道。但人们却大都未曾留意，在"窑洞对"中，黄炎培还无意间提到了另一条历史定律，即：君主是否敢于"罪己"，亦即是否具有自我批评精神，会直接影响到王朝的兴衰安危。

黄炎培的原话很长，其中有这样几句："我生六十多年，耳闻的不说，所亲眼看到的，真所谓'其兴也勃焉'、'其亡也忽焉'，一人、一家、一团体、一地方、乃至一国，不少单位都没有能跳出这周期率的支配力。"在这里，黄炎培借用了两句古语来形容他所见到的一些政权、团体或个人，忽而勃然兴起，忽而又衰败垮台的现象。

正是在这两句古语中，隐含了"罪己"与兴衰之关系的定律。

谈历史

　　这两句古语，出自《左传·庄公十一年》。鲁庄公十一年秋天，宋国遭遇了大水灾，鲁庄公遣使去慰问，宋闵公对来使说："都是我不好，对上天不诚敬，上天才降下了灾难。让贵国国君担忧了，真是感激不尽。"鲁国大夫臧文仲听到了宋闵公的这些话，非常感慨，说道：

　　　　宋其兴乎！禹、汤罪己，其兴也悖（通"勃"，兴盛貌）焉；桀、纣罪人，其亡也忽焉。

　　黄炎培所引的"勃焉"、"忽焉"两句古语，出典就在这里。臧文仲的意思是说：宋闵公勇于罪己，宋国大概要兴起了吧！大禹和商汤敢于责罪自己，于是勃然兴起；夏桀和殷纣总责罪别人，所以很快就灭亡了。

　　本来，宋国遭遇水灾，是天灾，不是人祸，宋闵公并无责任，但宋闵公却主动罪责自己，做了自我批评，这使得博通历史的臧文仲，由此看到了宋国复兴的希望。臧文仲的根据，就是禹汤桀纣或兴或亡的历史经验和教训。事实上，禹汤桀纣之所以兴、所以亡的原因，当然不能只归于能否做自我批评这一端，但这一端极为重要，则是毫无疑义的。

　　大禹和商汤"罪己"的具体史事，我一时未能从文献中查出，但我相信《左传》所载不会是虚造的，臧文仲所言，必有所本，而且从禹汤这两位贤君的一贯行为来看，他们也是会具备勇于"罪己"的美德的。

　　夏桀与殷纣拒绝批评（当然更不会自我批评），杀害进谏者的恶行，在文献中是班班可考的。夏桀暴虐荒淫，为酒池糟丘，逸乐无度，大臣关龙逢涕泣苦谏，却被夏桀关了起来，最后杀掉。殷纣的叔叔比干，看到殷纣荒淫无道，便进言劝谏，殷纣大怒道："你好像圣人似的，我听说圣人的心

177

有七窍，不知你有几窍，那就让我看看！"于是下令把比干的心挖出来察看。

大禹不仅能治水，商汤也不仅能顺天应人搞革命，他们还都能"罪己"，勇于做自我批评，所以成功了，胜利了。而夏桀和殷纣呢，不仅荒淫暴虐，而且愚顽不化，拒谏杀人，所以失败了，灭亡了。真所谓"其兴也悖焉"、"其亡也忽焉"。这中间所包含的，正是那条定律——"罪己"与兴亡之间的因果律。这条定律，在今天看来，也应该与周期率一样，受到人们的重视，成为资治的镜鉴。

这条定律，今天看来虽然很重要，但在"窑洞对"中，它只是黄炎培在无意间涉及到的。这是因为，黄炎培与毛泽东所谈的，主要是国家政权和团体的周期率问题，而不是领袖人物个人能否责己的问题。后一个问题，在"窑洞对"的时代，还不可能被黄炎培作为一个重要问题提出来。因为，那时的中共还没有取得全国政权，万里长征还没有走完第一步，毛泽东还住在土窑洞里朝乾夕惕、宵衣旰食地奋斗着，他还没有出现后来的那种"骄傲"、"听不得批评意见"的情况。的确，那时责己问题并不是一个很重要的问题。

但今天不同了，近几十年来，我们吃够了"左"倾政治和个人崇拜的大亏，现在再回过头来看一看黄炎培所引的"勃焉"、"忽焉"之语，再来看看其中所包含的历史典故和历史定律，就会有一种全新的感受。

若再来看一看整个"窑洞对"，就更会得到一种新认识：要想避免"周期率"，必须走民主的新路，而在这民主的新路上，执政者必须发扬传统的"批评与自我批评"的优良作风，特别是要注重自我批评，而决不能把这种优良作风异化为"表扬与自我表扬"，更不能拒绝监督，拒绝批评。

殷鉴不远，在夏后之世。"禹、汤罪己，其兴也悖焉；桀、纣罪人，其亡也忽焉"——臧文仲的话，时刻在提醒着我们。

剃头痛史

　　也许是受了大清国遗俗的影响,我总爱把理发说成"剃头"。细究起来,"理发"一称是民元以后兴起来的,此前则总是称为"剃头"。"剃头"之称,大抵滥觞于元明之际,当时的理发业经典《净发须知》中已见"剃头"二字,但绝不普及;普及则是在爱新觉罗·多尔衮下达剃发令之后。我爷爷及其爷爷肯定是受用过剃发令的——他们都当过清朝的子民,那么,我把理发叫做"剃头",委实是承袭了祖上的遗泽。

　　"剃头"二字,自然不如"理发"文雅,但其中包含的可圈可点的历史,却是颇值得咀嚼再三的。我发现,一部剃头史,竟大半是痛史!此所谓剃头史,并不等同于理发史。因为"剃头"二字在古时以及"文革"年代,有时并非指理发,而是别有他义。

　　清朝剃发令之前,汉人皆束发。那时的理发,是把头发束好;那时的剃头,则常指一种刑罚。刑罚之名谓之"髡"。"髡",就是剃头。但剃成什么样子,是全秃,还是留些许毛发,则不得而知。司马迁在《报任少卿书》

里说到过"髡毛发"之刑，亦即髡刑。髡刑虽然不痛不痒，但在古代的刑罚排行榜里，却是比打屁股还要重的刑罚。因为一则在古人的迷信心理中，被剃了头发，便是被"伤了魂"——这是宗教学家江绍原在《发须爪》里考出的古人的心理隐秘；二则剃掉了头发，极碍观瞻，实为至辱。所以，在髡刑时代，剃头史就是被剃了头的倒霉蛋的伤心史、屈辱史，是封建司法的黑暗的一角。

髡刑固然不善，但因其只施于少数人犯，故绝不会造成满街都是秃子的景象。因之，髡刑只写了剃头痛史的一个小章节。要说剃头痛史的大篇章，还要推清初时血腥的强行剃头和"文革"时代的"新式髡发"。

先说清初的强行剃发。满人的发式，向与汉人不同，其理发之举，谓之"剃发"。其操作规程是：先将顶发四周剃去寸余，保留中间长发，再将长发分为三绺编为一条长辫，垂于脑后。据满俗行家称，此发式之形状有深义存焉，表示"扫四围而归一统"。如此看来，满人这发型还真是大气、有派！但可恶的是，满族入主中原后，为实施真正的"扫四围而归一统"，硬让一向束发的汉人也剃头。于是，血雨腥风，剃头挑子满街转，选留什么发型成了生死的抉择。那些硬挺着脖子不剃头的汉子，便纷纷被剃掉了头。这"剃头"之"剃"字，在清史文本中，已绝非只是剃掉几根"如诗的黑发"，而是意味着剃掉首级，剃掉民族尊严。清朝人爱将"剃发"写成"薙发"，这草字头的"薙"字真是写得好，它能使人油然联想起剃头杀人如割草，"杀人如草不闻声"！

辛亥革命以后，辫子被剪掉了，代之以西洋式的分头、寸头之类，此时的中国男人，真像是胡服骑射一身轻灵的赵武灵王，头上乃至心里那股清爽劲儿，就甭提了。看来，剃头痛史这一页算是翻过去啦。

但是且慢！对于"艳若桃花，美如乳酪"的"国粹"，国人难道能轻易让它断了香火么？断断不能。于是，挟裹着时代风雷的"革命造反派"挺身而出，来续写剃头痛史了。

考造反派所剃之头，据云皆非人头，乃牛鬼蛇神之头；所留发式，也非庸常之分头、寸头之类，而是阴阳头等叫座儿出彩的发式。以当时牛棚居民钱钟书、杨绛夫妇为例，钱氏之头被纵横剃掉两道，现出一个"十"字，杨氏之头则被剃成阴阳头。如此之十字头、阴阳头之类，皆可考定为古时髡发之子遗，然而又是古时髡发之发扬光大，故可谓之"新型髡发"。

古之髡发，被刑者大抵为男子，杨绛则是女子被剃成阴阳头。据杨绛说，与自己同被剃成阴阳头的，还有两位老太太。女子之被剃头，其心灵上的痛苦无疑要大于男人许多倍，无奈时代不同了，男女都一样，该剃也得剃。

也许有某位年轻人怀疑上述为天方夜谭，问道："不剃不行吗？"显然，这位年轻人不大了解造反派的脾气，那火爆脾气若是闹将起来，真会像清廷告示里说的，叫你"留头不留发，留发不留头"。您说说，不剃能行吗？

一部剃头痛史，说起来真是可悲可叹，但其中也颇蕴含着解颐益智的因子。清代有一首《剃头诗》，其中有云："喜剃人头者，人也剃其头。"反观剃头痛史，不正是如此吗？那些形形色色的"喜剃人头者"，其结局不都是"人也剃其头"吗？这是剃头痛史中蕴含的历史辩证法，也是剃头痛史最耐人寻味的地方。

三家村

　　"三家村"这三个字，在当代的"社会词典"里，是极其沉重的字眼。因为它与一桩千古奇冤连在一起，与邓拓、吴晗、廖沫沙这三位蒙难的文士的名字连在一起。提起这三个字，人们不禁会想起岳飞的"莫须有"三字狱。

　　在语言词典里，"三家村"却是个很生动、很有画意的词汇。从字面看，"三家村"即只有三户人家的小村子，字面犹如画面，真像是一幅墨色疏淡的乡村画，而"三家村"的词义，也正是指人烟稀少、偏僻萧索的小乡村。

　　"三家村"这个词其实是很古老的。邓拓、吴晗、廖沫沙把《前线》杂志的杂文栏取名为"三家村札记"，是古为今用。"三家村"古到何时呢？且做一点小考据。《辞海》举了陆游的诗为例："偶失万户侯，遂老三家村。"似乎证明南宋诗人陆游最早发明了"三家村"这个词。《辞源》则举了早于南宋的例证，一是北宋文学家苏轼的诗："永谢十年旧，老死三家村。"二是编于北宋初年的《景德传灯录》上的白云和尚语录："恁么见解，何似三家村里。"白云和尚是五代到北宋初年这段时间的人,如此看来,"三家村"最古是古到此时了。

但是且慢,白云和尚大概还未必能获得这"三家村"的发明权。还有更早的。《云门广录》上有这样的话:"驴年梦见,三家村里汉!"又说:"三家村里老婆传口令相似,识个什么好恶!"《云门广录》是佛教禅宗之云门宗的创始人云门和尚的语录。这云门和尚,本名文偃,生于公元864年,殁于公元949年,是唐五代年间的禅师。由此可见,早在一千多年前的唐代,"三家村"这个词就出现了。

"三家村"的最早出现,看来是出自和尚之口的,是禅宗大师口语里的词汇。

"三家村"这个生动、形象的词汇,出自禅宗,大概不是偶然的。禅宗的语言,机智精警而又清新自然,博大精深的禅意,往往用极质朴、极生动的土语村言来表达。"三家村"就正是这种风格的语言。苏轼和陆游不愧是大诗人,他们慧眼识珠,采择了禅语的这一词汇,而使自己的诗句更加生动、更富神采。

一些高明的小说家也看中了"三家村"一词,在自己的小说里加以运用。《水浒传》第五十回写白玉乔出口伤人,骂插翅虎雷横道:"便骂你这三家村使牛的,打甚么紧?"生动地表现了白玉乔视雷横为乡野村夫,看不起雷横的心理。"三家村使牛的",也就是云门和尚说的"三家村里汉",即乡巴佬的意思。清人张南庄的《何典》,更是猛用"三家村"一词,书里干脆把"三家村"当作了一个具体村名,让许多故事都发生在三家村里。书的开篇第一回就是:"五脏庙活鬼求儿,三家村死人出世。"

鲁迅先生在《何典》题记里也特别说到了这个三家村:"三家村的达人

穿了赤膊大衫向大成至圣先师拱手，甚而至于翻筋斗，吓得'子曰'店的老板昏厥过去……"张南庄在《何典》里设计的这个三家村，给小说极大地增了色，确是高明的一笔。鲁迅评价这部小说是"谈鬼物正像人间"，其所以能够"正像人间"，三家村这个设计是立了功的。

物换星移，谁也没料到源于古代禅宗语言的"三家村"，竟会在近世成为一桩政治冤案的符号。

但如今，"三家村"又别开新面，成了一家公司和一套丛书的名字。这家公司，即北京市三家村文化实业有限公司；这套丛书，即南方一家出版社出版的《三家村丛书》。三家村公司资助出版了廖沫沙的《瓮中杂俎》；《三家村丛书》出的是邓拓、吴晗、廖沫沙三人的文集。

"三家村"的英魂，看来会永远游荡在天地间。

瓮中打油

廖沫沙说他当年挨批、挨斗的时候，脑子里总做着打油诗。我把这些打油诗称为"瓮中打油"。

这"瓮中"二字，实出自廖沫沙本人。廖沫沙把他受军事隔离监护的生活叫作"瓮中生活"，把他在"文革"中写的交待材料名之曰《瓮中杂俎》。顺理成章，他在"文革"中所做的打油诗，便是"瓮中打油"。

瓮者，密不透风之器具也，黑暗之所在，高压之所聚也。"瓮中"，形象地刻画出了廖沫沙在"文革"中的苦境。

瓮中打油，所作甚多，但存留甚少。最著名的，也是堪称代表作的一首，是《嘲吴晗并自嘲》：

> 书生自喜投文网，
>
> 高士于今爱折腰。
>
> 扭臂栽头喷气舞，

満场争看斗风骚。

此诗全是写实，此事是廖沫沙与吴晗同台挨斗。诗中所云"文网"、"折腰"、"扭臂栽头喷气舞"，所指的是什么，凡有一点"文革"常识的人一看就明白。廖沫沙做这首诗时，可不像一般诗人作诗时那么风雅，或行吟于道途庭园，或泼墨于书斋砚边，廖沫沙作这首诗时，正在批斗场上，他是弯腰曲背，坐"喷气式"时做出这首诗的，这真可说是世界诗史上的奇事。

常人做打油诗，心境大抵是愉悦轻松的，所作诗中的诙谐幽默正是作者的愉悦心境的表现。廖沫沙的"瓮中打油"则不同，那是一种沉痛的诙谐，苦涩的幽默，是孤愤的排遣，是心底万丈狂澜的宣泄。身陷"瓮中"，何以解忧？没有杜康，只好打油。廖沫沙说他是靠着做打油诗苦中作乐，度过漫长的"瓮中"岁月的。

"文革"如铅，压迫得许多人去寻死，或是变成疯人。能在这种重压之下挺身过来，走出生路，便是好汉，是强者。廖沫沙所受的罪，几人能比？但是他挺过来了，帮他挺过来的一味有效的精神丹药，便是打油诗。在一定意义上说，打油诗救了廖沫沙。

廖沫沙的"瓮中打油"，并不仅仅是苦中作乐，而是包含着对"文革"的抗争和理性的批判。他的打油诗中，明显地透出一股勃勃的不服不平之气。他曾说，开始挨斗时，真的以为自己犯下了什么弥天大罪，但随着批判越来越离奇，以至低头弯腰、扭胳臂、撅屁股的时候，就感到这哪里是什么"文化大革命"，简直是在开玩笑，耍恶作剧，于是产生了滑稽感，并发展成为诙谐和嘲笑，于是作出了打油诗。可以看出，廖沫沙的"瓮中打油"是具有否定"文革"的思想意义的。读着他的这些诗，可以在诙谐中感到沉郁，在幽默中看到深刻。

廖沫沙身陷"瓮中"，处境悲惨，似应终日惶惶，愁眉锁眼，但他却能做出诙谐幽默的打油诗，何以故？概言之，这源于廖沫沙的人格、性格、经历和识见。廖沫沙是位红军时期入党的老布尔什维克，三次坐牢，尝过白色恐怖；他意志坚强，有骨气，胸襟开阔，眼光旷达，适应能力强，所以，当莫须有的罪名扣到他的头上，风刀霜剑向他逼来的时候，他能够既抱以无比愤慨，又能泰然处之。廖沫沙是一位有敏锐观察力的思想者，他较早地看出了"文革"不过是一出滑稽的闹剧，所谓批斗也不过是在耍恶作剧。所以，他能自觉地以滑稽对滑稽，以诙谐和嘲笑应对蛮横和荒唐。

打油诗，虽以俗言俚语入诗，但诗格未必低俗。鲁迅先生写过好几首打油诗，但其诗格是高的，所含思想是深刻的。廖沫沙的"瓮中打油"也决无鄙俗之气，虽用的都是常言俚语，但意境格调是高远的，绝非张打油、胡钉铰之辈可比。

打油诗与杂文是相通的，鲁迅和聂绀弩都曾把杂文气质注入诗中，写出了具有杂文味的打油诗。廖沫沙本是个杂文家，他把深刻、诙谐、辛辣的杂文笔调带入了打油诗，使"瓮中打油"充满了杂文味。"瓮中打油"可算是诗体杂文。

廖沫沙一入"瓮中"时，纸笔便被搜去了，所以他作的诗大多是随作随忘，自生自灭。虽然有少量诗作以烧成炭的火柴头做笔，写在了香烟包装盒上，但家人怕惹祸，也大都付之丙丁了。所以，我们所能看到的"瓮中打油"，只是极少数的幸存者。这不能不令人扼腕叹息。这一诗厄，实同于秦火之下的书厄也。

廖沫沙本不是诗人，"文革"使他成了打油诗人。这诚可谓之"时势造

诗人"。但这是时势之功，还是时势之罪，不言自明也。廖沫沙绝对不愿当
这种诗人。在"瓮中"做诗，那是个什么滋味！对于廖沫沙来说，"打油诗
人"，实在是个不祥的称谓。

读《牛棚日记》

日记，常以作者的居处或书斋命名。明人潘允端的《玉华堂日记》、清人李慈铭、孙宝瑄、李锐的《越缦堂日记》、《忘山庐日记》、《观妙居日记》，皆如此。

剧作家陈白尘的《牛棚日记》，也是以居处命名的，但这居处极特殊，牛鬼蛇神所居也，绝比不得"堂"、"庐"、"居"那样雅致。陈白尘被目为牛鬼蛇神，日记又写于牛棚之中，故《牛棚日记》之名，取得贴切，名副其实。

"文革"的日子，人们常称之为"苦难的日子"、"痛苦的日子"。我总感觉这些说法不到位。老作家王西彦称"文革"为"焚心煮骨"的日子，可谓传达出了"文革"的原汁原味。但王西彦没有解释过"焚心煮骨"这四个字。

读陈白尘《牛棚日记》，我自认得了"焚心煮骨"的正解。"焚心"，摧残其心，折磨其精神也；"煮骨"，触及皮肉，伤害其躯体也。焚、煮二字，道出了痛苦的深重程度。

陈白尘写过一出历史剧《石达开的末路》，被诬为"影射红军在大渡河失败了"，"对党有刻骨仇恨"。对这淬药匕首般的罪名，陈白尘真有焚心之感。他在日记中称这些诬蔑之词是"诛心之论"，并记下了自己受这种诬词煎迫的痛苦心境。他写道：听人朗读《红旗》杂志批判《石》剧的文章时，"全身沸腾，几欲发狂"，自己读了以后"抛书疾走，仰天长呼者三，仍然悲愤难平"。于此可见陈白尘烈火焚心般的痛苦，没有类似经历的人绝难体会他这种心境。

"焚心"以外，陈白尘又饱受"煮骨"之痛。一是挨打。日记中常有"饱以老拳"、"猛击数拳"之类的记录。二是劳动惩罚使病情加重。日记云："让我拉车……由向阳路回连，棉袄已湿透，而心脏绞痛甚。"严重的心脏病，成了导致陈白尘病故的主要疾病之一。

牛棚里人们的关系，谓之人际关系，可以；谓之牛际关系，也很恰当。牛际关系中有一现象极可怕，即"牛斗牛"，"窝里斗"——不，应该说是"棚里斗"。这可谓中国人"窝里斗"之陋习的极致。《牛棚日记》里有不少"牛斗牛"的记录。一群被强者斗垮了的弱者在牛棚里还继续斗，这真乃"斗"的哲学的完美体现。

在狂躁的动乱年代，清醒是极为不易的，当硬汉子更不易。陈白尘既比较清醒，又是个硬汉子。《牛棚日记》常有对"文革"的怀疑不满之词。某日写道："上午小组内背诵《愚公移山》……对学习毛泽东思想是否应采用此法，颇以为疑。"此疑当时绝对是大逆不道，实际是不赞成用形式主义方法学毛著。对"文攻武卫"，他也提出质疑："没有'武攻'，何必'武卫'？其表面上看是不主张'武攻'，但双方各以'武卫'自居，其结果则必然武斗不已！"矛头所向，乃是提出"文攻武卫"的江青无疑。这些话虽是写于日记，也是需要极大勇气的。

对于蛮横的高压，陈白尘常发出抗争的呐喊。日记写道："某单位来人外调，其身份不明。……问道，'有过什么特务活动？'愤极，昂然对曰：'如有特务罪证，立刻枪毙！'其态度始转。"在陈白尘的凛然气势之下，骄横者也瑟缩让步了。

诙谐，有轻松的诙谐，也有"沉痛的诙谐"。《牛棚日记》有不少沉痛的诙谐之语。如："机关召开大会斗争黑帮。黑帮分子出席者连我十六人，'济济一堂'。""十点半由 H 来训话，然后滚蛋大吉！""会上有说我等是'没有土地的地主，没有资本的资本家'，颇妙。"

济济一堂，本是形容盛会的话，却用来形容"黑帮"云集。"滚蛋大吉"系自嘲，"颇妙"是反语，皆充满诙谐意味。这诙谐，表现出陈白尘对丑恶的蔑视，表明他在困境中没有泯灭豁达。

电影《芙蓉镇》里有个造反派王秋赦，作为文学典型人物，足可永垂不朽。《牛棚日记》则记载了现实生活中的王秋赦。日记写道："×××之流在抄家时，首先索取的书则是《金瓶梅》，在好多人家亦都如此。"抄家者自然不是为研究文学，而是想看西门庆的床上功夫。他们是王秋赦在性关系上乱来的生活原型。

陈白尘虽然被造反，但从未认为造反派都是坏人。日记提到造反派时，总会使用一些限制词，如"某些"之类，以示区别和求实之意。这表现出陈白尘清醒的理性和高尚品质。

陈白尘的女儿陈虹说，《牛棚日记》可以视作一部中国作家协会的"文革"简史。还应补充一句，《牛棚日记》还是全国"文革"的一个侧影。

我想，《牛棚日记》最重要的意义在于，它是一份备忘录，它提醒人们不要忘记，更不要重复那个荒唐的动乱年代。

瓜 葛
——阿Q与红卫兵之关联考

不知怎么，读《阿Q正传》时，特别是读到阿Q的革命史，我常常会想起红卫兵，总觉得他们之间有些瓜葛。读着读着，眼前常常会模糊起来：不知是阿Q戴上了红袖章，还是红卫兵用竹筷子将辫子盘在了头上。

我确信，他们确实是有些瓜葛，甚至不只是瓜葛，而是血脉相通的同一类革命造反族。

姑以迅翁所谓"学匪派"考据法证之。

瓜葛之一

革命便是"要武"，便是要革掉坏人的命，而绝不是请客吃饭、绘画绣花之类。红卫兵做如是想，阿Q更是这种思想的先驱。

阿Q想，"革这伙妈妈的命，太可恶！太可恨！……便是我，也要投降革命党了。"

阿Q自然是根红苗正，向往革命的，但他的革命思想里却颇有一点红色恐怖的味道。他屈尊投降革命党，一个主要原因，便是革命实在太痛快了：能"革这伙妈妈的命"！在阿Q看来，所谓"革命"，就是革掉人命。他不懂得革命与恐怖打根儿上说是两码事。红卫兵也不全懂。所以，阿Q和红卫兵的革命便都很有些阴森可怖。

瓜葛之二

既要革掉人命，便要动家伙，于是，玄想中的阿Q便让那些与自己一同去造反的革命党，都拿着家伙。据《阿Q正传》说，拿着的有板刀、钢鞭、炸弹、洋炮、三尖两刃刀、钩镰枪什么的。但阿Q本人实际并未使用这些家伙，他只是思想家。而后来的红卫兵革起命来，则是真的动起了家伙：板刀已换成了刮刀，钢鞭换成了皮鞭，三尖两刃刀和钩镰枪不大合用，淘汰了，而炸弹、洋炮则在武斗中大派上了用场。

瓜葛之三

阿Q的红色恐怖思想，还特别表现在他的滥杀欲上。赵太爷、假洋鬼子算是压迫阶级，杀了也便罢了，虽然是否都该杀尚属可议；但小D、王胡算什么呢？他也要杀掉。试看阿Q拟定的死刑名单：

> 这时未庄的一伙鸟男女才好笑哩，跪下叫道："阿Q，饶命！"谁听他！第一个该死的是小D和赵太爷，还有秀才，还有假洋鬼子……留几条么？王胡本来还可留，但也不要了。

小D，不过是个打短工的"又瘦又乏"的穷小子，与阿Q本属同类，但只因阿 Q 认为他夺了自己的饭碗，便要格杀勿论。王胡呢，更没有什么大罪过了，不过是与阿 Q 打过一架，再就是捉虱子时比阿 Q 咬得响，若论成分呢，闲人而已，全然算不上压迫阶级，但阿 Q 也要杀之不留。还有那个秀才，也是列入死刑名单的。但秀才似乎并没有犯什么罪过。但是，在阿 Q 看来，单单赵秀才是赵太爷的儿子这一条，焉能不杀？

红卫兵对于那些牛鬼蛇神，那些血统不纯正的"秀才"，真个是"横扫"千军如卷席。有人告饶，有人认罪，"谁听他"！要将"横扫"进行到底！

瓜葛之四

光是革未庄鸟男女们的命，阿 Q 是绝不满足的。阿 Q 的远大理想，是当主子，得实惠；实惠便是鲁迅在《圣武》一文里概括的"威福、子女、玉帛"。但阿 Q 并不曾理会过这个概括。他只办实事儿，只管往自己的土谷祠里搬运革命成果——

> 东西，……直走进去打开箱子来：元宝，洋钱，洋纱衫，……秀才娘子的一张宁式床先搬到土谷祠，此外便摆了钱家的桌椅，——或者也就用赵家的罢。自己是不动手的了，叫小 D 来搬，要搬得快，搬得不快打嘴巴。……

阿 Q 似乎并未向朱洪武学过抄家法，但他无师自通，颇得抄家的精义。元宝是硬通货，自然是首选，阿 Q 虽一字不识，却颇通晓这个金融知识。宁式床，绝对的富丽堂皇，只在稻草堆里困过觉的阿 Q 焉能不倾心？官府抄家，财物大抵是要充公的，但阿 Q 不是公人，而是穷则思变的造反族，所以宁式床一定要搬到土谷祠里去。小 D 本与阿 Q 属于同阶级,但他没参加造反,没有当主子的本钱,且又与阿 Q 有过嫌隙,所以该着这小子流汗搬东西,搬得不快还要打。红卫兵也颇有过与阿 Q 类似的抄家经历,然其势头之猛之烈,范围之宽之广,便是堪称"半个抄家先师"的阿 Q,也要自叹弗如。

瓜葛之五

理论要联系实惠,红色恐怖思想便要联系爱情。但是,阿 Q 与吴妈的恋爱失败了!这是多么惜哉痛哉之事。但不要紧,一造了反,莫说是吴妈,就是周吴郑王诸妈也是会有的。这一层道理,阿 Q 明晰之至。他筹划着:

> 赵司晨的妹子真丑。邹七嫂的女儿过几年再说。假洋鬼子的老婆会和没有辫子的男人睡觉,吓,不是好东西!秀才的老婆是眼胞上有疤的。……吴妈长久不见了,不知道在哪里,——可惜脚太大。

女人,在阿 Q 眼里,是不问阶级,只问德言工容的。阿 Q 一造反,身价暴涨,眼光便也陡然挑剔了起来,不但未庄权贵的妻女可以任意挑选,就是初恋过的吴妈也大为贬值了。红卫兵比起阿 Q 来,自然是要讲一点婚姻文明的,但也有些劣种,或霸人妻女,或鼠窃狗偷,明里道貌岸然,实则陈仓暗度。《芙蓉镇》里的"运动健将"王秋赦与李国香的苟合,便是其中的一帧留影。

鲁迅先生说他写阿 Q 是写了"国人的灵魂",这话听起来真让人汗涔涔发背沾衣。红卫兵的革命,不正是阿 Q 式革命的一点余绪吗?试问:阿 Q 真的像小尼姑所说的那样,断子绝孙了吗?

作坊里的斩杀术

　　诗人流沙河谈到应当给"文革"写史的时候说："国家的大《春秋》我不敢写，就写写个人的小《春秋》吧。"于是他写出了《锯齿啮痕录》这本小《春秋》。这本小《春秋》，也就是他个人的"文革"史。

　　"文革"史作为一门专题史，有一点很别致，就是史源极其丰富，几乎每个人都有一本小《春秋》可写。这是因为，"文革"的创意之一，是要"触及每个人的灵魂"，而且果然触及了，所以人人都有了做野史家的资本。

　　流沙河的小《春秋》，可以说是"文革"野史的范本。这部野史，从历史的真实性上说，是传统的野史不可比拟的，因为它无一丝虚构，较之鲁迅先生所说的那种如同月光从森林密叶中反映在莓苔之上，多少可以写照出当日之事实的野史，它堪称是"实录性野史"。

　　这部野史提供的"文革"史料相当丰富，读后恍然又回到"文革"的噩梦中。其中有一条史料引起了我特别的注意，因为它简直活现了"文革"的"风采"，展示了"文革"的神髓。我不敢独享，本着"奇文共欣赏"的古训，转录如下，并加评点，以使更多的人领略到这条"文革"史料的价值。

流沙河在"文革"中不知被批斗了多少次，有一次批斗会给他的印象极深。会上有个姓巫的家伙，有一段批判发言，使他刻骨铭心，永生难忘。他在《锯齿啮痕录》中记道：

最精彩的一段发言出自外单位的一个技工，姓巫，读过书的，口齿伶俐，也难怪他后来当了造反派小头头，他站起来，挥着手臂，斩钉截铁地说："知识分子的坏，就像辣椒的辣！辣椒，随便你怎样弄，它都辣。生斩，斩碎，做豆瓣酱，它辣；晒干，切成截截，用油煎了，它还是辣；丢进泡菜坛子，泡它个一两年，它还是辣；用碓窝舂它成细面面，它狗日的还是辣。吃在嘴里，它满口辣；吞，它辣喉咙；吞到胃里，肚子火烧火辣。屙出它来，它狗日的还要辣你的屁眼儿！"好一篇《辣椒颂》，可惜我不敢当。我惭愧。年轻时我还敢辣它个三分钟。这几年改造来改造去，锐气消磨，苟且偷生，早已改造成四川特产的灯笼辣椒，只大不辣了。难得这一段坦率的发言，使我猛然省悟到"左家庄"是怎样地仇恨知识分子。

这段引文，特别引起了我的注意，我认为是一条十分宝贵的"文革"史料。这条史料的精华，是巫姓批斗者的发言。这段发言，以"口诛"的水平论，已达于炉火纯青的化境，堪称大批判文字之翘楚。若有人编《"文革"文观止》，此妙文理当入选无疑。

巫氏发言，先断知识分子为"坏"，继而以辣椒做喻，言知识分子的难摆弄及其"坏"的难改，通篇都是狠戾之声、杀伐之声。向称刀笔师爷的文字厉害，巫氏发言，足令古来众多刀笔文字减色。

读其发言，如临刀俎，如闻血腥，什么"生斩"啦，"油煎"啦，"舂"啦，等等，全是作坊里的斩杀术，令人冷汗沾衣。这些斩杀名目，足令人回忆起"文革"时整人的酷烈。有位看官说："这不过是形象化的说法，不能当真。"诚然，"文革"中的"炮轰"、"油炸"之类，并非真的打炮弹、下油锅，但亲历"文革"者，哪个不知道这"炮轰"、"油炸"的酷烈难耐、惊心动魄呢？

巫氏发言，是一篇提纯了的"整人经"，若不是整人整到了家，是说不出这些老道的内行话的。这如同刽子手杀人，若不是杀够一定数量，是总结不出"杀时要快，头要挺住"这种杀头经验的。巫氏发言，充满了对知识分子的仇恨，那恨劲儿，那狠劲儿，既令人不可思议，又令人不寒而栗。

流沙河称巫氏发言为《辣椒颂》，那是心酸的调侃，若是庄严一些，我觉得可以谓之《讨知识分子檄》或《论知识分子的顽固性》。说它是讨伐檄文，可于其狠戾杀伐之声中明显见之。它又是一篇关于知识分子所谓"顽固性"的微型论文。你看，它有论点——知识分子极坏，极可恶；有论据——知识分子如辣椒，极辣，怎么整治都辣；有论证的逻辑——一步一步，剥茧抽丝，细腻、周密。古有焚书坑儒，有文字狱，但坑归坑，杀归杀，却没有如此细腻，如此别出心裁的"整人论"。什么祖龙，什么清帝，比起巫氏这位小人物来，倒是真有些略输文采、稍逊风骚呢。

巫氏把知识分子比作辣椒，除了论证比喻的需要，也反映了他的一种心理定势，即实质上不把知识分子当人看。古有九儒十丐之说，儒尚列为人类；"文革"中之老九，则如梁漱溟所咏："古之老九犹叫人，今之老九不如狗。"巫氏视老九为辣椒，自然也是不如狗。狗乃哺乳动物，辣椒何物？

区区一草本植物也。

《辣椒颂》，若是从正面诠解，倒是很可以从中看出知识分子的骨气。你瞧，那辣椒凭你怎么整治，总是辣，这不很像知识分子的耿介不屈吗？虽然流沙河说自己已被整得像不辣的灯笼辣椒了，但从骨子里说，他何曾失去知识分子的传统风骨呢？《辣椒颂》使我油然想起了关汉卿的曲文："我却是蒸不烂，煮不熟，捶不扁，炒不爆，响当当一粒铜豌豆。"巫氏所摹画的辣椒，不是很像一粒铜豌豆吗？知识分子的传统风骨，不也很有一股蒸不烂，煮不熟，捶不扁，炒不爆的硬劲儿吗？

"文革"应当忘掉吗？不该忘掉！但也不是什么都不该忘，有些细节还是可以忘掉的。但像《辣椒颂》这样的细节，我以为是不该忘的。若是什么细节都忘掉了，"文革"也就忘掉了。

流沙河把写"文革"史称做写大、小《春秋》，我觉得说得极好。"孔子成《春秋》而乱臣贼子惧"，史乘的作用可谓大矣。当代的大小太史公们若能把"文革"的《春秋》写好，也会令那些眷恋"文革"，为"文革"评功摆好的人有所畏惧，甚至可能使他们回心转意，幡然改正。

"地保"们

　　闲翻自己旧时的日记，总是很有兴味的。我只零星地写过日记，所以日记本只好题作《隔三差五之记》。近日翻到日记里的一句话，引起了我一些杂想。

　　这句话是："'文革'中某些街道掌权者，可谓之新时代的地保，他们是欺侮、践踏弱者的人。"这句话是看完电影《红尘》后写下的，写时大概是觉得《红尘》里那个欺压从良妓女的街道干部很像地保。这个比喻，难说精确，但自感并未离谱且颇为形象。

　　"文革"中的街道掌权者，若论其善恶优劣，自然不可一概而论，但其中确有不少"左氏家族成员"，即极左思想严重者。他们的地位虽不高，但俨如一方土地之主，掌管着治下人们的吉凶悲喜，他们真像是旧时代的地保。

　　地保，古时又叫里正、亭长、地甲、保正，是替官家在基层办事的人。诸如水陆交通、治安、卫生、风俗、路尸、遗物、迷路小孩、邻里纠纷等等基层事务，地保都管。百姓往县衙告状，县太爷常批道，"着该坊地保理处"。

地保在老百姓面前是颇有威势的，敲诈勒索、欺压良善是许多恶地保的家常便饭。鲁迅《阿Q正传》曾写到地保欺负阿Q，地保骂道："阿Q，你的妈妈的！你连赵家的佣人都调戏起来，简直是造反。害得我晚上没有觉睡，你的妈妈的！"这个地保用的是标准的国骂，他对小民的欺压很有典型性。

钱钟书、杨绛夫妇在"文革"中曾饱受现代"地保"之苦。杨绛在《丙午丁未年纪事》里写了一个"极左大娘"，那真是活脱脱一个现代地保。她申斥钱钟书、杨绛的语言，比起骂阿Q的地保来，不但毫无逊色，而且更具有威慑力。杨绛如实记下了"极左大娘"的语录：

> 那位"极左大娘"还直在大院里大声恫吓："你们这种人！当心！把你们一家家扫地出门！大楼我们来住！"她坐在院子中心的水泥花栏上侦察，不时发出警告："× 门 × 号！谁在撕纸？""× 门 × 号！谁在烧东西！"一会儿又叫人快到大楼后边去看看，"谁家烟筒冒烟呢！"夜渐深，她还不睡，却老在喝问："× 门 × 号！这会儿干吗还亮着灯？"

这个"极左大娘"的话虽然不含有"妈妈的"之类的国骂，但经过"文革"的人都知道，她的话比地保骂阿Q要厉害多了。地保骂阿Q，不过是为了出口鸟气，并非真要办阿Q什么罪，但"极左大娘"的话，则极像清朝官吏问案时常说的"是何居心，不可细问"，是可以置人于死地的。所以，"极左大娘"的话更具有威慑力。

北京人艺排演的话剧《左邻右舍》中也有现代"地保"之类的角色，但比起杨绛所记的就显得艺术化了。杨绛用的是太史公之笔，写的是实录，记的是亲身经历。

"文革"中，我所在的街道也有一些现代"地保"，他们的龌龊行状三言两语是说不清的，我深深领教了他们的厉害。我结婚后，妻子竟也说起她所在街道上的"地保"之害，想来天下"英雄所遇略同"也。

"极左大娘"一类的现代"地保"，使许多本已在单位饱受摧残的人回到家中也不得安宁，加剧了他们的不幸，因之，"极左大娘"们是理应受到谴责的。但细究起来，他们也算是"左祸"受害者，是中毒较深者，他们的结局也往往并不美妙。杨绛说的那个"极左大娘"后来就挨斗了，据说因为"她先前是个私门子，嫁过敌伪小军官"。"文革"就是这样，你斗我，我斗你，搅做一团，这正是动乱的特产。

"极左大娘"一流人物，说来算是小人物，但作用却不可低估，他们有时甚至可以决定辖区内弱者的命运。这是特定时代赋予他们的能量。杂文家聂绀弩写过一首题为《柬钱》的诗，有句云："风云际会小人物，家国遭逢大是非。"这两句诗用在"文革"中某些小人物身上，是再合适不过了。

由"文革"中的小人物，我想到了应该给各色"历史小人物"写史作传的问题。

小人物，地位低微者也，然人物虽小，却常有可观者焉。不少小人物是与重要事件、重要事情连在一起的，他们参与创造历史的作用不可小觑。这些小人物，自然不能称为"历史人物"，但可以姑称之为"历史小人物"。

比如，齐桓公宠爱的易牙不过是个手艺不错的厨子，却在齐桓公死后乱国；小人物勃鞮提供了重要情报，使晋文公免除了被颠覆的危险；鲁迅的祖父周福清因"科场代人行贿罪"入狱，事发的起因只是一个叫徐福的跟班办事不力。这几个小人物就是"历史小人物"。

有眼光、有识见的史家、学人是不放弃记述"历史小人物"的。《左传》

里记载了不少这种小人物的史迹，有寺人、屠夫、阉人、庖厨、乐师、卜人、刺客等，多是有名有姓的。《史记》也记述了不少卑微的小人物，如《货殖列传》记载了卖羊肚儿浊氏、磨刀郅氏、卖浆张氏，这几个小人物成了经济史人物列传的传主。胡适是个大学者，他曾为一个名叫李超的被宗法制度压迫致死的普通女学生写过传记。这个女学生之死，典型地反映了宗法制度的弊害。

当代人比较注重以史笔记述小人物的，有张中行、孙犁、姜德明、陈苑茵等。张中行写的《汪大娘》，记的是一位在旗的女佣，红学家周汝昌曾极口称赞这篇小传对于了解旗人的历史很有用处。孙犁常写身边的小人物，如《老同学》、《觅哲生》等，从这些小人物的琐事中，能看到动荡年月在普通人身上打下的印记。陈苑茵的《乡曲之侠》写的是"文革"时一位敢于挺身保护"牛鬼蛇神"的小人物，使人了解到"文革"时在基层小人物中，不光有现代"地保"，也有侠肝义胆之士。姜德明曾写过《俗人小品》，记下了几位不寻常又引人深思的凡俗之人。

这类用史笔写小人物的作品还有一些，但总体来看数量较少。还有一类写小人物的文章，主要是用文学笔法来写的，数量虽不少，但算不上信史。

我觉得，当代史家和文化人应当重视为"历史小人物"写史。体裁和写法可以是多样的，反正也不是用于"宣付国史馆立传"。像张中行的《世说》笔法，杨绛的忆旧笔法，都是极好的。我看，"历史小人物"甚至应当主要靠这种野史来记述、流传。这种记录"历史小人物"的野史，恐怕并不比鲁迅称赞过的那种旧式野史的价值低。

论失眠的哲学基础

这里所说的失眠，可不是那种平常的、凡庸的失眠。那种神经衰弱的失眠，少年维特之烦恼的失眠，欧阳修枕上苦读的失眠，都是没有哲学基础的。那些失眠只有病理基础和心理基础，还没达到哲学的层次。

我要说的失眠则不然。这种失眠是有哲学基础的，是一种得了"道"的失眠。这种失眠，就是那种与"文革"一类政治运动有瓜葛的失眠。我管它叫"运动性失眠"。

这种失眠症，是我在读了一点运动史料之后发现的。据我掌握的"文革"史料，失眠是运动者们普遍患的一个病症，不论是运动的"正方"，还是"反方"，许许多多人都失眠得很厉害。

"正方"虽然居于有利地位，但因要罗织锻炼人罪，要将黑与白活生生地颠倒过来，便必须费些脑筋，伤些精神，于是便常常弄得"更筹细数"，"烛跋轻吹"，月亮也只好伴其到天明，"转朱阁，低绮户，照无眠"。

"反方"则因命运凶险而回肠九转，一肚皮"剪不断、理还乱"的哀愁，直如绝粒前的林黛玉，"心内一上一下，辗转缠绵，竟像轱辘一般"，"翻来复去，那里睡得着"？

失眠了，便服药，但效果极差，绝不像魏晋人服五石散那样，一服就灵。"文革"史料里常常这样记着：一晚要服两三次安眠药，一次少则一两片，多则四五片，但即便如此，也还总是辗转反侧，难以成眠。

何以"运动性失眠"如此普及，且成顽疾？原来，这种失眠不同凡响，道行不浅：它有哲学基础，它受着一种哲学的支配！什么哲学？"斗"的哲学。年年斗，月月斗，天天斗，斗倒，斗臭，斗垮。如此哲学，焉能叫人安眠！

"四匪"倒台，这种令人寝食难安的哲学随之匿迹。于是，"运动性失眠"不治而愈。中华大地上，政治清明，河清海晏，人们可以安安稳稳地睡大觉了。

肃掉"祸水"

张国焘分裂红军，投向军统，尽人皆知。但此人还是个革命知识分子的大灾星，则知者甚少。在鄂豫皖和川陕苏区，张国焘搞"肃反"扩大化时，竟处决了那里的几乎所有知识分子！

这可不是耸人听闻，而是毛泽民同志在《党内某些重要文件的读后感》一文中披露的真史。毛泽民此文，虽用"读后感"作标题，但实际是一份向共产国际提交的告状性质的汇报材料，是向共产国际揭露王明、张国焘和夏曦等人"左"倾错误和罪行的文件。名曰"读后感"，乃是一种自卫策略。此文现存于俄罗斯国家社会政治史档案馆，最近档案解密，此文遂为世人所知晓。

据徐向前等老同志回忆，在川北苏区，上衣兜别钢笔的，必须审查，"凡是读过几天书的，也要审查。重则杀头，轻则清洗"。还要看手上有无老茧，看皮肤黑白，以这些判断好人坏人。张国焘本人其实也是读书人，还是名校北大的学生，兜里也别钢笔，手上也无老茧，但他对知识分子却视为异类，下手极狠。

更怪异的是，如果女红军谁长得漂亮，也大成问题。肖华将军的夫人王新兰有个妹妹叫王新国，被张国焘一伙杀掉了，据《同舟共进》的一篇文章载，"杀王新国的原因是：她长得太漂亮了，白皮嫩肉的，一看就是个地主资产阶级家庭混进革命队伍的千金小姐，不'肃'掉不放心"。

在张国焘们的眼里，知识分子是祸水，人长得漂亮也是祸水，手上没老茧不行，人长得漂亮也不行，都可疑，都有问题，这就是张主席国焘的阶级分析法。

人长得漂亮便可疑，便被肃掉，这种荒唐悲剧，并非只发生在张国焘治下，三十年后竟又在"文革"中还魂重现。

严凤英之死便与其相貌美丽大有关系。严凤英曾控诉过在旧社会受过坏人凌辱，造反派非但不同情，反而辱骂她："你主要罪恶根源是，谁叫你长得那么漂亮？""谁叫你唱'淫词'黄梅调的！""那些国民党军官、地痞流氓虽说枪毙了，但在某种意义上说，他们也是受害者，受了你的害！你拿黄梅调害了他们，你要不是女的，长得不漂亮，不在台上唱戏，他们想得起侮辱你、迫害你吗？"这一连串的辱骂、质问，何其无理，又何其混账，完全是政治流氓口吻。那个党内大奸康生也曾诬指一位女干部说："你长得那么漂亮，能不是特务？"这就是号称"肃反专家"的康生的逻辑，既荒唐又歹毒。

"左"毒与封建遗毒，看似两极而实则近之，经常搅在一起害人，祸国。"红颜祸水"，"女人不详"，这些极陈腐的封建观念，居然能披上"革命华衮"而大行之，岂不怪哉悲哉！封建遗毒之大发作，至此臻于极矣。然亦不足怪，"左"臀上常见"旧的封建纹章"，实乃规律也。

　　鲁迅先生一生挖封建老根,"红颜祸水"也在先生的锐利目光之下。在《阿Q正传》中,在写到阿Q对小尼姑动手动脚之后便因此而睡不安稳时,点评道:"即此一端,我们便可以知道女人是害人的东西。中国的男人,本来大半都可以做圣贤,可惜全被女人毁掉了。商是妲己闹亡的;周是褒姒弄坏的;秦……虽然史无明文,我们也假定他因为女人,大约未必十分错;而董卓可是的确给貂蝉害死了。"对于这种一出坏事便怨恨女人的男人,鲁迅先生有句精到的评语,称之为"真是一钱不值的没有出息的男人"。

　　比照一下鲁迅先生的话,那些满脑子封建意识,总想肃掉所谓"红颜祸水"的"左爷"们,不正是这种不值钱、没出息的男人么?

楚庄王与邢团长

怎样对待敌军尸体，也有野蛮与文明的分野，也有是否遵守武德即战争伦理的问题。侮辱敌尸，乃是一种违反战争伦理的野蛮行为。最近美军士兵往敌尸上撒尿便是这种野蛮行为。美国防部长表态要严惩这些士兵。

侮辱敌军尸体，是人类一种很古老的野蛮行为，随着人类文明的演进和战争伦理的普及而逐渐减少。我国古代对待敌尸有所谓"京观"法，即胜利一方为炫耀武功，把敌尸聚集起来，封土而成为高冢，让人参观，称为"京观"。绝高为京，如阙一样的高台为观。用现代眼光看，这是带有侮辱性质的。

《左传》记载，楚军战胜晋军后，有人想把晋军阵亡者筑为"京观"，楚庄王不同意，认为死者都是为自己国君尽忠，筑为"京观"不合武德，遂下令将晋军阵亡者妥善埋葬。不合武德，用现在的话说，就是不符合战争伦理。楚庄王可算是制止侮辱敌尸行为的一个先驱。

"京观"之外，古时还有"馘法"，即割掉敌尸耳朵以记功，也带有辱尸的性质。有资料说，直到解放战争时期，有的国民党部队仍用此法记功。

文明之师是不允许侮辱敌尸的事发生的。有部电视剧有个情节：我军有个战士出于激愤用枪托猛打敌军尸体，受到首长的严厉批评。这个情节反映了历史。

参加过金门战役的我军战士赵保厚，写了一本《金门之殇》，记录了他亲历的一件事：

邢团长是一个有着钢铁性格的首长，又是仁慈善良、博爱生命的长兄。相比之下，那时我是多么的年幼无知呀！记得一次战斗结束，在连续抢救了几个重伤在身、惨不忍睹的伤员后，我心痛战友，痛恨敌人，抄起一支枪向着一个敌军军官的尸体"砰砰砰"就是三枪。这情形恰巧被邢团长看到了："小赵子，你混蛋！"这是他第一次骂人，而且骂的就是我，"他活着是敌人，你必须拿起武器；现在敌人被打死，就成为战场上不幸的人，我们要埋葬他，而不能像蛮匪一样再侮辱他。"

金门战役，我军惨败，损失9 000人。邢团长叫邢永生，是攻打金门岛的224团的团长兼政委，后被俘，又英勇牺牲。赵保厚后来也被俘。我军是威武之师，又是文明之师，这在刚强而又善良的邢团长身上有完美的体现。"侮辱敌尸是蛮匪行为"，邢团长这句话，反映了我军在敌尸问题上的伦理观念。

不许侮辱敌军尸体，可以说是不许虐待俘虏的延伸。这是对人类尊严的尊重，是人道主义价值观的体现。

为帅之大忌

掌帅印者决不可粗暴心躁。此弱点，常人可以有，为帅则为大忌。

斯大林，伟人也，但也有严重缺点，粗暴乃其中之一。因为有此缺点，列宁认为他不适宜担任总书记一职。列宁的原话是：

斯大林同志太粗暴，这个缺点在我们中间，在我们共产党人相互交往中完全是可以容忍的。但是在总书记的职位上就成为不可容忍的了。因此，我建议同志们仔细想个办法把斯大林从这个职位上调开，任命另一个人担任这个职位。这个人在其他方面同斯大林一样，只要有一点强过于他，就是较为耐心，较为谦恭，较有礼貌，较能关心同志，较少任性等等。这一点看来可能是微不足道的小事，但是我想，从防止分裂来看，从我前面所说的斯大林和托洛茨基的相互关系来看，这不是小事，或者说，这是一种可能具有决定意义的小事。

这些话见于列宁病重时口述的《给代表大会的信》。这是一封具有政治遗嘱性质的信。除了这封信中列举的斯大林的缺点外，列宁还批评过斯大林爱发脾气、太急躁。

斯大林是怎样"太粗暴"的？一事便可说明：他竟粗暴地辱骂过列宁的妻子克鲁普斯卡娅，以至列宁要与他断绝关系。斯大林曾在一本赞誉杰出统治人物的"格言词典"上批注过一句话："让人畏惧比让人爱戴好。"这真是令人心惊的话！由此可知，斯大林不仅性格粗暴，还以粗暴为武器，为治具。列宁认为，作为领导人，必备的品质是"较为耐心、较为谦恭，较有礼貌，较能关心同志，较少任性"，而绝不是斯大林那种粗暴和急躁。

蒋介石的性格也很暴躁。有评论家据此断定蒋的城府其实并不太深，所以不是合格的领袖。蒋介石本人也深知自己这个缺点，经常自我警示，如在1940年12月6日日记里写道："心燥性急，态度傲慢，殊非领袖群伦之道，应切戒之。"于此，可推想蒋氏平时粗暴心躁之状。唐人《金陵春梦》有个广为人知的描写，说蒋介石经常骂"娘希匹"。虽然有人著文辩称蒋骂人并不用此语，但结合蒋氏的日记看，这一描写确也反映了蒋介石的粗暴性格。

诸葛亮安居平五路，大帅胸中百万兵。为帅者必须沉稳大气，不能心躁。陈云同志有名言云："迈方步，思考些战略问题。"说的就是主帅的气度和风貌。主帅是管战略的，所以，绝不可心躁。

爱国不分贵贱

　　妓女救学生，《金陵十三钗》这个核心情节，是否真实？从网上披露的《魏特琳日记》等材料看，并无什么可靠的史料可以证实这一点。但如果从历史上确有一些"节妓"、"义妓"有爱国行为和救人义举这一点来推导，也不能说十三钗的故事全无一点历史根据，但这个根据只是逻辑性的，而并非直接的史实。

　　历史上的妓女，不少是只卖艺不卖身的，所以，古代文献里妓女又写作"伎女"。在中国历史上的一些剧变时期，特别是在易代之际，曾出现过一些在民族大义上有节操的妓女，她们便是所谓"节妓"。

　　抗金英雄梁红玉，出身营妓，梅兰芳在京剧《抗金兵》中扮演的主角就是梁红玉。《桃花扇》中的李香君是秦淮名妓，其民族气节令复社领袖侯方域汗颜。柳如是也是秦淮名妓，民族气节令东林党首领钱谦益汗颜。陈寅恪写了巨著《柳如是别传》，借以表彰我民族"独立之精神，自由之思想"。京城名妓小凤仙帮助蔡锷逃脱，为云南反袁起义立了一功。赛金花在瓦德西面前说过好话，多少减轻了一些京城百姓的痛苦。

向忠发一被捕即叛变，供出了与自己的姘妇杨秀贞住在一起的任弼时夫人陈琮英，特务随即逮捕了陈琮英、杨秀贞二人，并严刑拷问。杨秀贞的职业是妓女，她是知道向忠发的中共总书记身份的，但审讯初始时她并没有说出来，还是向忠发出面让她说实话的。周恩来得知了这一情形后说：向忠发的节操还不如一个妓女！

淞沪抗战时，上海妓女同其他市民一样全力支援十九路军，报纸评曰："妓女亦爱国，可见此战感人之深矣。"日军攻占许昌后，一些妓女被汉奸送往日本宪兵队，一个叫巩素云的女子跳车自杀，誓死不侍奉日军。郁达夫叹曰：谁说商女不知亡国恨，试看汉奸卖国，妓女却不肯辱身，其间相去岂止泾渭不同！

董竹君女士曾是青楼"清倌人"，即卖艺之伎，后来结识了革命党人，又成为上海锦江饭店的老板，她曾连任七届全国政协委员。

妓女有爱国心，有救人义举，并不奇怪。她们也是祖国的儿女，也有普通人的情感。她们虽然身份卑贱，是一群被侮辱与被损害的人，但爱国从来是不分身份的贵贱的。对她们的爱国行为，应当给予肯定。这不仅是对她们的公正，更是对历史的尊重。

谈文化

别冷落了墨家

儿家、佛家、道家，这些年都挺红火。孔圣人有了传薪火的新儒家；老派的禅宗语录走俏以外，又风靡起新式的谈禅小品；道家的养生术、房中术更是走进了人们的家庭、卧室。墨家呢？却很孤寂。研究者少，著述也少，不成气候。墨家有些被冷落了。

古时候最先冷落墨家的是刘彻皇帝，墨家是他罢黜的百家之一。在此之前，墨家与儒家是并称显学的，墨子也如孔子一样，是个大名人。罢黜百家之后，墨学就绝灭了。虽然近代略有复兴，但元气终未复原。

墨家的被冷落，是中国文化的一个损失，因为墨学中有许多精华。这些精华如果对照现世的一些世风来看，就尤其显得珍贵。

"摩顶放踵，利天下为之"，是墨家精华中最伟大的一项。这是一种不畏劳苦，舍身救世的献身精神。中华民族素以刻苦耐劳著称，此为中国人的国民性之一。在塑造这种国民性的过程中，墨家的摩顶放踵精神起了重要作用。梁启超在日记中写道："吾所见社会主义党员，其热诚苦心，真有令人起敬者。墨子所谓强聒不舍，庶乎近之矣。"强聒不舍，就是拼力宣传自己的主张，这实际是"摩顶放踵，利天下为之"的精神的表现。梁启超的话，反映了社会主义者与墨家精神的某种联系。周恩来勤苦至极，忘我至极，在他身上很有些墨家摩顶放踵的影子。

摩顶放踵意味着吃苦，这对于趋甜的今人来说是否还有价值？我想是有的。事业总是需要苦干的，甜也总是在苦之后才味道更浓。可以说，摩顶放踵的精神有永恒的价值。谁都有个人利益，只要谋求方式正当就好，但"利天下为之"则是最高尚的行为。

墨家富有急人所难、见义勇为的精神，所谓"墨翟之徒，世谓热腹"，"墨家之徒，专务救人"。墨子本人的侠气很重，他教育出来的三百弟子皆可赴汤蹈火，急人所难。中华民族是富有侠义精神的民族，墨家是这种精神的主要塑造者之一。《水浒传》继承了墨家的侠义精神，鲁迅说中国社会有"水浒气"，其中也就包括了侠气。习语所谓"路见不平，拔刀相助"，推其源也该上溯到墨家的侠举。民间刘慧芳式的侠气，也很有点墨子之徒"热腹"的余韵。

与墨家"热腹"、"专务救人"相对的，是看客现象，即袖手于危难之际，作壁上观。看客现象古今皆有，然似乎于今为烈。可见墨家的侠义精神没有过时。

中国古人有不重视科技的风气，甚至称科技产品为"奇技淫巧"，墨家是中国古代最重科学的一个学派，犹如鹤立鸡群。墨子本人是科技家，蔡元培把他比作古希腊的亚里士多德。《墨经》包含了大量的科学思想，李约瑟对墨家"悉心于科学方法"的精神极为推崇。墨学中绝以后，中国的科技备受压抑。倘若墨学绵延未绝，中国的面貌定会是另外一个样子，中国贡献于世界的也绝不只是四大发明。

"开封有个包青天，铁面无私辨忠奸"。包公之前，更早的公正执法者还有墨家。墨子主张惩罚罪人不分亲疏。墨家巨子腹䵍的儿子杀了人，秦王令法官宽宥之，腹䵍则按墨家"杀人者死，伤人者刑"的法条，坚决把儿子杀掉。墨家这种公正执法精神,很有些"在法律面前人人平等"的味道。包公固然应该推崇，但也别忘了墨家。

墨子平生"最贵实行而不尚空言"，这正契合今人推崇的"少讲空话，多办实事，言行一致"的精神。墨子称言而不行为"荡口"。他的一个学生学成后便"战而死"，他说这才叫好学生。儒家、道家在实干方面都不如墨家，老子尤其常徒作大言。想当实干家的人，应当崇墨子，远老子。

对照时下世风中的积弊，墨家还有许多思想值得弘扬。对于争奢斗富的奢靡风气，墨家的节用思想值得弘扬；对于不思自强的惰性心态，墨家"强力而为"的思想值得弘扬；对于封建等级观念，墨家主张平等的思想值得弘扬；对于空谈义理的迂腐气，墨家重功利的思想值得弘扬；对于算命迷信之风，墨家非天命的思想值得弘扬；对于武大郎开店，墨家尚贤才的思想值得弘扬。

对于国人思想的影响，墨家自然远不如儒家强劲，但在思想史上，墨家的价值却不可低估。对此，识家多有论断。章太炎为使墨学复活，曾引西方逻辑学及心理学解《墨经》，梁启超赞曰，"其精绝处往往惊心动魄"。鲁迅曾做历史小说《非攻》，颂扬墨子劳形尽虑，为民奔走的精神。鲁迅有一段名言："我们从古以来，就有埋头苦干的人，有拼命硬干的人，有为民请命的人，有舍身求法的人……这就是中国的脊梁。"墨子在《非攻》里就是被作为中国的脊梁来歌颂的。

文史家、新闻家曹聚仁对墨家精华也非常推崇。他说，墨学不独"富有现代科学精神"，而且"墨子那种摩顶放踵，利天下为之的舍身救世精神，比耶稣、释迦都伟大些"，他还夸赞说："墨家师徒，都是社会革命的战士！"毛泽东对墨子哲学非常看重，称墨子是"古代辩证唯物论大家"，是中国的"赫拉克利特"。赫拉克利特是古希腊唯物主义哲学家，辩证法的奠基人之一。

文化界曾有人提出，应当把儒家精华与马克思主义结合起来，以创建当代中国的精神文明。这话似未说完全。实则不只是儒家精华，也应当包括墨家精华，包括一切传统文化的精华。

墨家是值得重视的。冷落墨家是不明智的。别冷落了墨家。

谈《冯小青》

历史是个多层多面体。人的心灵、心理的历史，即心史，是这个多层多面体的一个极重要的深的层面。不探究人的心史，就不能全面、深刻地认识历史。钱穆先生在《现代中国学术论衡》里写了一句精到的话："非通古人之心，焉能知古代之史？"道出了探究古人心灵的重要性。

《冯小青—— 一件影恋之研究》，是潘光旦先生写的一本很有名的书。我认为，这是一部卓越的探究古人心史的著作。此书写于 20 世纪 30 年代，曾经受到过梁启超先生的激赏。梁先生在阅读此书初稿后写了以下评语：

> 对于部分的善为精密观察，持此法以治百学，蔑不济矣！以吾弟头脑之莹澈，可以为科学家；以吾弟情绪之深刻，可以为文学家。望将趣味集中，务成就其一，勿如鄙人之泛滥无归耳！

激赏之意，洋溢在字句之间。特别是对潘光旦本人，更是欣赏有加。

评语首句"对于部分的善为精密观察",是对潘光旦以精密之法所做的微观研究的高度肯定;而这一微观研究的对象,正是古人的心史。

中国妇女的被压迫之深重,在世界范围内也是相当突出的。这可以从我们以往读过的许许多多的"女性史"、"娼妓史"、"小妾史"之类的著作中看出来。从这些书里,我们了解到大量的诸如缠足、守节、卖身等妇女受压迫的史实。但是,这些书都有个不足之处,就是大都缺少对于妇女受压迫时的心理的揭示。所以,总使读者难以体察到妇女在心灵上究竟被摧残到了什么程度。

如果有学者写一本书,从心理学角度对中国妇女的心灵被摧残、被扭曲的状况做一探究,则必能有助于深切体察中国妇女所受压迫的深重程度。《冯小青》就是这样一本书。书中运用现代心理学方法,通过剖析明末女子冯小青的性心理变态,将中国古代妇女心灵被严重扭曲的惨痛事实凸现在我们面前,使我们清晰地窥见到封建制度对于妇女的严重的精神摧残。

《冯小青》的研究对象,虽然只是一件影恋个案,但它是整个中国妇女之心灵痛史的一个典型。这件个案,这项研究,这本书,都具有典型意义。

冯小青是明末的一个才女。她为人妾,备受欺凌,形单影只,只好把自己的影子作为恋爱对象。她常常临池自照,絮絮叨叨如二人问答,发现女奴窥视便中止絮叨,脸上则现出凄怆之色。她做诗云:"瘦影自临春水照,卿须怜我我怜卿。"道出她与影子之间缠绵缱绻的感情。如遇有病不能临池,便以镜代池,对镜流泪。最后忧伤而死。

对于冯小青的这些表现,潘光旦运用弗洛伊德的精神分析法及性发育观的学说,以及英国学者霭理士关于影恋的学说,进行了剖析,指出冯小青的表现乃是一种性心理变态,这种变态即自我恋,影恋;影恋是自我恋的极致。又指出，冯小青所以发生影恋，直接原因是她遭遇不幸后精神郁结，性压抑；社会原因则是封建社会对妇女的恶劣态度：道学家以女子为不祥，庸俗文人以女子为玩物，一般人对女子不谅解。

冯小青的病态，潘光旦的精密分析，的确让我们领略到了古代中国妇女所受精神压迫的严重程度。

潘光旦的这件"影恋之研究"，还有一层重要的学术意义，就是为我们提示了一种研究方法，即：通过对古人的心理学的研究，考见古人的心理，从而加深对古人和古史的认识。

这里所说的古人心理，分为两种：一是社会心理，不实指某个人；一是实有历史人物的个人心理。考见前者，可以借助的材料较多，如历代政论、文集、小说、宗教经典等。考见后者则不大容易，因为历代史书重记事，轻记心，诚如郭老在《历史·史剧·现实》一文中所言，"古人的心理，史书多缺而不传"。如果说，《史记》中还有少量反映人物心理的记载的话，如陈涉所言"燕雀安知鸿鹄之志"，反映出他豪迈向上的心理，那么到了《清史稿》，就几乎见不到什么记述人物心理的文字了。所以，欲了解古人的心理，就必须下力气寻找有关资料。这种资料，主要来自古人自撰的文字，如诗词、书信、日记等。

诗言志，诗为心声，诗词往往能明显地反映出作者的心理。岳飞写的"怒发冲冠"，李清照写的"凄凄惨惨戚戚"，都是其心理的真实写照。潘光旦考见冯小青的性心理变态，就甚得力于冯小青的诗作，如上引"瘦影"句，即为判定冯小青患有影恋心理的重要证据之一。

书信，多是写给熟人看的，故较少故作姿态，一般都能直抒胸臆，所以也是考见古人心理的重要资料。潘光旦考出冯小青影恋的表现之一是以镜代池，对镜流泪，其主要依据就是冯小青写的一封信，信中云："罗衣压肌，镜无干影；朝泪镜潮，夕泪镜汐。"

日记是倾吐心曲的园地，尤能反映作者的内心世界。如晚清大名士李慈铭咸丰十年五月初七日记云："余谓今日有三事最难得，夏日得雨，都中得闲，京师尘埃中得小园林。"反映出李慈铭对京师红尘扰攘的厌烦心理。又如鲁迅先生1917年正月二十二日记云："旧历除夕也，夜独坐录碑，殊无换岁之感。"反映出先生在除夕之夜的一片爆竹声中宁静淡泊、沉潜思虑的心境。可惜没有冯小青日记，若有，我们便会窥见她更多的内心世界。

反映古人心理的资料，当然不只诗词、书信、日记，还有其他一些文字。这些资料常被编入作者的文集。冯小青写的诗词、书信就被后人编成集子，取名《焚余》。欲探究古人心理，必须读古人文集。掌握了反映古人心理的资料以后，还要对其做科学分析和恰当解说，这就需要运用心理学理论。潘光旦对于冯小青心理资料的分析，便是一个运用心理学理论，科学地分析古人心理资料的范本。

冷雾曾遮溱潼月

　　蒋鹿潭这个名字，对我来说，前不久还是完全陌生的。一天晚上，史学家王春瑜先生来电，邀我同他一起去泰州溱潼镇，参加蒋鹿潭的水云楼重建落成仪式，我却浑然不知蒋鹿潭为何许人。经王先生解释，我才知道，蒋鹿潭是晚清的一位大词人，在清代词史上居于殿军位置。但说到蒋鹿潭的名字，由于我的寡陋，加之王先生的建湖口音，他说了几次，我都写错了，最后是查了词学家夏承焘编的《金元明清词选》，才写对了这位词人的名字，并弄清了他的一些概况。这是我初识这位陌生的大词人时，遇到的一点尴尬。

　　蒋鹿潭名春霖，鹿潭是他的字，世人出于尊敬，多以鹿潭相称。他是清代咸同年间人，籍贯江苏江阴，少时便以诗才出名，曾登黄鹤楼赋诗，一时有"乳虎"之目。他一生落拓不得志，虽有才学，但只做过几年盐场的小官。丢掉官职后，靠着盐商和友人的接济，住在泰州溱潼镇的水云楼中读书、写作。中年过后不再写诗，专事填词，存世的一百零六首词刊刻为《水云楼词》。

　　溱潼，是一个烟水拥抱的苏中小镇，水云楼就建在镇上一处四围皆水的小渚上。乘着镇政府建造的画舫，在潋滟的湖光中，我与王先生一起来到了水云楼前。复建的水云楼，巍峨、端庄，又透着娟秀，楼前的蒋鹿潭铜像，儒雅中带着洒脱之气，目光中却现出一丝忧郁。参加落成仪式的百余名文化界人士，伫立楼前，仰望铜像，一片肃穆、景仰的气氛。我凝望着艳阳下的水云楼，既有喜悦，又有怅惘，喜的是旧物光复，怅惘的是旧物无存，那可是一座明清时代的苏中名楼啊！可惜"文革"中被一些无知而又蛮横的当道者下令毁掉了。

　　水云楼词在文学艺术上有着极高的成就，识者将其与清代另一伟大词人纳兰容若并称，赞为"词学巨擘"。夏承焘先生曾写诗评论水云楼词："兵间无路问吟窗，彩笔如椽手独扛，常浙词流摩眼看，水云一派接长江。"称蒋鹿潭的词笔为如椽大笔，赞水云楼词与不废长江同在，评价可谓甚高。红学家冯其庸先生对蒋鹿潭及词作均有深入研究，著有《蒋鹿潭年谱》，这次复建的水云楼，即由他题匾。冯先生对蒋鹿潭及其词作也评价甚高，称蒋为"有清一代的伟大词人"，认为水云楼词"在中国词史上，应占有重要的一页"。水云楼的楹联，也是冯先生题写的，从中也可见他对词人的推重："云水苍苍，蕴天地浩然之气；兵戈扰扰，育乾坤百代词人。"

　　落成仪式结束后，我有幸得到了一部根据蒋氏自藏本印制的线装《水云楼词》，上面钤有蒋鹿潭印，还有冯其庸先生的"瓜饭楼藏书印"，函装一册，古朴淡雅，令我摩挲把赏不已。翻览之间，感到一缕哀怨婉约而又深沉旷远之气溢出纸面，吟味再三，仿佛看见了鹿潭先生清癯的面容和忧郁的眼神。"芳草闲门，清明过了，酒滞香尘。白棟花开，海棠花落，容易黄昏。　东风阵阵斜醺，任倚遍红阑未温。一片春愁，渐吹渐起，恰似春云。"这首写春愁的《柳梢青》，既有李煜、李清照的风致，又自铸伟词，别具一格，特别是末句，将人的愁绪喻为渐吹渐起的春云，既入微，又贴切，真是神来之笔。水云楼词堪称绝妙好词，但大陆却迄今没有印本，若想看全词，只有港台本，但却极难觅得，因此，我手中的这函线装《水云楼词》，就显得格外珍贵了。

在溱潼之行的这几天里，我脑海中总是回旋着这样几个问题：蒋鹿潭，这样一个被识家冠以"伟大"称谓的词人，怎么就会长期湮没无闻，姓名不彰呢？水云楼词，这样的绝妙好词，怎么就没有出版社刊印呢？水云楼，这么好的名楼胜迹，怎么就给拆毁了呢？我感到深深的疑惑。向王春瑜先生请教后，才知道了个中原委。原来，由于《水云楼词》中有对太平天国不够恭敬的微词，蒋鹿潭便被戴上了"反对太平天国起义"的帽子，其人其词便被打入另册，湮没不彰了。蒋鹿潭这个名字，不仅对我来说是陌生的，对于词学界外之人，恐怕大都是闻所未闻的。这就是阶级斗争年代对蒋鹿潭进行政治审查造成的结果。

或问，蒋鹿潭是怎样"反对太平天国起义"的呢？这就须细细审读一下《水云楼词》了。全词分为上下两卷，共一百零六首，我查检一遍，确实发现了几处对太平天国不够恭敬的字样，可以算是罪状了。

如《虞美人》小序云："金陵失，秦淮女子高蕊，陷贼中数月，今春见于东淘，愁蛾蓬鬓，不似旧时矣。"说的是太平军攻陷南京后，一个叫高蕊的女子被困城中，后与词人见面时头发蓬乱，一脸愁容，已无往日风采了。这个小序的错处，在用了一个"贼"字，其他字样则并无不妥。那么，词本身的内容又如何呢？"风前忽堕惊飞燕，鬓影春云乱。而今翻说羡扬花，纵解飘零犹不到天涯。 琵琶声咽玲珑玉，愁损歌眉绿。酒边休唱念家山，还是兵戈满眼路漫漫。"首句的"惊飞燕"，说的该是飘零女子高蕊了，接着就是描摹这个弱女子在战乱中的惶然流离之貌，这些当然都无不妥；涉及到太平天国战争的字样是"兵戈"二字，但词人对于"兵戈"的吟咏，都是出于家乡之念，出于渴望安宁之思，也并无什么不妥。

总体看来，这首《虞美人》，最大的问题，就是用了一个"贼"字，这确是对太天平国不恭的字眼。类似这首《虞美人》的词作，《水云楼词》中还有三四首。

但是，就凭这样几首词作，就该把蒋鹿潭打入另册，把《水云楼词》一笔抹杀吗？我期期以为不可。理由有几条。

太平天国时期，国家处在战乱之中，许多老百姓背井离乡，颠沛流离，吃尽苦头，像蒋鹿潭在词中所写的弱女子高蕊，便是这众多离乱人中的一个。蒋鹿潭同情这些因战乱而飘零无助的弱者，代他们表达出对兵戈扰攘的不满和对和平安宁的渴望，这有什么不可以呢？难道非要他去参加太平军，或是像范文澜、罗尔纲一样，欢呼太平天国战争才行吗？蒋鹿潭因埋怨战乱而称太平天国为"贼"，也是可以理解的。因为这种说法是当时的主流意识形态，是政府语言、流行语言。其实他本人与太平天国并无宿怨和过节，使用"贼"字，不过是在用流行语言表示对兵戈扰攘的不满。当时许许多多受到战乱扰害的老百姓，恐怕也都会按照清政府的说法，把战乱的责任诿之于太平天国的，蒋鹿潭自然也不例外。

或问，这些老百姓，包括蒋鹿潭，对于太平天国的看法究竟对不对呢？应当说，不大对。但是，应当明白，蒋鹿潭并不是共产党，他是不懂得阶级分析和阶级斗争的。此其一。

即便蒋鹿潭对太平天国的认识有偏差，也不宜因此抹杀他的全人和整个词作。试问，我们能因为岳飞镇压过农民起义就否定他是伟大的民族英雄吗？能因为王阳明曾"破山中贼"而否定他是伟大的哲学家吗？当然不能。蒋鹿潭也如是。此其二。

不应以太平天国划线，搞"凡是"，即认为凡是说太平天国好话的必是好人，凡是对太平天国有过微词的必是坏蛋。太平天国作为一个历史事件，内涵极为复杂，优劣功过杂糅，极难辨析，今人尚且论断不一，纷争不已，怎么能要求蒋鹿潭这个百余年前的清朝士人必须科学地评价太平天国呢？此其三。

即便真是称太平天国为"贼"称错了，也不过是笔伐了一下，发表了一下言论，对太平天国并无多大危害，因此不应当据以定为政治罪、言论罪。实际上，蒋鹿潭的诗作所表现的主要情绪，是悲天悯人，是求做太平犬而已，而决没有要与太平天国分庭抗礼，为敌做对头之意。冯其庸先生说得好，"因为蒋鹿潭身处太平天国时期，所以他的词作真实地反映了太平天国时期的战乱，反映了人民的疾苦和灾难。"我想，认识水云楼词与太平天国的关系，主要应该从词作反映了当时的历史面貌和人民的疾苦这个角度去考虑。这也是水云楼词的最大特色。此其四。

让世人感到陌生的蒋鹿潭，随着溱潼镇水云楼的重建落成，必将逐渐为人们所熟悉。反思一下蒋鹿潭之所以长期湮没不彰的原因，究诘起来，根子就在一个"左"字，即以"左"的政治思想，以"左"的评价历史人物的标准，来看待蒋鹿潭。我曾猜想过，蒋鹿潭作为词学的大内行，是深知自己的水云楼词的重大价值的，他一定会认为自己亡故后，词作必定流布天下，但他何曾会料到，绝美的水云楼词竟会遭到"左"倾政治的冷遇。但终究还是他想的不错，水云楼词毕竟会如夏承焘先生的诗句所说，是要与不废的长江同在的。水云楼的重建，就标志着蒋鹿潭和他的词作又重新为世人所肯定和推重。

　　溱潼之行，我与王春瑜先生都感慨系之，遂各赋七言诗一首，以记此行。王先生诗云："家山念破水云旁，愁对烽火写衷肠。劫后名楼今又见，鹿潭魂归话苍凉。"我写的是："出水入云百尺楼，绝妙好词画吴钩。冷雾曾遮溱潼月，争奈大江万古流。"

又见造神

览报,西南地区某高校新立毛泽东特大雕像一座,高近40米,重达46吨,新闻照片上,一留影者高度仅与毛像之皮鞋齐。天府之国,向以乐山大佛炫世,今又添一新景矣。此像之高,可与毛主席纪念堂、人民英雄纪念碑相比肩,诚为神州毛像第一高也。

推倒“两个凡是”,造神之风渐颓,孰料弹指间,故态复萌,真不知今夕何夕。遥思新中国成立初,沈阳市曾有铸毛泽东铜像之议,毛泽东于请示函上批曰:“只有讽刺意义。”又批曰:“铸铜像影响不好,故不应铸。”领袖头脑甚为清醒。今再阅此批示,颇疑造此新像,亦“只有讽刺意义”矣。毛曾鼓励个人崇拜,以致有水井处皆有雕像。后毛晤斯诺,表露“讨嫌”之意,进而又有“你们在家睡大觉,让我(雕像)在外面风吹雨淋”(李先念传达)之幽默语。“文革”后,雕像锐减。今再铸此巨像,岂非拂逆最高指示乎?

校方谓,“塑毛主席像是大学传统”。此乃虚假无理之强辩。大学塑毛泽东像,仅为个人崇拜年代之特有现象,谈何“大学传统”?况塑毛泽东像乃当时社会共有现象，又岂止大学？姑且作"大学传统"论，然此"传统"优乎？劣乎？不言自明。小平同志八大曾作修改党章报告，力陈反对个人崇拜，新定十七大党章，更有"禁止各种形式的个人崇拜"之条文，莫非校方皆做耳旁风乎？

校方又谓，塑像是"为激发学生对民族精英的敬仰，激发爱国热情"。此又为似是而非，唬老百姓之诳语。民族精英多矣，岂可只夸大一人作用，只崇拜个人？列宁早有教导，政党由领袖领导，领袖乃一群体。小平、叶帅皆强调列宁此意。此唯物史观之常识。斯大林背离列宁教导，开个人崇拜之恶例，延及吾国，演为浩劫，教训至惨至痛也。领袖者，尊敬可，神化、迷信则不可，此乃马克思主义与封建主义之一大分野。所谓"激发爱国热情"，方法甚多，何须求助个人崇拜？以拜神法激励爱国，德、日皆曾行之，虽有效于一时，然结局甚糟糕也。

"为了打鬼，借助钟馗"，伟人慧眼之所见也。立此巨像，究竟意欲何为？吾百思而终未得解。当局者清，局外者迷，不猜也罢。闻建此雕像耗资竟达五百万元之巨，不胜惊诧。若将此款用于改善教学，或捐于民生之需，岂不善哉！当年佞人为领袖大盖别墅，至今物议不绝，实小人害我伟人也。今之智者能不警觉乎？

未庄评定是非的标准

阿 Q 在未庄虽然常"优胜",但赵太爷打他嘴巴却是平常事,而且,明明是阿 Q 挨了打,未庄的舆论却总是向着赵太爷,总是不加考量地认为:"错在阿 Q,那自然不必说。"原因何在呢?迅翁写道:"就因为赵太爷是不会错的。"

赵太爷不会错,阿 Q 便是错的,错了就活该挨打。这便是未庄的逻辑。赵太爷何以就不会错呢?《阿 Q 正传》里没有说明。但迅翁在一封信里做出了解释:"我们的乡下评定是非,常是这样:'赵太爷说对的,还会错么?他田地就有二百亩!'"原来如此!有田地就有理,田地愈多,理就愈足。其实,此类逻辑世间多矣。某某说的,还会错么?上边说的,还会错么?书上说的,还会错么?

斯大林写过一个批示,其中写到"爱情"一词时少写了一个字母。批示需要传达,怎么办呢?于是,主事者请两位教授在《真理报》上撰文,论证这种少写了一个字母的写法是如何的正确。于是,便有了如下妙文:"世

233

界上存在着腐朽没落的资产阶级爱情，以及健康新生的无产阶级爱情，两个爱情截然不同，拼写岂能一样？”文章的清样送给斯大林过目，谁知斯大林大笔一挥批道："笨蛋，此系笔误！"教授的逻辑是，斯大林写的还会错吗？少写了一个字母，是因为那当中蕴含着一种伟大的思想！

"文革"中，张春桥必欲定陈丕显为叛徒，但专案组调查后却没发现陈有叛变行为。张春桥怒曰："不可能，江青同志都宣布了，怎么不叛变？"也就是说，江青同志还会错么？还能瞎说么？她可是夫人！"两个凡是"其实也是此种逻辑：那可是伟大领袖说的，还会错么？

陈云同志主张不唯上、不唯书、只唯实。这极正确，极有胆识。何以要"不唯"呢？因为，上不一定就对，不一定都对；书，亦然，而且，书上即便本来说的是对的，但时空一变，情况一变，有的对的也就只是历史意义上的对了。

未庄评定是非的标准应该改一改。要知道，赵太爷虽然地多，但不一定言必在理。阿Q没地，却不一定都错。地多地少其实跟有理没理没有关联。要打破"地多崇拜"、"赵太爷崇拜"。最终，还是要看实践，要实事求是。

说 "宗吾"

　　"宗吾"这两个字出自李宗吾先生的名字。李宗吾是民国时期的四川大学教授、教育家、思想家、同盟会员。他写的《厚黑学》一书名闻天下。

　　我之所以要说一说"宗吾"这两个字，并非因为李宗吾创立了"厚黑学说"，而是因为"宗吾"这两字中包含着一种可贵的思想，而这种可贵思想又恰恰是我们的国民性中所缺乏的。

　　李宗吾原名李世楷，字宗儒，后来改字"宗吾"。何以要改叫"宗吾"？他自述道："儒教不能满我之意，心想与其宗孔子，不如宗我自己，因改字'宗吾'。这'宗吾'二字，是我思想独立之旗帜。"原来，这"宗吾"二字中，包含着一种与陈寅恪的"独立之精神，自由之思想"相仿佛的思想。这二字，实为李宗吾对自己所树的"思想独立之旗帜"的简明概括。李宗吾原本是尊孔宗儒的，思想并不独立，但他决心"宗吾"以后，便由以孔子的思想为思想，变成以自己的头脑来思考问题了。

　　他说："自从改字'宗吾'后，读一切经史，觉得破绽百出，是为发明

'厚黑'之起点。"这表明他发明"厚黑学说"与树起思想独立的旗帜有莫大的关系。对于《厚黑学》一书，世人评价不一，但都承认作者目光锐利，观察深刻，见解独到，一般读者也都能体味出作者抨击黑暗社会、黑恶势力的文心。

对于"宗吾"二字，我的解读是：尊重自己，相信自己，做自己思想的主人。传统的中国意识却不是这样，而是宗儒、宗圣、宗君、宗神、宗官、宗权势、宗老例，唯独不宗自己，不"宗吾"。韩愈有句名言："曾经圣人手，议论安敢到？"这是典型的宗儒宗圣而不宗自己的思想。若"宗吾"，便是"曾经圣人手，议论也敢到！"——管他什么天球河图、金人玉佛、三坟五典，两个凡是，就是要用自己的脑子想，要独立思考，要精神自主，要破除迷信，要解放思想。但"宗吾"绝非是妄自尊大，绝非老子天下第一。

立身行事，是否具有"宗吾"意识，结果是迥然不同的。

读书，若有"宗吾"意识，便能"读书得间"，见人所未见，得人所未得。

清代大儒戴震，幼年听塾师讲授儒典《大学章句》"右经一章"以下时，感到怀疑，便问道："何以知道这就是'孔子之言而曾子述之'呢？又何以知道这就是'曾子之意而门人记之'呢？"塾师答道："这是先儒朱熹夫子所注释的。"他又问："朱熹夫子是何时人？"塾师答："南宋。"他又问："孔子、曾子是何时人？"塾师答："东周。"他又追问："宋去周多长时间了？"塾师答："凡二千年矣！"他又追问："既然如此，朱子怎么会知道那么清楚呢？"塾师无法回答，唯惊叹这个生徒不凡。

戴震没有宗圣，没有迷信儒典，而是"宗吾"，用自己的头脑下判断，结果发现了儒典存在的大问题。后来，戴震成了大思想家，他提出的"以理杀人"的精辟思想深远地影响了后世。

写文章，若是有"宗吾"意识，便能驱遣六经都来注我，写出自成一格的妙文。明人张岱《快园道古》里有个叫季宾王的人说："我不怕杂，诸子百家，一经吾腹，都化为妙物。"此人很有点"宗吾"意识，"吾腹"便是他制作"妙物"的园地。清人袁枚说得更好："猎取精华，却处处有我在。"这更是自觉的"宗吾"意识。袁枚的无数妙文当皆受惠于他这种"宗吾"意识。

　　发明创新，"宗吾"意识就更不可少。历史上凡在学术、思想、科学、文化方面有创见的人，必定是"宗吾"者。明代哲学家陆象山说："自立自重，不可随人脚跟，学人言语。"这句话庄严而深刻，完全可以做具有"宗吾"意识的创新型学人的"学术宣言"。《太史公书》是司马迁为《史记》取的原名，意在表明这部书是我司马氏的一家之言，是与《孟子》、《荀子》一样的阐发自己思想主张的书。这一定名，也实导源于司马迁的"宗吾"意识。鲁迅是现代最具个性的思想家，他为中国人民提供了大量有重大价值的新思想。他一生"宗吾"，用自己的头脑想问题，按自己的想法写文章，走自己认定的天下本没有的路。

　　具有"宗吾"意识，能够帮助人冲破思想牢笼，破除各种迷信和盲从。革命家、新闻家恽逸群曾写过一篇反对个人迷信的名文《平凡的真道理》，其中写道：

　　　　五十年见闻中，有这么几个人物：一个据说是"从未犯过错误的"，叫饶漱石；一个据说"一贯正确"，叫林彪；一个是"天才的领袖"，叫陈绍禹；一个发明创造了两句口号："信仰主义，要达到迷信程度；服从领袖，要达到盲从程度"，叫做周佛海。为什么要提这些臭货？因为二郎神杨戬手中的照妖镜，是无价之宝哩！

　　此文若是作于今天，既不新鲜，也无风险，但此文是写于"文革"中的 1973 年，那时还是个人迷信盛行的年代！恽逸群之所以能写出如此雄文，无疑源于他敢于"宗吾"，敢于树起思想独立的旗帜，敢于弘扬在当时并不"趋时"的马克思主义的真精神。

　　一个知识分子，一个文化人，倘若没有"宗吾"意识，或是丧失掉这种意识，那是很可悲的。夏衍曾痛心于他在"文革"中丧失独立思考的勇气，成了"驯服的工具"。巴金更是痛心疾首地说，盲目崇拜使自己不用脑子思考，变成了任人宰割的牛。觉悟后的巴金，决意做自己头脑的主，于是随己意想，随己意写，终于写成一部力透纸背的《随想录》。

　　"宗吾"，常常是要付出代价的。明末李贽，反对封建礼教，倡平等，讲民本，是个"宗吾"意识极强的思想家。他说，"以孔子的是非为是非，就没有是非了"，他决心不宗孔子，而宗自己。结果，他生平坎坷，结局悲惨。他自述道："余唯以不受管束之故，受尽磨难，一生坎坷，将大地为墨，难尽写也。"他最终在黑暗势力的迫害下用剃刀自刎而死。我猜想，李宗吾的"与其宗孔子，不如宗我自己"，大抵是受到过李贽的影响和启发的。

　　中国的脊梁，正是李贽、鲁迅、恽逸群这样一些人。他们是真正的民族魂。他们给中国带来希望。

读读反迷信史

古时，乌烟瘴气的迷信充塞着整个社会，不迷信的人真如凤毛麟角。蒲松龄写了大著作《聊斋志异》，按说是个极明白的人，但其实他也是个迷信者，正如胡适所说："蒲松龄相信狐仙，那是真相信；他相信鬼，也是真相信；他相信前生业报，那也是真相信……这些都是那个时代的最普遍的信仰，都是最可信的历史。"的确，迷信是古人精神面貌的常态。

但是，古代也有反迷信的进步势力在，中国是有一部反迷信史、一部无神论史的。

反迷信如今又成了社会热点。这提醒我们应当重读一下反迷信史。读史使人明智，读反迷信史，可以得到反迷信的历史启迪。

试从九个方面来谈。

一曰，对迷信公行不可熟视无睹，必须加以反对。明末清初思想家黄宗羲面对神鬼喧嚣的时世，说过一句发人深省的话："青天白日，怪物公行，而人不以为怪，是为大怪。"公行之怪物，迷信也。他痛责见怪不怪，容忍

"怪物"的怪现状。如今，一些地方相士满街，卜书畅行，甚至搞"招魂术"，人们竟也见怪不怪了，这不正是黄宗羲所说的"大怪"么？

二曰，反迷信应该坚定无畏，勇于抗俗。孔子"不语怪力乱神"就是一种抗俗的勇敢行为。鲁迅称赞说："孔丘先生确是伟大，生在巫鬼势力如此旺盛的时代，偏不肯随俗谈鬼神。"东汉思想家桓谭，为反对受到皇帝支持的谶纬神学，多次直言忤上，"冒死复陈"。清人周树槐反迷信至死不渝，死前曾召集家人严辞安排后事："敢以巫俗待我者，非我家人！"这几位先贤都知道反迷信不易，因为迷信已成为风俗，抗俗是极难的事。但他们都横下了"反心"，桓谭甚至虽死无怨。今人反迷信，也该具有先贤们这种勇于抗俗的精神。

三曰，宣传无神论对破除迷信很有必要，也很有效。司马光因受范缜《神灭论》的影响而将"形既朽灭，神亦飘散"这一反迷信命题写入家训，又将《神灭论》最精彩的一段话插入了他不朽的史著《资治通鉴》中。800年后，原本迷信鬼神的少年胡适看到了《资治通鉴》所引的《神灭论》，由此变成了无神论者。他说："司马光引了这三十五个字的《神灭论》内容，居然把我脑子里的无数鬼神都赶跑了。从此以后，我不知不觉的成了一个无鬼无神的人。"

我年幼时也极怕鬼，怕坟地荧荧的鬼火，晚上怕听鬼故事。但后来从书上读到一些不怕鬼的故事，慢慢明白了世上根本就没有鬼，便胆壮起来，后来竟觉得自己有点像钟馗了。

四曰，反迷信的宣传，最需要既有救世热肠也懂得宣传技巧的宣传家。唐代学者吕才、清代学者颜元，就是这样的宣传家。吕才在阐发无神论时，很注意使用民众易懂的语言。颜元写反迷信文章，也很注意把文字写浅显，如他写道:"古人云'天地之性人为贵',我们在万物中做个人,是至尊贵的……便成个仙佛,也是人妖,也可羞。"吕、颜两人都怀有济世之志,都知道迷信者中的最大多数是下层民众,所以他们都很注意眼睛向下。他们这种济世精神和著文方法,值得今人取法。

五曰,反迷信要向民众普及"人造了神"这个最正确也最平凡的道理。早在元明之际,无神论者谢应芳就已有了人造神的观点,清人熊伯龙也认为神是人按照自己的形象塑造出来的。对照一下费尔巴哈所说的"人按照他的形象造神"和马克思所说的"人创造了宗教,而不是宗教创造了人",可知谢、熊二人的认识是多么可贵。

六曰,拆穿迷信把戏,证明鬼神之子虚,要讲究方法。古代无神论者常以归谬法和事实经验来驳斥之,论证之。熊伯龙说:"凡言神言鬼,姑勿辨其妄。就其说而诘之,其理必穷。"此即使迷信陷入自掘之陷阱的归谬法。清人袁枚用此法驳倒了相术所谓"手垂过膝是贵相"的谬说。他说,刘备虽手垂过膝而兴,但蜀王衍却手垂过膝而败,可见此说不真。熊伯龙又认为事实经验可以驳倒迷信,他说,"用事实可塞千古言祥瑞者之口"。这话很像一位现代科学家说的话:"拿有神的证据来!"

七曰,反迷信,既要扫除"骗子",也要教育"傻子"。反清革命家认为,迷信是"骗子"加"傻子"的产物。汉代思想家王充说,"愚人好求福",指出愚昧是迷信的根源。"骗子"者,"托鬼神以敛民钱者"也。"傻子"即愚昧之人。欲破迷信,一方面要扫除"骗子",一方面要开发民智,让"傻子"聪明起来。

八曰,破除迷信,必须弘扬科学。科学是迷信的天敌。宋代科学家沈括曾用气象学知识破除祈祷降雨的迷信。孙中山说,"科学的知识,不服从迷信"，并举出了科学克服迷信的例证："往昔电学不明之时，人类视雷电为神明而敬拜之者，今则视之若牛马而役使之矣。"

但有时迷信也会披上科学的外衣，如所谓"科学算命"。这真像是鲁迅所说的，"连科学也带了妖气"。

九曰，反迷信要有具体行动。西门豹治邺时，惩治为河伯娶妇的巫人，遂使巫风敛迹。曹操任济南相时，"除奸邪鬼神之事"，使得"世之淫祀由此禁绝"。

反迷信史是中国人民精神净化史的重要篇章，值得今人当做一面镜子经常照一照。

人兽之间一层纸

一

中国的骂人话，真是多样，近世以来出现频率最高的，恐怕就是"他妈的"了。鲁迅写过《论"他妈的"》一文，称这句詈语为"国骂"。由"他妈的"，鲁迅又谈到古籍中出现过的骂人话：

> 这"他妈的"的由来以及始于何代，我也不明白。经史上所见骂人的话，无非是"役夫"，"奴"，"死公"；较厉害的，有"老狗"，"貉子"；更厉害，涉及先代的，也不外乎"而母婢也"，"赘阉遗丑"罢了！

鲁迅把古代的骂人话分为三级：一般的、较厉害的、更厉害的。其中"较厉害的"一级，实际是骂人"不是人"，是"禽兽"，这种骂法，我以为是极厉害的。我甚至感觉，它比"而母婢也"和"赘阉遗丑"还厉害，因为婢者、阉者毕竟还是人。

在中国人的骂詈之语中，骂人"不是人"，是"禽兽"，应该说是至辱之词。平时人们骂人，常骂某人是"小人"、"奸人"、"恶人"，虽也很厉害，但毕竟还承认他是人，但若骂他"不是人"，是"禽兽"，或是更进一步骂为"禽兽不如"，那么，也就是说此人坏到头了，应该被开除出人类了。这实际反映出中国人的一种传统的道德观、荣辱观：全无德行的人简直不能算人，而只能与禽兽同类。

《后汉书·刘宽传》中有一条材料，很能说明骂人"不是人"，是"禽兽"的厉害程度。传载：

> 宽简略嗜酒，不好盥浴，京师以为谚。尝坐客，遣苍头市酒，迂久，大醉而还。客不堪之，骂曰："畜产。"宽须臾遣人视奴，疑必自杀。顾左右曰："此人也，骂言畜产，辱孰甚焉！故吾惧其死也。"

这段记载颇为有趣，也颇能说明问题。刘宽，东汉灵帝时曾任太尉，性宽厚，好饮酒，其奴仆则更有嗜酒之好，被遣买酒时，竟先痛饮一番，大醉而归。客人忍受不了这个奴仆的醉态和误事，遂大骂其为"畜产"。"畜产"即畜牲、禽兽的意思，换句话说，就是"不是人"。客人骂便骂了，刘宽却担起心来，他生怕这个仆人自杀。

何以一句詈语，就可能让人自杀呢？刘宽解释了原因："苍头是人，却骂他是畜生，还有什么比这更厉害的吗？"刘宽知道，奴仆虽然身份卑贱，但若辱其不是人，他也会羞愤至极，感到难以忍受。从《刘宽传》的这条材料可以看出，在东汉，骂人"不是人"，是"禽兽"，是多么严重的骂詈之词，是极可能造成严重后果的。

二

这类骂詈之语起自何时，我不得确知，但先秦的文献中已经出现，是可以肯定的。《列子》说，夏桀、殷纣虽状貌七窍，皆同于人，但有禽兽之心。《孟子》、《荀子》、《管子》中都提到"禽兽"这句詈语。

以后历代，此类骂人话更是绵延不绝。鲁迅所举的"老狗"和"貉子"，分别出自汉代班固的《汉孝武故事》和南朝宋刘义庆的《世说新语·惑溺》。前书记栗姬骂景帝为"老狗"，武帝深恨之。后书记晋武帝时人孙秀的妻子蒯氏骂孙秀为"貉子"，孙秀大怒。隋代，隋文帝杨坚曾骂太子杨广："畜生何足付大事！"清代，雍正皇帝骂年羹尧："如年羹尧这样禽兽不如之才，要他何用！朕再不料他是此等狗彘之类人也。"雍正还给与他争皇位的两个兄弟分别改名为"阿其那"和"塞思黑"，意思是猪和狗。

抗战时期，陶行知先生在一次著名的演讲中，骂汪精卫、周佛海等汪伪政权头目是"衣冠禽兽"，反共顽固派还被毛泽东骂为"不齿于人类的狗屎堆"。"文革"期间，国人相骂甚剧，此类骂詈之词也高频率出现，如骂人为"一丘之貉"，成为许多造反英雄的口头语。此詈语，疑是从晋人蒯氏所骂的"貉子"而来的。又如，"不齿于人类的狗屎堆"，被专门用来骂挨整的各类分子们。这句骂人话实在是厉害，因为这不但骂你不是人，是禽兽，而且将你目为禽兽所遗之矢，还有比这更厉害的吗？

关于"不是人"这句詈语发生的缘由，我说不很清楚，但我想它一定来源于古来人们在日常生活中的感受，即：畜生、禽兽不如，没人性；同时，人们还悟出，在人性中，实际也包含着某种兽性因子，从而促使人做出全无道德的禽兽行。关于人性中包含兽性因子，恩格斯有一个透彻的看法：

因为人是从动物界来的，所以天然地或多或少保留着一些兽性因子。

另外，这句詈语的形成和普遍化，大概还与先秦哲人的"人兽之辨"有直接关系。孟子曾提出过"人之所以异于禽兽者"的哲学命题，认为一个人如果不合乎人的规定性，那他就是禽兽而不是人了。什么是人的规定性呢？孟子的解释是，人必须讲道德，知礼义，否则便是禽兽。孟子说："人之有道也，饱食暖衣，逸居而无教，则近于禽兽。"意思是说，人之所以为人，有其规定性，如果只是吃饱、穿暖、住得舒适，但不给予道德教化，就与禽兽相近了。确实，禽兽是不懂得道德礼义的。

孟子曾骂杨朱、墨翟为禽兽，理由是"杨氏为我，是无君也；墨氏兼爱，是无父也。无父无君，是禽兽也。"在这里，他把君臣父子之礼视为"人之所以异于禽兽"的重要标志。荀子也说过，人若无礼义，便同禽兽无异。《管子》云，"倍（背弃）人伦而禽兽行，十年而灭"。也把违背人伦视为禽兽之行。总之，孟、荀、管子都把是否遵守礼义人伦作为人兽之别的标志。

当然，他们所目为禽兽者，并非真的禽兽，而是"人中之禽兽"。他们的人兽之辨，对后世人们的文化心理影响很大，表现在詈语里，便是"不是人"、"是禽兽"这类詈语的普及和强势化。冯友兰先生曾推断骂人为"禽兽"可能是从孟子那句"人之所以异于禽兽者"的命题中逻辑地推出来的。这一推断，甚是有理。

"不是人"这句詈语的形成和流行，又可能与中国古典文化中存在的珍稀的人文精神有关。《尚书·泰誓》云，"惟天地万物父母，惟人万物之灵"；《礼运》云，"人者，集天地之德……五行之秀也"；《春秋繁露》云，"天地之精，所以生物者，莫贵于人"。清代思想家颜习斋说："古人云，'天地之性人为贵'。我们在万物中做个人，是至尊贵的。"

这些话，都反映了中国古典文化中存在着的人文精神的因素，即肯定人的价值，赞美人的宝贵，把人看得很重。正因为把人看得很重，所以，"不是人"、"是禽兽"才成为最严厉的辱骂之词，才用以表示极大的鄙夷、蔑视和厌恶。反之，如果不是把人看得很重，而是看得很轻，那么，说某人"不是人"，某人也就恬然无所谓了。正是因为刘宽及奴仆把人看得很重，所以奴仆才有可能自杀，刘宽也才可能疑其自杀。所以，可以说，"不是人"这一詈语，实隐含着古典人文精神的背景和元素。

"不是人"这句詈语，还包含着一种中国传统的"群体生命观"。钱穆先生曾经论道：中国人骂人，说你真不是人，实有深意存焉。圆颅方趾，五官四肢俱全，就中国人观点言，有时不算是一个人。此似无理，实是有理。人须进入大群，但有人则不入群。正如山水花鸟不入画，便不在画家笔下。中国人言人，乃指群体生命之全体而言，不专指个别一躯体言。

钱先生这番话，意思是说，中国人所常说的"人"，往往不是指个体的人，而是指人之群体，即"大群"，詈语"不是人"的"人"字，指的是符合人群道德标准和群体要求的人，如不符合，则虽具躯体，也不算人。

三

中国的古人是极重做人的。《三字经》的第一个字，就是"人"字，经文也多谈做人之道。陆九渊有名言云，"若某则不识一字，亦须还我堂堂地做个人"。清官施世纶，即那位被写入《施公案》的施公，貌极丑，人笑之，施公总是正色道："人面兽心，可恶耳；我兽面人心，何害焉！"朱熹曾经教导门徒："圣人千言万语，只是教人做人。"此"教人做人"四字，第一个"人"字，指肉体之人；第二个"人"字，指区别于禽兽的、有人群道德标准的人。

一个人如果完全不懂"做人"之道，即便有人的躯体，也同于禽兽。

近代湖湘文化的著名人物唐鉴、曾国藩，还说过这样的话，"不为圣贤，便为禽兽"。圣贤与禽兽，有时确实就隔着一层纸。这层纸是什么？就是道德底线，在很多时候，就是一个"耻"字。动物是不讲耻，没有荣辱观念的，但人有。如果人不知耻，便与禽兽无异。比如，一件丑恶可耻之事，你不去做，你就是有尊严的"圣贤"，做了，就是可耻的"禽兽"。

正是：

> 人兽之间一层纸，
> 詈语如风吹破之。
> 大千阅尽人为贵，
> 圣贤论辨重如石。

夸饰乡土，非大雅所尚

弘扬地域文化，乃弘扬中华文化之一目，反映出人们的爱乡心和爱国情操，值得肯定。但其中有个现象却难称善美，颇可一议。此即人们多年来所习见的"名人乡籍之争"。譬如，广东、广西争袁崇焕的乡籍，湖北、河南争诸葛亮的躬耕地，山西、河北争炎黄阪泉之战的纪念地，等等。

从学术角度看，弄清某一名人的乡籍，无疑是必要的，因为这关乎弄清历史真相，关乎对历史人物做出透彻的研究。然而，实际上，很多学者的真正兴趣并不在这里，而在为本乡本土争"乡誉"。在争"乡誉"的论辩中，他们常表现出夸饰乡土的狭隘倾向和虚妄不实的学风。

一条脆弱的证据，就可以攀上一位名人做同乡；一条确凿的证据，却又被隐匿起来，不向论敌通报。一位名人祖居某地，又通籍某地，两地本可共享桑梓之荣，但双方却必欲独占而后快。某位名人途经某地，小住而已，却被赫然作为"流寓人物"写入地方志，更甚者，连越南领导人胡志明竟也被记为某县的"流寓人物"。炎黄阪泉之战的战场究竟在何处？某学者论道，本乡"有一片开阔地"，"正好作为战场"。这分明是情人眼里出西施。

　　肖克将军曾谈到过党史研究中的争"乡誉"的情况。他在《长征大事典》序言中写道："记得70年代初，我有幸去井冈山，正遇上两个县的同志在争论一个问题，即毛泽东在何时、何地任命林彪当团长。甲说在甲县，乙说在乙县。双方争论不休，虽然没有说明争论的目的，根据当时的历史背景，大概不外是争点'光'吧。"这个"光"，即"乡誉"也。当时，林彪正红得发紫，争论的双方都觉得，林彪在哪儿当的团长，就是哪儿的荣耀，所以一定要争。

　　"地以人显"，某地出了名人，或是与某位名人有了点瓜葛，此地便因之荣耀起来，这是中国的老例，也是自然之事，人之常情，无可非议。但若对乡土做不实的夸饰和虚妄的论证，便是应当纠正的偏向了。

　　夸饰乡土，虚妄不实，其源盖出于狭隘的乡曲之心。此种狭隘之心，从古即有，今人不过是袭古人之老谱。明代大才子杨升庵，四川人，囿于乡土私心，评论李杜优劣时便扬李抑杜，又出于乡曲之私，夸饰苏轼兄弟，贬抑朱熹。对此，清代思想家魏源评论说："升庵以太白为蜀人，遂推之出少陵上，其尊二苏而攻朱子，亦为蜀人故。"杨升庵还曾出于乡曲之私，诋毁北宋改革家王安石是"千古权奸之尤"。对此，钱钟书先生批评道："升庵之骂荆公，亦有乡里之私心在。"

　　民国学者姚大荣，为了给本乡名人、明末奸臣马士英翻案，写了一篇拙劣的《马阁老洗冤录》。文中置马士英确凿的罪案于不顾，竟说《明史》对马士英的直笔实录是受了戏剧《桃花扇》的影响。结果，经过他的一番所谓"洗冤"，马士英成了"忠武"的志士。所谓"忠武"者，乃是姚大荣对马士英的私谥，然能算数么？

　　对于夸饰本乡、贬低他乡这个国人的老毛病，鲁迅先生曾有过讥评："中国人几乎都是爱护故乡，奚落别处的大英雄，阿Q也很有这脾气。"对于油煎大头鱼的做法，阿 Q 认定，只有自己家乡未庄的做法，即煎鱼时加葱叶，才是对的，而城里人加葱丝，是绝对错误和可笑的。上述古今学者那种夸饰乡土的毛病，正与大英雄阿 Q 的脾气相仿佛。

学术研究，最应崇尚科学，上下求索，理应为求索真理。但乡曲之私，别有所图，与科学精神扞格不入。有了乡曲之私，其所谓研究成果便大可怀疑。钱钟书在评论楚人邓湘皋鉴赏竟陵派时所持有的陋见时说："乡曲之私，非能真赏。"便是说乡曲之私影响了学术鉴评的科学性。郭沫若乃一代才人、史学大师，却也曾为乡曲之私所蔽，他曾把本非出生于四川广元的武则天硬往四川广元拉，结果所写的论文颇多漏洞，令识者叹惋。姚大荣的学问本来也是不错的，但出于乡曲之私写成的《马阁老洗冤录》，却违背了考史的基本方法。在文章中，他还以诬指之法乱罪他人，结果文章写得一团糟，被人形容为"犹如一位低能律师的辩护状"。

我觉得，某地出了名人，固然属于该地的荣光，但也应该懂得，这位名人首先是"中国的"，其次才是"某地的"。我还认为，如果某位名人的籍贯一时确定不了，则不应过于较真，非要弄个水落石出，争个你死我活不可，而是应抱着一种宽容、豁达的态度。

成都武侯祠有一副对联写得好："心在朝廷，原无论先主后主；名高天下，何必辨襄阳南阳。"下联说出一种观点，对于诸葛亮的躬耕地究竟是南阳还是襄阳，是无须争执的。这无疑是一种豁达的态度。对于袁崇焕的乡籍之辩，清代有个叫何寿谦的，也发表过公允、通达的议论。他说："督师（袁崇焕）之鞠躬尽瘁，死而后已，诚一代之英雄豪杰，岂一乡一邑之可得而私者？"这番议论，眼光是弘通和有见识的，他称袁崇焕为"一代之英雄豪杰"，也就是把袁崇焕视为"中国的"，既为"中国的"，自然非一乡一邑可以独占。

常言道，"爱国自爱家乡始"，这话当然不错。但爱乡绝不应被"乡"字所囿，一乡障目，不见中国。爱国主义是分层次的，"乡土爱国主义"毕竟属于较低的一层。

古人、今人同是为家乡争名人，目的却不尽相同。古人大抵只是为了博取"乡誉"，脸上有光。今人则除此目的外，还企望名人能佑助本乡经济的发展，所谓"历史搭台，经济唱戏"。"搭台唱戏"，本来不错，但绝不应抽掉科学精神这个魂，否则便成了真的搭台唱戏——学人变成了艺人，论文变成了戏文。

对于夸饰乡土的习气，先贤明哲曾有过不少批评性的意见。唐代史学家刘知几曾批评某些地方志赞誉乡邦时浮夸失真，曰："地理书者……人自以为乐土，家自以为名都，竞美所居，谈过其实。"又批评《会稽典录》一书"矜其州里"，批评此书所载的"五俊"——所谓五位有才德的人，俱为"虚誉"。清代学者沈钦韩还曾批评《后汉书》的作者写到自己的乡先辈王充时，"务欲矜夸"。

对于刘知几和沈钦韩的批评，鲁迅先生非常重视，他在《会稽郡故书杂集序言》中写道："闻明哲之论，以为夸饰乡土，非大雅所尚。"所说的"明哲之论"，指的就是刘知几、沈钦韩所谈的意见。鲁迅认为，"夸饰乡土"，对家乡做不实的吹嘘，乃俗人之举，是不应该提倡的。那么，鲁迅提到的"大雅"又是怎样的呢？他没有细说。

我觉得，在弘扬地域文化的时候，应当具备科学的精神、求实的态度、弘通的眼光、豁达的气度，这些，便是我们应当崇尚的大雅。

中国的学术需要大雅之士。愿大雅之士日增，愿阿Q式的大英雄敛迹。

功夫在杂文之外

20 世纪过去了，杂文成为这个世纪中国文化的一项重要遗产。有思想、有学识、有历史感的杂文家、出版家，已着手整理和总结这一份遗产。我手边的一部《20 世纪中国杂文大观》，就是这种整理工作的一个成绩。"大观"这个名字我不太喜欢，因为用俗了，但却符合书的实际，书里收入 170 余位作者的近 500 篇作品，确是洋洋大观了。

读了这些杂文，有一种感觉，凡是代表一个时期杂文潮流的作者，无一人是单纯以杂文名家的。这里似乎隐含着一个值得深思的创作规律：功夫在杂文之外。

杂文有个特点是精短，但做杂文却要有非常复杂的多方面的准备，包括哲学、史学、社会学、散文、诗等方面的基础。杂文尚杂，写杂文必须是杂家，但这个杂家最好是杂项多门之行家。

杂文大家鲁迅的学术基础是国学、德国哲学、浪漫主义诗学等。他本人则兼为思想家、文学家、古籍整理家、社会风俗学家和社会观察家。另一位杂文名家周作人的知识结构也很杂，他曾自述其杂学分八大类：诗经论语注疏类、小学类、文化史料类、年谱日记游记家训尺牍类、博物书类、笔记类、佛经之一部、乡贤著作。

一个杂文作者，即使达不到鲁迅等人的学识，也最好是一方面的行家，并兼备多方面的知识，否则便摆脱不了创作中的小家子气和捉襟见肘的窘态，也就写不出优秀的杂文作品。现在有些杂文作者靠一种拼盘式的创作模式写杂文，读者看到的仅仅是一些直白的典故堆砌和现实现象的简单列举，而非真正意义上的精彩杂文。

杂文作者应具备杂文气质。杂文气质是靠学识来塑造的。学识广博的学者最易具备杂文气质。如钱钟书先生，他的小说、学术作品和杂文中，处处洋溢着贯通古今中外的"杂"气。《20世纪中国杂文大观》中的许多作者，或者是文学家、历史学家，或者是教育家、语言学家，或者是政治家、科学家，或者是诗人、记者。总之，都是某方面甚至多方面学有成就的优秀人物。他们除了做杂文以外，还有其他许多著作，甚至杂文在他们的创作中并不占主要地位。吴晗写了大量杂文，但他的代表作却是《朱元璋传》及《读史札记》、《灯下集》等历史著作。他们的杂文所以诱人，正是由于他们靠着杂文气质，自如地运用哲理、学识、幽默，使杂文充满浓郁的书卷气和吸引力。厚厚两大册《20世纪中国杂文大观》中的几乎每篇杂文，都洋溢着这种书卷气。

这些杂文作者也许可以两三个小时做成一篇杂文，但这两三个小时的背后，却是难以计算的深厚的积累过程，恰如王安石的一句诗："看似寻常最奇崛，成如容易却艰辛。"换句话说，杂文不是作出来的，是"酿"出来的。鲁迅说，血管里流出的是血，水管里流出的自然是水。杂文就如同血浆，要经过长时间繁杂的酿造过程才能成为"血",而那种白开水似的所谓杂文,则缺少这种酿造过程,所以自然如水管中流出的水。

但遗憾的是现在许多学人、专家不再写杂文了,致使我国杂文作品的整体水平受到一定影响,某些所谓"杂文",其实尚未"侵入高尚的文学楼台",只能算是"杂字儿"。有人曾提倡文学家学者化,也有人提倡史学家文人化,那么我想,还应该提倡杂文家学者化、文人化,同时也提倡学者、文人当杂文家。

回望20世纪的杂文,可以看出,杂文史实乃思想史之潜流。过去提到思想,总觉得很玄,似乎总存在于大部头的高深莫测的著作中。其实杂文中就往往包含着很多有价值的思想,甚至是被提炼出的思想精髓。研究思想史不能不注意到杂文史。思想是意识形态中居于高位的东西,思想苍白是杂文的大忌,有思想的杂文会起到思想领路的作用。鲁迅的著名杂文《拿来主义》,对现实中国就具有领路的意义。20世纪是巨变的时代,思想也发生着巨变,要想了解这种思想巨变,不仅要看大著作,也应该把目光注意到杂文方面。

杂文是深刻思想的通俗表达形式,高深的大部头著作不可能人人都去读,杂文却可以人人皆读,杂文在影响世道人心方面具有高深著作不可替代的作用。鲁迅先生没有写过大部头的理论著作,但谁能否认他是一位伟大的思想家呢?他的许多精湛思想是通过杂文来体现的,这些作品得到了广泛的传播。

杂文所表达的思想也许不成体系,但却能成为影响巨大的社会观念,能成大气候。梁启超作于1900年的杂文《呵旁观者文》,将旁观者斥为"无血性者",并说,"血性者人类之所以生,世界之所以立也;无血性则是无人类，无世界也。故旁观者，人类之蟊贼，世界之仇敌也"。这一思想对当时的救亡活动起了很大的宣传鼓动作用，今天读它，也有逼人的现实感。

"文革"刚结束时，秦牧先生作过一篇名为《鬣狗的风格》的杂文，以动物喻人，极其深刻和淋漓尽致地勾画出了动乱年代中国政坛上活跃着的一批鬣狗式的人物，其中有一段话写道："究竟是鬣狗在人类中的投影呢？或者，反过来说，鬣狗，就是这一部分人类在动物界的投影呢？在万恶的'四人帮'横行中国的日子里，鬣狗式的人物，科学地说，实事求是毫不夸张地说，是着实出现了一批的。"其文如淬药的匕首，新磨的投枪，具有极强的战斗力。

现在，这样高境界、高格调的杂文并不很多。有些所谓杂文连基本的典故、常识都运用不通，甚至出现病句、错别字，这与"杂文"这一崇高的名字实在相悖太远，难怪有人有"杂文是二流文体"的感觉。不能把杂文这种高尚的文化品种混同于老百姓的口头文化，口头文化自有其价值，但在街头运用足矣。"谁爱风流高格调"？万千杂文读者也。

丁玲女士关于杂文讲过这样一句话："我们这个时代需要杂文，我们不要放弃这一武器。举起它，杂文是不会死的。"这句话含义深刻，常读常新。杂文之不死，不仅要靠时代的滋养，也要靠杂文自身的魅力。

雕虫辨

雕虫，指微不足道的小道、小技。扬雄说，童子才雕虫。史家有雅士论史林文章云：零碎文、应时文、通俗文，皆雕虫小技，大手笔所不为也。我觉得，此雅士之说颇失允当。又觉得，其说并不雅，倒实为一种俗见。

零碎文，即不成系统、篇幅较短的零篇短简。零篇短简是否必是雕虫？我看未必。吕思勉先生有《蒿庐札记》，系零篇短简组合而成，其中最短者才几百字，但辨析精微，见识卓越，决非雕虫之作。陈寅恪先生也有一些零碎史学文字，也都是独具慧眼，篇篇珠玑。如《与董彦堂论年历谱书》才三百余字，却显露出金明馆的大家气象。

钱钟书有段谈"零碎"之价值的有名论述，很值得史家重视。他说：宏大的体系往往名不副实，倒是诗词、随笔、小说、戏曲里，乃至谣谚和训诂里，往往说出了益人神智的精辟见解。他还举出中国民间"先学无情后学戏"的谚语，说它作为理论上的发现，不下于狄德罗的文章。钱氏之说当然不是无视体大思精之作而独钟情于"零碎"，而是道出了"零碎"之中有精品这个易于被人忽视的事实。钱先生所说，虽未径指史著之零碎文字，却适用于史著，因为他说的是一种通则。

的确，当我们回首细检那些汗牛充栋的史学作品时，就会发现，不少厚厚的史著，虽然外面的架子不小，内囊却是空疏苍白的。倒是许多史学零札，充溢着卓越的识见。两相比较，前者倒像是雕虫，后者则有雕龙之象。

史学对现实也应该有所补益。但有补现实的史学作品往往被讥为"应时文"，视为雕虫之作。实际上，史学的基本功能之一就是经世致用，经世之文也同样可以包含大智慧、大学问。章学诚说得好："文章经世之业，立言亦期有补于世，否则古人著述已厌其多，岂容更益简编，撑床叠架为哉。"史学不是清玩，史家不是清客，史著应当关乎世道人心、天下忧乐。当然，我们不必做《孔子改制考》之类的拉郎配之作，更鄙视影射史学。我们需要的是建立在科学性基础上的"益今"之作。

许多名家史著，看似与现实关系不大，实则文心深处绝对是一个"今"字。这些史著决不是什么雕虫之作，而是站得住、叫得响的鸿文佳构。陈垣先生作于20世纪40年代的《明季滇黔佛教考》、《清初僧诤记》、《通鉴胡注表微》等著作，看似谈古教古僧古书，实则表彰民族气节，弘扬爱国精神，堪称空前伟烈的"抗战史学"。吴晗、邓拓的许多史学小品，述说往古，意在制今，也堪称古为今用的佳作。如果有人说这些佳作是雕虫小技，那是不能服人的。我以为，应时文还是应当做的，问题是怎样才能做好。

通俗文，即普及性的史学作品，是史学著述中不可缺少的一种。通俗文是否必是雕虫之作？不然。相反，好的通俗作品倒是只有大手笔才写得出。吴晗主编的《中国历史小丛书》，著者必须先"深入"，而后才能"浅出"，如果不对某一专题有专门研究，是难以胜任的。文史专家浦江清先生抗美援朝期间曾写过一首长篇《朝鲜历史弹词》，其中浸透了渊博的学识和才情，不是大手笔绝对写不出。俗语云，"真佛只说家常话"，真佛说的家常话，必深含禅机佛理，而不是凡庸之言。我想，以真佛说家常话来比喻史家与通俗史学作品的关系，大概是合适的。

以上拉杂写出的"雕虫"之辨，可以用以下几句话作结：判断一件史学作品是否为雕虫，关键是要看其实质，看其内容，而不应只看表皮，只看包装。

雕虫出自"童子"手，大手笔下无雕虫。愿史学界的"真佛"们不避雕虫之讥，为读者多写一些史学"家常话"。

盖酱罐的文章

最近看到一幅漫画，题作《奇文自欣赏》，画上两个人，一个在写"玄虚文章"，一个在写"晦涩文章"。其意甚明，是针砭当今文坛学界存在的"玄虚晦涩病"的。

50年前，鲁迅先生写过《作文秘诀》一文，也是针砭此病的。他说做这类文章的秘诀是"一要蒙胧，二要难懂"。方法是"缩短句子，多用难字"，并举了汉代扬雄的例子："扬雄先生的'蠢迪检柙'，就将'动由规矩'这四个平常字，翻成难字的。"在致姚克的一封信里，鲁迅又说："《离骚》虽有方言，倒不难懂，到了扬雄，就特地'古奥'，令人莫名其妙，这离断气不远矣。"

扬雄确不愧是做玄虚晦涩文章的大师。他写过一部书，叫《太玄》，是模仿《易经》写的，有意用语艰涩，词义不明，许多文句在可解不可解之间，结果"观之者难知，学之者难成"，确实太玄了！当时有人批评他说：著书是为让人看的，而你的书让人历览有年而不知所云，这不就像"画者画于无形，弦者放于无声"吗？刘歆则干脆说：后人大概要用你的《太玄》盖酱罐了！宋代苏轼批评扬雄是"以艰深之词，文浅易之说"，这实际是说扬雄故意卖弄。

但也有称赞扬雄的，时人桓谭就称其文必能传世。那么，究竟扬雄的玄虚晦涩之文有没有生命力呢？班固云"《玄》文多，故不著"，"《法言》大行，而《玄》终不显"，"客有难《玄》大深，众人之不好也"。这说明《太玄》真的要盖酱罐了。

近世也有不少玄虚晦涩文章。这些文章虽未必因袭了扬雄衣钵，但在"蒙眬""难懂"上却与扬雄颇为神似。章太炎先生的文章价值很高，但文字艰涩难懂，发表时还故意删去原稿上的圈点，故有天书之称。这使读者大伤脑筋。要想读懂其书，必先劳神费力考证、诠释，结果必然影响书的流传及社会效果。

夏曾佑（穗卿）作诗好用僻典，连梁启超都给难住了。他写的"帝杀黑龙才士隐，书飞赤鸟太平迟"二句诗，典出《墨子·贵义》和《春秋公羊传注疏》，但梁启超在《饮冰室诗话》里却猜测是"捋扯新名词"或出自《新约》之类外国典故。鲁迅曾手书此二句赠人，诗下写道："此夏穗卿先生诗也，故用僻典，令人难解，可恶之至。"可见鲁迅不只对扬雄，而是一贯对玄虚晦涩之文持批评态度。

当今文坛学界的玄虚晦涩病与扬雄之文既有相似处，又自有创意：扬雄多用难字，将"今"翻成"古"；今文则表现为乱用新名词、洋名词、生造词，将"中"翻成"洋"，将"实"翻成"虚"，将简明翻成复杂。

扬雄写玄虚晦涩之文有自己的理由，他认为，用语不凡以至艰深，乃圣人创作的特点。又认为，深奥的内容就该用艰深之语来表达。其实，圣人之文未必都艰深，"有朋自远方来，不亦乐乎"，在当时几乎就是白话，做艰深之文也并非当圣人的必要条件。深奥的内容也是可以用易懂的语言来表达的，这在先秦文章中不胜枚举。

著书为文，写作目的和态度最为重要。顾炎武《日知录》说："文须有益于天下"，"有益于将来"。这是正确的目的和态度。玄虚晦涩之文是不管天下和将来，也无益于天下和将来的。我们要写有益于天下和将来的文章，就应当按照鲁迅先生提倡的办法做："有真意，去粉饰，少做作，勿卖弄"。

掉书袋·常谈式·书卷气

南唐有个叫彭利用的人，与家人奴仆说话，"言必据书史，断章破句，以代常谈"，被人们称为"掉书袋"。邻家起火，彭氏望而言曰："煌煌然，赫赫然，不可向迩，自钻燧以降，未有若斯之盛，其可扑灭乎？"面对煌煌火势，彭利用还在掉书袋。

做杂文也有掉书袋的。这种杂文，堆砌典故，滥引古书，以代常谈，内容却很贫乏，或虽有一点可观处，也被一堆典故淹没。掉书袋，实乃做杂文一病。

对此病，近年多有杂文高手论及。笔者读袁枚《随园诗话》，也有所感悟。袁枚说："用典如陈设古玩，各有攸宿：或宜堂，或宜室，或宜书舍，或宜山斋。"他又说："暴富儿自夸其富，非所宜设而设之，置械斝（器皿）于大门，设尊罍（青铜器）于卧寝，徒招人笑。"掉书袋，实则也如同不因所宜而滥设古玩。本来想以引典炫人眼目，却如《儒林外史》里杜慎卿说的："雅的这样俗。"袁枚还说："熊掌、豹胎，食之至珍贵者也。生吞活剥，不如一蔬一笋矣。"掉书袋，便是生吞活剥古书、典故，所以，这类杂文还不如平浅的短评好。

近年来，掉书袋的杂文常被人诟病，讥为"绕着脖子说话"，这是对这类杂文的惩戒。但同时，另一极端的现象也有所滋长，就是一些杂文出现了"评论化"、"叙事化"、"口语化"的倾向。

杂文，乃是文艺性的议论文。"评论化"的杂文缺少文艺性。"叙事化"的杂文缺少思辨色彩。"口语化"的杂文与老百姓的口头批评相近。三者都给人一种肤浅苍白的感觉。杂文的定义可宽可窄，但这三类所谓杂文，都算不上文艺性的议论文。倘定为杂文，姑可称之为"常谈式"杂文。彭利用掉书袋"以代常谈"，"常谈"，普通谈话也。

杂文出现"常谈式"，一个原因，是将借助知识来表达思想，误认为是掉书袋。杂文有个特点，就是借助形象，借助各种知识来表达自己的观点，杂文不仅要说清道理，还要给人以美感，有时还要给人以知识。所以，不该把必要的引典故、谈知识也视为掉书袋。

其实，二者貌似而实异，异在旨趣的不同，技巧的高下。其旨趣，一在炫博，一在更深刻生动地表达主题。其技巧，一为生吞活剥，一为贴切自然。

掉书袋的杂文不足取，"常谈式"的杂文也不足取，它们是毛病的两极。

我觉得，理想境界的杂文是有书卷气的杂文。书卷气浓郁的杂文，都具有思精、博识、才调高的特点。至于具体表达方式、行文风格，则无论引典与否，说古与否，是语体，抑或文白间杂，皆无不可。

鲁迅杂文的书卷气很浓，这种书卷气，是使杂文"侵入高尚的文学楼台"的重要条件。徐懋庸、聂绀弩、宋云彬、唐弢、邓拓、王力等杂文大家的杂文，无不具有浓郁的书卷气。王力是语言学家，他著的杂文集《龙虫并雕斋琐语》，书卷气尤为浓郁。

　　写有书卷气的杂文不是件容易事，它需要作者有思辨能力，有才气，又是个博识家。总之，要有一定的学养。学养愈深厚，就愈纵逸自如。

雅的这样俗

拆了真古建，再建假古建，这富丽堂皇的假古建，典雅中总透着浮华和俗气。新婚夫妇置家，书架上要放精装莎翁全集，不是为阅读，只为脸面好看。这些现象，总让我想起《儒林外史》人物杜慎卿说的话："雅的这样俗。"

钱钟书说，民谚"先学无情后学戏"作为理论上的发现，不亚于狄德罗《关于戏剧演员的诡论》那篇名文，因为其见解精辟，益人神智。我看，"雅的这样俗"这句话也甚精辟，也能益人神智。无数的似雅而实俗的东西，都让这短短的几个字揭破了真相。

明代奸相严嵩父子垮台后被抄家，抄出玉制和金银制的围棋、象棋各数百副，明人沈德符评论说，这些棋具，用于对局滞重不堪，收藏又没多大意思，真是"长物"。长物，多余无用的东西也。棋子用精金美玉制成，对弈时大概会发出金玉之声，看似很雅，其实很俗。弈道讲究清雅，一堆散发着富贵气的棋子摆来弄去，有什么清雅可言。

明代学风向称空疏，文风艺风也有华而不实之病，诗文常于雅里透出俗来。朱光潜论明代尺牍，说它虽看似风致翩翩，实则缺乏真正的生气，有时还"雅"得俗不可耐。他举了一封尺牍："一水盈盈，重门深闭，玉人夜从何路来吾梦境也？计剪灯细语，当在林莺唤友梁燕将雏之际。"表面看，这封信辞藻典丽，风雅得很，但缺乏真性情，矫揉造作，无病呻吟。

　　历代御制诗也多是看似典雅，实则俗气。这些诗大多只会卖弄辞藻，只是合乎格律而已，却无真情实感和诗境，读起来不仅味同嚼蜡，更让人感到雅里透俗。南唐李璟、李煜的词当然除外，那是清雅之至，雅俗共赏的。

　　八股文也是雅里透俗的东西。若是单从八股文匀称完整的布局和带有一点音乐性的韵律来看，不可谓不雅，但它限制思想活力，成了僵死的俗套，又实在俗气。

　　弄古董，一般是雅事，但也可能被弄得极俗。晚清不少士大夫收藏古董并不为鉴赏，而是为了争奇斗富。妓院在妆阁中摆设古董，也不为鉴赏，而是为附庸风雅，讨好那些好古嫖客的欢心。这些弄古董的雅好，都是很鄙俗的。

　　"雅的这样俗"，杜慎卿这句话真让人开窍，能让人从表面的雅中看出内里的俗来。衡文论艺，这句话有用，观人论事，这句话也有用。

愿天下有志者都成了读书种子

谁要是被称为"读书种子"，我觉得那真是极高的赞誉。

方孝孺，有奇节的大儒，因不肯为明成祖起草登基诏书，被诛了十族。此前，大臣姚广孝曾劝谏明成祖说，方是读书种子，即使不从，也杀不得。但方孝孺终于被杀了。叶德辉，湖南有名的劣绅，革命党要杀他，章太炎先生说，叶是读书种子，不要杀。但叶德辉后来终因自作孽而被群众团体杀掉。方叶二人是否该杀，姑且不论，但由此可以看出，读书种子是多么的可贵。

何人才算是读书种子？除了方叶二人，大经学家阎若璩称大思想家、大学者顾炎武、黄宗羲为读书种子，大学者傅斯年又称大史学家陈寅恪为读书种子。

那么，普通人就不能称作读书种子么？就做不了读书种子么？不然。读书种子宁有种乎？

昔有一首《沁园春》词写道："也要他有个、读书种子，一丁不识，富贵何为？"看来普通人也是能做读书种子的，而且应该努力做个读书种子，否则，富贵了，脑满肠肥了，又有什么意思！

《聊斋志异·邵九娘》里写到清代民间择婿时，谈到一种看重读书种子的择婿标准："王侯家所不敢望，只要个读书种子，便是佳耳。"普通人不仅可以做读书种子，而且，读书种子还会被视为佳婿。这是飘逸在古代婚恋生活中的一缕书香。

那么，究竟何为读书种子？简单说，你应该是一个饱读群籍的优秀的读书人，你要宛如一粒能使中华文明传承、发扬下去的种子，你就是读书种子。

读书种子的有无与存续，实关系国家的兴亡。日寇欲亡我中华，便大力捕杀中国读书人。老舍、孙犁、王元化都曾讲过这个史实。因为日寇知道，要让中国亡，必先亡中国文化，要让中国文化亡，先要让中国的读书种子断绝。他们更知道，中国的读书人一向民族意识极强，决不肯俯首为奴。然日寇终于没能让中国的读书种子断绝。相反，日寇被彻底打败。

而今，繁花迷眼，百里歌吹，铜臭正在与书香比高。读书种子还有多少？不会断绝么？我曾经担心过。但我又想，中国人终究是一个具有悠久文明传统的民族，是一个深知书籍具有无穷能量的民族。读书种子是不会断绝的。

"几百年人家无非积善，第一等好事只是读书"，根植在中国民间的这种书香情结，曾经造就过无数的读书种子，使得中华文明的血脉悠久绵长。史上如此，今天和明天仍应如此。

愿天下有志者都成了读书种子！

史著与报章

讲述历史，处置史料，常见史著与报章的文字颇有不同。

"毛泽东是军事家，常胜将军，但也打过败仗"，这是史著文字。只言"毛主席用兵真如神"，不提打过败仗，是报章口吻。史家讲长征，除了讲"爬雪山，过草地"外，也讲诸如占领遵义后下小馆之类的乐事。报纸则只讲"爬雪山，过草地"。史家总想把原汁原味的长征史告诉世人，报人则常考虑老红军的记述与已成经典的叙述程式有无不吻合之处，不吻合便删除。"陈谢兵团"，史家的解释是陈赓、谢富治率领的兵团。报纸则要说陈赓领导的兵团或不提谢富治全名。

北京沙滩的五四雕塑，毛泽东居于画面的主要位置，且背景衬以毛词《沁园春·长沙》，而五四运动总司令陈独秀却偏居于画面一角，不易看到。此为宣传家作品，而非史家作品。说江姐受的刑不是扎竹签子而是夹竹筷子即"拶指"，是史家考证后的结论；而固执于旧说不改——似乎江姐不受扎竹签子刑就不高大，则是不少报纸的做法。

鲁迅批评过有的传记不写全人，一味铺张名人的特点。如写李白，只写他怎样作诗，怎样耍颠；写拿破仑只写他怎样打仗，怎样不睡觉，却不写他们不耍颠，要睡觉。许多报人的思维类此。史家就既写耍颠，也写睡觉。

史著与报章，两类文字也。史家与报人，两种职业也。其观念、心态和方法，有相当的不同。

史家重求真，重考据，重史料的真实性、可靠性。史料是其科研对象，研究过程用的是科研思维。报人不研究历史，史料不是其研究对象，而是使用对象，故不须用科研思维，虽也讲尊重历史，但实际上多以宣传需要为标准采择及剪裁史料，而无须对史料做全面的分析处理。史家因职业本性，尤重不唯上，只唯实。报人则必须照应上与实两个方面，而更侧重上。史家主要考虑对历史负责，报人则首先考虑对现实负责。然何为对现实负责，言人人殊，须由实践检验其正误。

马克思说，先占有材料，再论述之。周恩来说，先求实，再求是。这些唯物论思维，史家尤重之，且常引用之。报人固然要对现实负责，然也应兼顾历史科学，对马克思和周恩来的话，亦应思之鉴之。

不讲理的理论文章

理论家有时也不讲理。

冯友兰写过一篇文章《关于中国哲学遗产的继承问题》，刊于《光明日报》。陈伯达看到后马上著文质疑和批判。但文章写得极差，思维混乱，逻辑不通，是一篇不讲理的理论文章。冯友兰读后哭笑不得，说："陈的思想相当混乱，叫人不知道他问的究竟是什么。"冯友兰感到这位"党内大理论家"很不像理论家的样子，甚至还有点不可理喻。本来冯友兰写了文章，是很想听听别人意见的，但陈文连问题都提不清楚，还妄加批判，奈何？

周谷城也碰到过类似的情况。一次他和姚文元当面争论一个理论问题，姚文元讲不出什么道理，却老用政治帽子压人，周谷城批评他说："小姚，你没有多少道理可讲！"其实，小姚本来就不想讲什么道理，他就是想用政治术语、政治帽子压人。这便是小姚的辩论法，这让小姚所向披靡。

上面这两个例子都发生在"文革"前，那时，老陈和小姚的地位还远没有后来那样炙手可热，但他们那时的理论文章已经没有多少正经理论了，已经开始不讲理了。

　　那时的"理论家"不讲理，原因大致有二：一是满脑子阶级斗争观念，二是学养不足。于是，写文章便不管有没有道理可讲，不管什么学问不学问，不管文字混乱不混乱，不管符合不符合逻辑。反正我就那么写了，你有啥办法？找不痛快是吧？

　　陈伯达其实还是有些理论思维的，但哲学水平远逊于冯友兰。姚文元也有一定理论思维，不然不会受到伟大人物的信用。但这位小姚没受过什么正规的学术训练，文字虽流畅，却无学术含量，且不大讲逻辑，再加上越来越以势压人，陷人于罪，终于成了名闻天下的"文痞"。

斯大林当院士的波折

　　学者顾骧先生在《〈马恩列斯论文艺〉选编得失》一文中，提供了一条鲜为人知的史料：1929 年，斯大林曾申报过苏联科学院院士资格，但没有评上。那年，斯大林与布哈林一起申报苏联科学院院士，布哈林因为 1913 年有经济学著作问世，所以顺利获得院士资格，斯大林则因为没有过硬的学术著作，选票不足数，落选了。斯大林感到很没面子，但也无可奈何。

　　这件事，让今人来看真有点匪夷所思。斯大林何许人，堂堂总书记也。一个科学院，再了不起不就是受党中央节制的部门之一么，竟然没让斯大林当上院士，它是不是想关门呀？

　　据考，早期的苏共领导层，个个学有专长，知识渊博，布哈林尤其突出。列宁曾称布哈林是党内最好的理论家。布哈林写的《世界经济和帝国主义》一书，是先于列宁研究帝国主义的著作，列宁作的序言，评价很高。列宁的《帝国主义论》，不无受到其启发之处。布哈林当选院士，显然凭的是真本事。

斯大林的学识其实也很渊博，他申报院士的材料想必也是言之有物的，但一评一比，他便不够格了。标准，无疑是学术的，而不是权力的。布哈林当选，斯大林落选，都是学术标准在起作用。

何以那时苏联评选院士会有如此结果呢？原因大抵有两个方面：一是那时苏联的学术界还存有相当浓厚的"科学高于权力"的风气，评选院士，权力必须服从科研成果和民主选举；二是那时对斯大林的个人崇拜还刚露头，未成气候，苏联的科学家还不大买斯大林的账。

后来，斯大林成了神，当然也就当上了院士。苏联学术界也乱套了，权力对科学的干预愈来愈多，李森科、米丘林煊赫一时，苏联的科学发展受到严重阻滞。

网上有何祚庥先生一文，在论证官员也可以当院士时，提到斯大林、拿破仑皆是院士。意思似乎是说，斯、拿二人做得院士，我们的官员就做不得？此论实有破绽。已然被神化了的斯大林成为院士，怎么好作为官员也可以当院士的论据呢？要举出斯大林这个官员有过硬的学术成果才行。其实，神还用当院士吗？

但斯大林有一点还是很值得称道的，就是他1929年虽然落选了，但对评选结果还是承认的，只是不爽而已，他没有动用权势去改变评选结果，更没有像我们有些权贵会发脾气："不给高职称，你们要当心呢！"

刘教授的困惑

  复旦大学刘大杰教授出过大名。一因毛泽东读过他的《中国文学发展史》，还当面向他说了几句读后感；二因他两次修改此书，把本来不错的大著弄得非驴非马。第一次修改是按照苏联的马列教条改，第二次是按"儒法斗争"的路子改。两次修改都名声不佳，特别是第二次，饱受世人诟病。据刘教授的学生陈四益讲，第二次修改是在"四人帮"在沪代表的监督下硬改的，所以，可以谅解。

  "文革"中，刘教授曾私下向陈四益讲过自己的困惑："马克思主义太难学了。五十年代学苏联，我曾以为那就是马克思主义，拼命去学，修改了我的文学史。现在看，那又不是马克思主义了。现在以为是马克思主义，将来……"下边的话没说出来，但显然是："将来可能又不是马克思主义了。"果然，"四人帮"一倒台，"文革"那一套又不是马克思主义了。

  "马克思主义太难学"，难学吗？一个名教授，难道连马克思主义基本理论都学不懂吗？不是的。问题是刘教授学的压根儿就不是正宗的马克思主义。第一次修改文学史，他学苏联，学的实际是斯大林主义、日丹诺夫主义。第二次修改，学的实际是"四人帮"糟蹋过的马克思主义，极"左"的假马克思主义。

何以刘教授学不到正宗的马克思主义？盖因他所处的那个年代并不提倡系统地学马克思主义，特别是不提倡学原装的马克思主义，甚至讥为"言必称希腊"，而只提倡读马恩列斯语录，读毛泽东的书。林彪说，马恩列斯离我们太远，书又难读，可以少读或不读。他提倡读语录本。康生、陈伯达、张春桥、姚文元更是恣意歪曲马克思主义。所以，在那个年代，人们很难了解马克思、恩格斯原本的思想是什么，真正的马克思主义究竟是个什么样子。

一方面无正宗的马克思主义可学，一方面又只能学些被曲解、被篡改过的马克思主义，这就是刘教授当年所处的环境，这也正是他感叹"马克思主义太难学了"的根源。他用被曲解、被篡改了的马克思主义修改文学史，哪能修改得好，又怎能不受诟病？

光阴流逝，星移斗转。时下，提倡学习原装的、正宗的马克思主义了。这是个巨大的历史进步。倘若刘大杰教授在世，他一定会学到正宗的马克思主义，他的困惑也会烟消云散。

凡事有经有权

　　郭沫若对毛泽东《在延安文艺座谈会上的讲话》(简称《讲话》) 有一句评语："凡事有经有权。"毛泽东很欣赏这个评语，觉得找到一个知音。这句评语实际是一个富有哲学智慧的命题。

　　郭老的意思是，《讲话》的内容，有些是常理和普遍规律，即"经"；有些则只是适应一定环境和条件的办法，即"权"。毛泽东赞赏郭老这句评语，表明毛并没有认为自己的《讲话》句句是永恒的真理，更没觉得《讲话》有"一句顶一万句"的威力。因为，毛泽东懂辩证法，不仅懂得马克思的辩证法，也懂得中国老祖宗的辩证法。

　　"有经有权"，是中国老祖宗常讲的一种辩证法思想，但因古人在论述这个思想时语言比较晦涩，所以现代人知者不多。

　　这个思想，源出《易传》。经，指不易的常理；权，指据时的变通，即《易经》所说的"与时偕行"。经有稳固性，权指变异性。经与权，是中国古典哲学的一对重要范畴。

关于经与权的关系，柳宗元说："经非权则泥，权非经则悖。"经和权都缺不得，但搞成了"泥"和"悖"都不好。宋人认为，经与权是"相反又相济"的。这些，都是朴素的辩证法认识。

易者，变也。《易经》和发挥它学说的《易传》都强调"变"字，提出了"穷则变，变则通，通则久"的精湛思想。穷，乃无路之困境。没路走了，就变它一下。一变，路就畅通了。于是，万事便有了生命力。

古人在说到"有经有权"的时候，多强调那个"权"字，也就是强调变的涵义，他们常用这个"权"字反对无视时移势异，而只知墨守陈规的守旧态度。

毛泽东赞赏郭老的评语并非偶然。"凡事有经有权"其实也是毛的一贯思想，是毛泽东那些正确的思想主张产生的一个思想基础。武装斗争是经，"打得赢就打，打不赢就走"是权；占领城市，夺取政权是经，农村包围城市是权；抗日是经，国共合作抗日是权；马克思主义是经，新民主主义是权；等等。过去僵化理解《讲话》，把某些因时的提法当做不变的法条，其实，《讲话》所讲的"文艺与生活"、"文艺与人民"这些道理才是经。现在讲的"二为"方针，乃是"与时偕行"也就是权的结果。

"经非权则泥"。泥是呆滞、板结、凝固。王明"言必称希腊"，不知权变，结果把党和红军"泥"得濒临绝境。固守斯大林模式的"左"的理论，又使共和国陷入巨大困厄。

"权非经则悖"，悖是迷乱、谬误、乖戾。自认"三面红旗"是创造，实则却背离了马克思主义生产力决定生产关系之经，结果造成大饥馑。盲目发展却自谓是政绩，实则背离了以人为本之经，结果是人、物倒置，后患无穷。

"马克思主义中国化"是有经有权的正确思想；坚持并改善党的领导，是有经有权的正确选择；改革开放，是有经有权的伟大实践；一国两制，是有经有权的伟大创举。毛泽东赞扬小平同志既有原则性，又有灵活性，便是说小平同志有经有权，是个懂辩证法的领导人。

有经有权，古人曾有过不知多少成功实践。这是中国传统文化留给我们的有益参考。"中国佛教"乃是有经有权的结果。佛教的基本教义是经，中国化过程是权，结果使源于古印度的佛教逐渐与中国文化相契合，使"中国佛教"得以成立。曾国藩是个成功人物，学者吴方认为他的成功，"主要在于他把握住了传统文化的精髓，有原则也有灵活性，亦即宗经而不舍权变。他有'两手'，'三手'，而不是只有'一手'"。曾氏的"宗经而不舍权变"，就是搞儒学法家化，儒法合流，一表一里。他的这种有经有权，成就了他的功业。

有经有权，坚守真经而又"与时偕行"，关键在于要准确判断何为不变的经，何时需要权变。单一公有制、计划经济，都曾被认为是经，必须固守，结果都变了。可见以为是经的，并不一定都是经，曾经奉为经，也不一定不能变。要看实践。

有人说，做这类判断"需要很高的智慧"，的确如此。但什么是很高的智慧呢？我想，就是四个字：实事求是。